文学鲁军新锐文丛

刘克中卷

红 葵

山东省作家协会 编

山东文艺出版社

《文学鲁军新锐文丛》编辑委员会

主　任：王红勇
副主任：张　炜　杨学锋
委　员（以姓氏笔画为序）：
　　　　刘　强　许　晨　李　军　李纪钊　李春风
　　　　李掖平　杨发运　张丽娜　陈文东　苗长水
　　　　武学海　罗寿宪　赵德发　高艳国　葛长伟
　　　　傅　勇　谭好哲

编辑说明

编辑出版《文学鲁军新锐文丛》，是山东省作家协会按照中央和省委省政府关于促进文化大发展大繁荣的部署要求，实施的一项文学战略措施，是围绕"多出精品、多出人才"中心任务，发现文学新人、培养青年作家的系统工程。"文丛"第一辑、第二辑分别于2001年、2012年编选出版，入选的20位青年作家脱颖而出，得到文学界广泛关注，已经成为"文学鲁军"的中坚力量。为深入学习贯彻习近平总书记文艺工作座谈会重要讲话精神，贯彻落实《中共中央关于繁荣发展社会主义文艺事业的意见》要求，进一步加强作家队伍建设，培养优秀青年作家，推出更多文学精品，在省委宣传部的支持下，省作协确定将"文丛"编辑出版工作制度化，缩短出版周期，加大扶持力度，并于2015年启动了"文丛"第三辑的编选工作。

省委及省委宣传部领导对"文丛"的编选工作非常重视，省委常委、宣传部长孙守刚多次听取汇报，对编选工作作出重要指示。省委宣传部副部长王红勇担任编委会主任，对编辑出版"文丛"提出指导性意见，给予了大力支持。

为保证"文丛"编选工作的科学性、权威性和规范性，省作协组成了由有关领导、专家等参加的编委会。编委会对入选青年作家的人员构成、文学导向的宏观把握、题材和体裁的合理布局、风格形式的丰富多样以及总体设计的协调统一等方面，进行了认真研究，确定了编选方案。

在各市、大企业文联作协和省作协各专业委员会及有关单位推荐的基础上，10月中旬，省作协组织专家对申报"文丛"第三辑的书稿进行了初评，评出19部候选作品。为确保评审客观公正，11月中旬，省作协又组织以中国作协和省外专家为主的评审委员会，经过认真审读、充分酝酿讨论，以实名投票的方式评选出10部入选书稿。经向社会公示后，最后确定10位青年作家的作品集入选《文学鲁军新锐文丛》第三辑。入选的10部作品包括6部小说作品集、3部诗歌作品集和1部散文作品集，既有实力作家的代表性作品，也有崭露头角的新人新作，均具有较高的思想性、艺术性、可读性，是我省近年来涌现出的优秀青年作家代表作品的一次集中展示和重点推介。这里需要说明的是，我们在征集作品时确定，入选作家原则上须为1974年以后出生，特别优秀者年龄可适当放宽。在评选过程中，根据参评作家的实际情况，为确保"文丛"第三辑的总体质量，对入选的优秀作者在年龄上适当放宽。

近年来，山东文学界非常活跃，新人佳作不断涌现，这次编选难免有遗珠之憾。但我们相信，通过我们与全省广大青年作家一起努力，会不断向社会推出更多优秀的青年作家和作品，使"文丛"的思想品质和文学艺术水平不断提高，把"文丛"打造成国内有影响的文学品牌。

省作协领导班子成员和有关方面专家参与了《文学鲁军新锐文丛》第三辑的编选出版工作。省作协主席张炜对"文丛"的编选工作提出了具体指导性意见。省作协党组书记、副主席杨学锋主持了"文丛"的策划、评审与编辑出版工作。省作协党组成员、纪检组长李军，省作协党组成员、副主席葛长伟，省作协副主席谭好哲、李掖平参与了"文丛"的策划、评审与统筹。省作协副主席赵德发、苗长水、许晨，副巡视员杨发运、张丽娜等对"文丛"的编选提出了许多建设性意见和建议。叶梅、胡平、彭学明、冯秋子、牛玉秋、水运宪、大解、任芙康等著名作家、评论家参加了"文丛"的终评工作，陈文东、孙书文、丛新强、房伟等参与了"文丛"的初评工作。省委宣传部文艺处对"文丛"的编选工作给予了指导。省作协创联部承担了"文丛"的征集和通联工作，省作协办公室承担了编委会的行政工作，省作协山东文学社承担了评审会的会务工作。山东文艺出版社对"文丛"的出版工作给予了大力支持。在此，谨向所有为《文学鲁军新锐文丛》第三辑编选出版工作给予大力支持和付出辛勤努力的单位和个人表示衷心感谢。

编者

2016年4月

目 录

正午的阳光穿过森林　001

我的战车007　028

红葵　078

残影　089

双鹊　102

空巢　113

天灯　124

炸窑　134

窑声　143

谁是我的敌人　182

如歌的军旅　237

正午的阳光穿过森林

一

暴躁的阳光肆虐地掠过非洲荒原的红土地，热浪从撒哈拉大沙漠一路席卷而来。明晃晃的阳光亮得刺眼，日光下，达尔富尔郊外的原野上仅有的疤痕一样的绿色也渐渐枯萎，慢慢融入了焦红的色调。

六七十度的高温笼罩下，维和部队活动板房里如同桑拿房一样热气腾腾，兵们赤裸着上身汗流浃背，脖子上挂着白毛巾整齐地坐着。这样的正午没有任务，整个部队都在待命，这样的天气待命也是一种战斗。

长时间没有一个人说话，屋子里很沉寂。上等兵梅小乐眼睛望着窗外自言自语，打破了沉寂："天上飞过一只鸟。"所有人的目光都好奇地投向窗外，来苏丹两天了，没有一个人看见过鸟。天空中空荡荡的，连一丝风都没有刮过。兵们就有了被欺骗的感觉，目光齐刷刷地从窗外收回来，又齐刷刷地罩住了梅小乐。虽然没有一个人跟梅小乐说话，但目光中传递出一种信息：这样的天气，多说一句话就是耗费体力，大家懒得理他。"天空中真的飞过一只鸟。"梅小乐解释说，"飞得太快了，像离弦的箭。"仍然没有人理会他，兵们静坐成了一排无语的菩萨。只有梅小乐絮絮叨叨念着经。

梅小乐接着自言自语：这个时候飞过的鸟，肯定不一般，对高温的忍耐能力绝对超常，换作平常的鸟，早就变成烧烤了。

兵们就忍不住了，哗啦啦地笑个不停，笑声在空旷的荒原上传出去很远。荒芜的非洲高原很久没有过这样的笑声了，笑声打破了沉睡一样的寂静。作战参谋方远明也在心里笑了一下：这个兵，真能想象。

达尔富尔的郊外过去有没有森林大家不知道，最起码现在没有，营区周围几公里内也没有，非洲荒原只有赤红的颜色。临时营区是一片裸露的土地，没有树木，没有植被，据说不久前这里刚刚爆发过几次激烈的战斗，不同的种族你来我往的炮击、枪战、肉搏一直持续了十几天，几平方公里的地面坑坑洼洼地布满了弹坑。战争过后，苍蝇和蚊子长期占领了阵地，疟疾、肝炎、艾滋等一系列传染性疾病接踵而来。大量的难民开始沿着尘土飞扬的土路漫无目的地流亡。一踏入苏丹的土地，兵们的心情就十分庄严凝重。炮火硝烟弥漫过的地方满目疮痍，成群的难民一堆堆地蜷缩在道路的两旁，老人、妇女和孩子高高低低一簇一簇地呆呆站着，像秋天收获稻谷之后遗落在田野上的稻草人。难民群中有人走着走着身子轻轻地朝路边一倒，生命就终结在这无声无息之中，活着的人的脸上看不到悲伤，耳边听不到哭泣，甚至连脚步都不停一下就接着朝前走。

战争中人的命运就是坠落在水中的一片叶子，生命茫然无措地在河流中任意漂泊。

兵们的眼里，梅小乐是浪漫的，可此刻梅小乐的浪漫演变成了令人厌恶的絮叨，而可怕的絮叨丝毫没有停止的意思。梅小乐浪漫的想象正在无边地拓展蔓延、丰富升华。

"鸟儿肯定去找森林了，根据我对苏丹地理知识的了解，达尔富尔的郊外应该有一片森林，遮天蔽日的大森林，鸟儿的家肯定就在那里。茂密森林可以抵挡烈日的炙烤，提供清新可人的氧气，鸟儿可以在森林中安家，繁衍生息。可这样的森林怎么会没有了呢？森林消失了，鸟肯定也飞走或者死掉了。这只鸟是一只什么样的鸟呢？阳光下闪亮的羽毛熠熠生辉，飞行的速度很快，而且选择在烈日当头的正午飞行，这也对，这样的正午，人的战争已经停止，最起码不会被乱窜的流弹击中。那么这只鸟来到这里干什么呢，是寻找失落的家园还是寻找不愿意失去的回忆呢？"

没有人回答梅小乐的问题，战争中人的命运都飘忽不定，何况一片森林、一只鸟。

兵们都知道大学生上等兵梅小乐就是这么一个怪人。尽管他的想象翩翩飞舞，漫无边际，故事讲得优美动听，栩栩如生，但没有一个人会信他的八卦传说。

二

梅小乐是工程兵维和大队成立之初集团军于参谋长推荐来的，据说是参谋长的作战信息员。来维和大队之前参谋长曾经给方远明打过一个电话，按常理，这个兵我是舍不得让他去非洲的，可他天天磨我，我都烦死了。我把这个兵借给你们了，提三点要求：一，他是我的宝贝，服完两年兵役还要回大学读书，这个人不能丢，不能伤，还给我的时候要毫发无损；二，这小子太能说，太磨人，又是一根筋，他认准的事情，不达目的誓不罢休，去了非洲不管他怎么磨你，哪怕他说得天花乱坠，把死人说活，也要严格执行战场纪律；三，发挥他的作用，这个兵会英、德、阿拉伯三国语言，去了肯定能给你很大帮助。

对维和大队来说，这个兵当时是个烫手的山芋。

方远明带着梅小乐来维和大队报到这天，大队长和政委审视着这个黄豆芽一样瘦高的学生兵，眉头皱得像千年的老树皮。梅小乐是参谋长推荐来的，维和大队又不能不认真对待。大队长把方远明叫过来嘀嘀咕咕说了好长一阵子。当时的目的只有一个，那就是想尽一切办法让这个不知道天高地厚的家伙碰个头破血流乖乖打道回府，回集团军军部舒舒服服做他的信息员。于是，临战针对性训练的时候方远明早早地给他准备了几个钉子，可随着时间的推移，训练按部就班地展开，方远明发现他错了，他准备的一个个钉子在梅小乐面前就像一盘盘豆芽小菜，他扒拉扒拉就通吃了。梅小乐的体能、专业技术考核每次都排在整个维和大队的前三名。探测、排雷、工程构筑、驾驶装备都技术娴熟、快速敏捷，水平不在他这个作战参谋之下。射击科目，梅小乐的射击成绩好得更是让人瞠目结舌，步枪三十发子弹全部命中，十九发子弹几乎同时命中靶心，机枪夜间点射弹无虚发，狙击步枪对一百五十米外移动目标射击失误率为零。

方远明不得不重新认识这个身材修长，肤色白净，戴着二百度博士伦近视镜的小子了。在他的眼里，梅小乐不再是提溜不起来的豆芽菜了，梅小乐是一棵树，一棵长得相当不错的树。方远明调出了梅小乐的档案，档案中显示：梅小乐，外语学院本科在读，攻读阿拉伯、德语专业，英语六级。方远明就有点搞不懂了，这样好的大学，这样好的专业，这样精明的头脑，在地方应该有个更好的职业，干吗要跑到部队来当兵。更搞不懂的事情是，他放着集团军参谋长的信息员不做，削尖了脑袋瓜子一头扎进了即将开赴苏丹的维和部队。脑子里一连串的疑问促使方远明不得不找梅小乐谈谈了。

梅小乐说了两条充分的理由：青春因为有梦才会走一回军营，男人因为年轻才想触摸一下战争。

两个富有诗意的理由，让方远明更迷糊了，他不住地摇着头，心里不住地感叹："哎呀，这个兵啊，这个兵。"

参谋长说得没错，梅小乐是个人才，外语说得比中国话还顺溜。军区配属部队的梁翻译跟他用英语交流过之后，跟大队长开玩笑说，有他在，我要失业了。大队让他组织外语培训班，这小子把活动搞得风生水起，短短半个月时间，维和大队所有官兵英语口语水平那是噌噌见长，就连大队最笨的四级士官老牛见了他的面都不说中国话，而是哈喽哈喽地喊。

参谋长说得更没错，梅小乐相当能说，更是能磨人，而且磨人的理由充分得让任何人心里都不舒服，但你又觉得他天经地义。比如，封闭式训练管理相当严格，任何人不得外出，部队就要开拔的前三天，梅小乐就外出了，去赴了女朋友张雅琪的约会，而且带着外语学院的四个美女去吃了西餐，据说还是烛光晚宴，相当丰盛，浪漫之至。归队之后，这个家伙居然还脸皮极厚地大肆渲染，让维和大队所有官兵嫉妒得牙根痒痒。

梅小乐为了让这个阴谋变成现实，设计了一个连环套让方远明往里面钻，自认为天分极高的方远明居然钻了，而且钻得很主动。

上级单位要检查验收维和大队临战针对性训练的综合能力，梅小乐抓住了战机，拟定了一个关于邀请地方外语系女生，举办英语口语联欢晚会的方案。梅小乐拿着方案找到方远明，进行了一番长篇大论的忽悠。听完梅小乐口若悬河的高谈阔论，方远明相当兴奋，联欢晚会不仅让上级首长看到了维和官兵的英语口语水平，同时，请一群漂亮的外语系女生到军营来唱唱歌、跳跳舞，很大程度上也能缓解一下官兵的心理压力，两全其美。于是，方远明就掉进了梅小乐的陷阱。当方远明屁颠屁颠地拿着报告去找领导的时候，梅小乐正暗自窃喜地盘算着他的约会。大队长和政委看了方案十分高兴，当场就拍了板，联欢晚会要办而且要办得隆重、热烈。

方远明兴高采烈地拿着大队长和政委批示回到连队的时候，远远地就看见梅小乐正站在连部门口，用笑眯眯的小眼睛迎接他。梅小乐一手拿着早已准备好的外出请假条，一手拿着已经拔去笔帽的自来水笔等待着他的签字。方远明犹豫了片刻，就在这犹豫的片刻，梅小乐会说的嘴又开始了他的演说。梅小乐在给他罗列晚会如何筹备，该请什么样的女学生，表演什么样的节目，节目应该达到什么样的效果，如此云云。方远明就有点晕，在晕的一刹那，梅小乐递过来了笔。方远明不仅自己签了字，又拿着梅小乐的请假条屁颠屁颠地找大队长签了字。要说请外语系的女生，梅小乐还真有点能耐，不到半天的工夫，十六名青春靓丽的外语系女生就花枝招展地出现在了大队部的排练现场。于是乎，联欢晚会相当成功，官兵相当兴奋，领导相当高兴，考核验收相当顺利。大队长说，梅小乐这个兵可以，办事儿利索，要好好表扬。可这个梅小乐还真不能表扬，方远明的表扬稿在心里还没有酝酿好，梅小乐就出事儿了。

梅小乐以送女孩子回学校为名又一次外出，午夜，当他晃晃悠悠回到营区的时候，已经整整超假两个小时。这还不算，他还跟门口警备队的哨兵发生了争执，把哨兵的帽子给打飞了。警备队自然不会放过这个自投罗网的家伙，十几个虎背熊腰的大汉蜂拥而上，一下子把梅小乐摁了个结实。电话打到大队部，大队长极为光火，拿起电话把方远明骂了个狗血喷头。方远明更为光火，不管他梅小乐如何解释，劈头盖脸就是一顿猛剋，关禁闭，写检查，做检讨，班务会、中队务会批评帮助。一连串的狂轰滥炸之后，再看梅小乐，仍然是谈笑风生，见到他方远明，依旧用笑眯眯的小眼睛看着他，没有一点情绪低落的意思，满脸的阳光灿烂。

梅小乐说，既然已经罚过了，方参谋该奖励我了，至少也得给个连嘉奖。

方远明说，梅小乐你的脸皮真厚，我没给你一个处分就已经很够意思了。

梅小乐哈哈地笑着说，赏罚不够分明，这是带兵的大忌。

方远明说，你少给我嬉皮笑脸的，我怎么带兵还要你一个新兵蛋子教我，要是到了非洲，你这个样子我可以枪毙你。

梅小乐依旧眯着小眼睛笑着望着他说，就怕到了非洲，你舍不得枪毙我。

那副神气的模样让方远明一看心里就笑得不行，我舍不得枪毙你？我恨不得一天枪毙你十次，你这个样子哪像个兵，脸皮厚，脑袋尖，看见缝子你就钻，你就是个一张嘴巴吃遍天的货色。

梅小乐说，方参谋你也太抬举我了，我哪能吃遍天，最多吃半边天，那一半留给你。说完就笑着跑开了。望着梅小乐远去的背影，对这个怪兵，作战参谋方远明爱恨交加。

三

骄阳似火的正午很快过去了，整整一个中午，梅小乐的嘴巴在不停地描述着达尔富尔郊外的森林和那只精美无比的飞鸟。尽管没有人听得进去，梅小乐却讲得十分认真。

梅小乐说现在居住的营区前方几公里外的高坡上应该就是一片森林。梅小乐有自己的依据，他拿出了笔记本电脑在电子地图上找到了那片森林的定位点，并且找出了关于这片森林的若干精彩图片。森林果然像梅小乐说的那样美丽，绿油油的树木，漂亮的小草屋在大树下如同一个个精致的鸟巢。肤色黝黑的妇女和孩子站在自家的木屋前，目光清新，悠闲自然。这样的照片跟眼前的景象根本对照不上，这一点就连梅小乐自己也郁闷不已。

方远明说，有一种很好的解释，那是过去的森林，曾经有过。

兵们不会因为一片曾经有过的森林而感兴趣，维和部队刚刚到达苏丹，达尔富尔郊外浪漫的想象只有像梅小乐这样的士兵才有，大多数人就是吃饭、睡觉、干活。

维和部队到达目的地后，立刻开始请领车辆装备和物资器材，构筑野战工事，搭建活动板房，受领任务。根据联非达团（联合国驻非洲达尔富尔地区军事代表团）第S战区司令部的命令，中国维和工程兵部队担任达尔富尔地区道路、机场、桥梁和难民营的修建工作。苏丹内战依旧十分激烈，大规模的战斗多半在夜间进行，夜晚的枪声一直持续到天明，太阳一出来，密集枪炮声开始稀稀拉拉，小规模的战斗间歇发作。

工程部队大批设备展开作业之前，扫雷小分队要对周围几公里地域的道路进行扫雷，警卫分队要占领有利警戒位置担任警戒。扫雷、警卫分队出发之前，梅小乐在队伍里显得十分亢奋，挺胸收腹，脖子昂得像一只打鸣的小公鸡，连队列前面方远明叫了他的名字都没有听到。

方远明走到他面前大声地喊道，梅小乐出列，执行这次排雷任务的名单里没有你。

梅小乐说，你知道的，我是十分地道的工兵，扫雷、排雷作业考核我是全连的第一名，为什么执行任务的时候没有我。

方远明说，没有那么多为什么，这是命令，命令面前没有为什么。听口令，向前一步走，向右转，目标，宿舍，跑步走。

梅小乐十分不乐意地走出了队列，跑了几步又退回来，站到了警卫分队的队列里说，方参谋，我应该分在警卫分队里，我的枪法你是见识过的，标准狙击步枪，一百五十米之内，对活动目标射击失误率是零。

方远明说，你咋那么多毛病，警卫分队的名单里也没有你。

梅小乐十分失落，怏怏地嘟囔了一句，没有我的任务，那我来非洲干什么。

方远明说，谁知道你来非洲干什么，我觉得你应该回到宿舍，好好地研究一下达尔富尔郊外美丽的森林和快乐的飞鸟。

两个分队的兵们哄的一声都笑了。方远明看到梅小乐眯起的小眼睛里飘过了一丝失落和不满。方远明笑了，这正是他想看到的效果，这双眼睛里不能总闪着得意的笑容，也该有点惆怅和失落。其实，方远明心中最主要的原因只有一个，像梅小乐这样的兵，不到关键的时候，他宁愿让他待在宿舍里梦想他的森林和飞鸟。

梅小乐站在营区门口看了很久很久，十分懊恼地望着两支队伍的车辆消失在视线里。夕阳的光线仍旧很耀眼，他感到自己的眼睛潮潮的。

傍晚时分，两只小分队回来了。兵们一边洗洗涮涮一边兴高采烈地讲述着他们的传奇。这个时候梅小乐只能是个内心十分复杂的听众。梅小乐坐在宿舍的门口，闭着眼睛听着兵们的故事，一张白净清瘦的脸上复杂的表情红红绿绿。看见方远明走过来，他站起身来打了个敬礼，一句话不说地又坐下了，接着闭上眼睛听故事。

方远明叫来了正在洗脸的排雷分队队长周小平说，我们的梅小乐想听今天你们排雷的故事，你仔细讲给他听听，我不是看不起你，要说讲故事，你比不上我们的梅小乐同志。

周小平嘿嘿地笑着说，故事我就不讲了，不过小乐同志我告诉你，今天排雷分队收获十分丰富，不到三公里的道路上我们就排除了大小不同、形态各异的地雷十几枚。哎呀，这地雷种类多的，都分不清是哪个国家生产的了。

方远明和周小平看见梅小乐紧闭着的小眼睛亮了一下。方远明知道，这个夜晚肯定是梅小乐的不眠之夜。

第二天早上天刚蒙蒙亮，梅小乐喊了声报告就闯进了方远明的屋子。方远明果然看到梅小乐的小眼睛里布满了血丝。

方远明问他说，小乐昨天晚上没睡好，是梦到非洲大森林了还是梦到森林中美丽的鸟了。

梅小乐说，我梦到森林了，更梦到了森林中的鸟，方参谋你也别不相信，咱们住的这个地方附近原本就是一片森林，有了森林能没有鸟吗，况且，那天正午我真的看到了一只鸟。

尽管梅小乐尽量把说话的口气美化得很谦和，方远明还是隐约感到了他话语中的愤怒。在他的面前，梅小乐总是笑眯眯的，没有人不喜欢笑眯眯的兵，但方远明更爱看梅小乐愤怒的样子。

梅小乐说，我今天不想跟参谋同志谈森林和鸟的事情，我想跟领导谈谈我的工作。请放心，革命军人一块砖，哪里需要哪里搬，我想问方参谋同志，你想把我这块砖放在什么地方。

方远明说，你可是块金砖，金砖应该放在门面上，哪敢随便乱放。这样，你是干文书还是通信员？文书是首长的嘴，通信员是首长的腿，你是想当首长的嘴呀还是想当首长的腿？小乐你能说，我替你做主了，干文书。

梅小乐说，方参谋你到哪里我能跟着到哪里，这活我就干。

方远明说，那不行，我上厕所你也跟着，那不闻臭味嘛。你外语水平高，就在家里听听电话，发发通知，上上网，听听广播，收集一下达尔富尔地区的安全信息，我觉得这很丰富，很充实，很有意义。

梅小乐不说话了。梅小乐心里想，他碰上了难磨的对手，方远明准备了一大堆的对策等待他的到来，看来无懈可击，于是梅小乐决定快点闪。恰巧这时候来了个电话，趁方远明接电话的机会，梅小乐想溜出司令部，抬腿刚要离开，就被方远明叫住了。

方远明说，你看看梅小乐，你来要任务，你的任务这么快就来了，现在我命令你带齐你的武器装备，跟我走。

火红的太阳燃烧着在东方的地平线上冉冉升起。轮式步战车颠簸在通往南达尔富尔首府尼亚拉市布满弹坑的泥土路上，扬起的沙土遮天蔽日。达尔富尔地区局势错综复杂，安全形势严峻。针对联非达团维和人员的袭击事件时常发生，联非达团维和人员平均每周都有伤亡。

开往尼亚拉市的车辆十分危险，路两旁的丘陵绵延起伏，道路上来往的车辆时刻处于火箭弹的袭击和常规轻武器的射击范围中。兵们把枪紧紧地握在手里，虽然路上很颠簸，射击位置上的战斗姿势依旧相当标准。梅小乐端着狙击步枪的目光透过步战车的射击孔不停地在道路两旁的丘陵上搜索。早晨的尼亚拉市郊冷冷清清，几十个衣衫破烂的难民蜷卧在路边的草丛中，政府军的关卡哨兵友好地挥手跟步战车上的兵们打着招呼。悠闲的黑人牧民骑着骆驼赶着羊群爬上了丘陵，太阳照在骆驼和羊群身上，染出了一片晕红。这样的早晨很宁静，梅小乐十分失望地收回了狙击步枪，依旧用一双眯着的眼睛似笑非笑地望着方远明。方远明读懂了梅小乐这眼神的意思：梅小乐觉得他被忽悠了。

步战车里，方远明简要地通报了敌情、社情和这次所执行的任务：卡尔玛难民营刚刚发生了政府军、维和警察同难民的流血冲突，上百人伤亡，南方战区司令部决定增派维和警察和维和部队，中国维和工程兵大队要在最短的时间内为保护难民营的部队建设一个维和基地。这次任务的内容主要是勘察周围地形，同难民营中的大酋长、妇女联合会、青年联合会及难民营相关负责人就工程施工问题进行协商……

介绍完情况，方远明笑着对梅小乐说，这次任务，我绝对没有忽悠你，我们几个荷枪实弹，耀武扬威，其实也只能是你的配属品，你才是这次任务的绝对主角。现在你可以充分发挥你能说硬缠的功夫，在"火药桶"里显示一下中国士兵的外交水平。小乐同志，你不是喜欢看森林吗，等一会儿，你肯定能见到森林，十万难民的黑色森林。十万难民拥挤在这么一片空地上，我保证你从来没有见过这样的大场面，惨状空前。这些难民中，保不齐混入了反政府好战分子，基地不及时建成，维和部队不及时入驻，流血事件就会不断升级，我想这样的悲惨景象你是不愿意看到的。所以，你的任务十分重要，大队长命令，从现在开始，你就是咱们维和大队在卡尔玛难民营的联络员和安全信息员。你就是这黑色森林里飞来飞去的一只鸟，一只会唱歌的百灵鸟，啊，不，和平鸟！梅小乐，我十分看好你哟！

梅小乐没有理会方远明最后一句十分滑稽的小品台词，很显然，梅小乐觉得这次任务相当有意义，危险刺激，而且可以同达尔富尔人民近距离接触。当然，他还能找一个熟悉这里过去的人来证实他关于荒原上美丽森林和快乐飞鸟的判断。

轮式步战车在难民营一公里外的丘陵背面停了下来，前来接洽的是非盟维和部队陆军少校曼德拉。梅小乐用英语询问了一些关于难民营的情况，曼德拉说他们维和警察和维和部队逮捕了一批解放运动组织成员，收缴了一大批枪械、海洛因，目前难民营情况相对稳定。

曼德拉十分粗鲁，他拍着腰间的手枪，然后用手做了扣动扳机的动作笑着说，对付这里的人，要用枪来说话，只有枪才有威慑力，苏丹人从小就懂得用枪说话，否则，没有人会听你的。

曼德拉的话让梅小乐觉得很茫然，他也做了个扣动扳机的动作对曼德拉说，对付难民也用枪说话吗？

曼德拉嘿嘿一笑，露出了两排洁白的牙齿说，只要有威胁，我们就可以开枪，我们是军人，所有对我们有威胁的人都是敌人。不过，目前你们不用担心，我负责你们的安全。

梅小乐向黑人少校敬了个军礼，说了声谢谢。他心里清楚，这样的安全环境，很难说谁会对谁负责。

难民区附近，一座座中国军人的迷彩帐篷搭了起来。方远明命令随车的几个士官把行李搬进来，卡尔玛难民区维和部队基地建设前期协调小组正式成立。梅小乐心里明白，靠非盟维和部队的枪炮和战车带不来难民区的和平，他的非洲之旅注定会跟这个难民营结下不解之缘。

四

卡尔玛难民营果然惨状空前，时刻在考验着梅小乐的心理承受能力。生在阳光下长在春风里的梅小乐，虽然对非洲难民的苦难书面上有所了解，但眼前的一切瞬间把他脆弱的神经彻底摧垮了。他博客里的"震撼""雷人"

等关键词都不足以表述他此刻真实的内心感受。

方远明和梅小乐搭乘非盟维和部队的履带式步战车开进了卡尔玛难民营。一望无际的难民营，流亡的难民越聚越多，真像一片正在生长的黑色森林。一片片赤裸着身体的黑色人群，一堆一堆地聚集在破旧的草房、秸秆棚子周围，远处还有无数暴风雨过后倒塌的棚子，风一刮来整个难民营到处飘荡着塑料袋、横飞的垃圾，一股浓浓的刺鼻的腥臭顺风扑来，让人呕吐。生活在战争的阴霾里，居无定所，食不果腹，生命无时无刻不受到战争与恶劣自然条件的无情摧残，那些失去家园的心灵也破成了碎片，在风沙飞舞的空中飘摇。

走在难民营里，上等兵梅小乐感觉到一股血从心脏里涌动出来，凝聚成化不开的悲憾堵在了喉咙口，强烈的心理刺激和情绪压抑让他觉得有点透不过气来。老人和妇女们木呆呆地望着他们，没有一个人主动上来搭讪，几个黑人女人就走在步战车的前面，根本没有想到要躲闪。他们漠视带枪的人和轰鸣的战车，没有人关心对面来的是关心帮助他们的朋友还是举枪对他们射击的敌人。这个世界在他们的眼里就这个样子，活下去不再是生命的唯一理由。麻木，难民们对生命的麻木让梅小乐的心灵受到了巨大的震颤。

梅小乐用胳膊碰了碰坐在身边的方远明说，方参谋，我憋得难受，我想大喊一声。

方远明说，这点儿你就受不了了，这是你没有看到弱势群体被杀戮的场面，不得已拥挤在这里面的难民几乎都亲身经历了这样的杀戮，这样的生存条件，生和死没有明显的界线。

梅小乐说，方参谋，我想到了我们的祖国，六十年以前，我们的人民应该也是这个样子，不，甚至比这个样子更悲惨。

方远明没说话，坐在对面的梅小乐一脸的庄严肃穆，小眼睛里闪烁着晶莹的亮光。直到此刻，他才对这个油嘴滑舌的士兵有了更深的了解：这个兵，还真的有内涵。

梅小乐说，我真想大声喊，我真为这个世界有了枪而感到羞耻！而以前我是那么热衷于枪，我把枪看作捍卫和平的唯一工具，于是我把手中的各类枪械练到了极致，我梦想到有一天战争来临，我会把所有的子弹射进敌人的胸膛。而现在我才知道，任何一场战争给生命带来的都是灾难。

黄昏的日光照在光裸的荒丘上，一个个密密麻麻分布的小草棚前黑色的人群开始活动，难民区开始了喧嚣。

　　人活着，日子就要朝前走。

　　战争的原因，难民区周围地物地貌发生了很大变化，周围的敌情、社情都很陌生。根据建设规划，维和基地有一条道路必须要从这里经过。联非达团通报，这里居住的几千名难民是曾经饱受战乱的血腥洗劫，集体从十几公里外的地方迁徙到这里的。难民几经磨难好不容易才有一个栖息之地，再次迁徙如同雪上加霜。酋长性格倔强，拒绝同维和部队沟通。方远明交给梅小乐一个任务，尽快找到酋长，想尽一切办法进行沟通。

　　步战车的轰鸣引来了天真好奇的孩子们。成群结队的孩子挥着小手兴奋地高呼着"嗨嗨""赛来目阿来意苦目"（阿拉伯语，你好的意思），纷纷围上来。虽然无论男孩女孩一律赤身裸体，让梅小乐有点不适应，但他们的单纯和真实就如他们赤裸的身体一样，直白，坦诚。孩子们用期待的目光望着战车和战士，孩子们真可爱，他们或许不知道，在世界上的其他地方，像他们这样年龄的孩子，正在过着怎样幸福的生活：有父母温暖的呵护，有漂亮的衣服穿，有各种各样的玩具和喜欢的零食，有美丽的校园和父母一样关爱他们的老师……

　　梅小乐走下了步战车，迎着落日的余晖同孩子们打起了招呼。

　　眼前这群十来岁的孩子什么都没有，他们赤身裸体，过早地面对着贫穷、饥饿和战争带来的恐惧、死亡。可值得欣慰的是，人群中许多孩子的手里拿着书，书很旧也很烂，从他们的笑脸上，可以看出饥饿茫然，也能看出对美好的憧憬。

　　没有一个孩子带有书包，他们小心翼翼地把书夹在他们的腋下或者顶在头顶。一阵风刮过来，一个小姑娘的书不小心从头上跌落下来，风刮去了破裂的一页。梅小乐把那一页捡起来，把褶皱抚平了，递给她。小姑娘小心翼翼把它塞进书本里，朝梅小乐笑了笑，笑容是那样纯真。这一幕深深地触动着他脆弱的心灵，梅小乐感觉到有两行滚烫的热泪一直流到了嘴角处。梅小乐的手不由自主地握住了小姑娘的手，她的手很无力，握在手里像握着一根干枯的树枝。梅小乐取下了黄挎包把孩子的书装在里面，然后给孩子斜挎在肩头。

　　梅小乐微笑着用英语问她，你叫什么名字？

小姑娘茫然地摇了摇头，她指着梅小乐迷彩服上五星红旗的臂章用磕磕巴巴的汉语说，这是五星红旗，我会说中国话。

梅小乐激动地把小姑娘抱起来，一种难以表述的近似疯狂的喜悦涌上心头。

梅小乐一口气问了小姑娘好几个问题，你叫什么名字？你的家在哪里？你喜欢中国吗？跟谁学的汉语……

小姑娘告诉梅小乐她叫托菲拉，今年十岁，他们老酋长的汉语说得非常好，所以，他们部落的很多男人都懂得汉语。小姑娘说，部落里不少大人在中国的油井上干过活，他们说中国人很善良，为他们在苏丹建造了很多漂亮的房屋，干活给的钱也多。他们还说中国很美丽，有长城、长江、黄河，还有五星红旗，他们是因为看到了五星红旗，才敢到车子这边来。

梅小乐告诉孩子们："托菲拉说得没错，在遥远的地方有一个美丽的地方叫中国，我就是中国士兵。六十年以前，我们的祖国也曾饱经外族的侵略和内战的疾苦，现在苏丹人民跟过去的中国一样经受着战争的摧残，因为我们的祖国有着共同的经历，所以我们来这里帮助你们重建家园，给你们修道路、建学校，希望这个美丽的国家尽快恢复她原有的面容……"

梅小乐还告诉托菲拉，让她明天带更多的孩子来，他会带更多的书包和食物。梅小乐知道他自己不能给孩子们太多，孩子们不仅需要面包，需要充足的水源，更需要远离战争，走进和平，像美丽的花蕊，沐浴着和平的阳光才能自由地绽放……

五

从那个黄昏开始，小姑娘托菲拉总是在太阳快要落下地平线的时候，带着一群孩子来到梅小乐驻地前的丘陵上等着梅小乐的到来。每次，梅小乐总会带来许多好吃的东西，用阿拉伯语给他们讲中国的故事。孩子们喜欢听，梅小乐也喜欢讲，听得高兴的时候，孩子们就会快乐地跳起欢快的非洲舞蹈，唱起快乐的歌谣。

这个晴朗的正午，太阳炙热地烘烤着大地。厚厚的尘土掩盖着坑洼不平的道路，小女孩托菲拉在前面走着，梅小乐远远地在她后面跟着。托菲拉对梅小乐说她愿意带他去见老酋长,不过要选择在正午,因为正午是一天之中最安全的时候。

托菲拉说他们这个部落是个有着七个村庄、两个小镇子的部落,一共有一万多人,不过现在就剩下不到五千人了,大多数是些老人和孩子,很多壮年男人都死了。战争也夺去了她父亲和三个哥哥的生命。她最小的哥哥十三岁就扛着枪跟着父亲去打仗了,她闹不清楚他们为什么老打仗。战争还没到来的时候,父亲和哥哥都在几百公里外的中国油田做工,父亲说将来可以把她送到中国读书。父亲跟哥哥都死了,现在她的家里只有苍老的妈妈和一头瘦得一阵风都能刮跑的老牛。老酋长带着他们离开了美丽的家乡,离开了平静而快乐的生活,搬到这个鱼龙混杂的地方来居住。酋长没有办法阻止征战和残杀,几场战斗下来,几个村子的壮年男人几乎死了个精光……

托菲拉在阳光中不时地奔跑,行动敏捷而迅速,梅小乐气喘吁吁地在后面紧跟着。望着托菲拉娇小灵敏的身影在眼前晃动,梅小乐立刻想到了那个燥热的正午,那只一下子就从他眼前飞过、一下子又从他眼前消失的鸟。想到那只鸟他就会想到那遮天蔽日、翠绿欲滴的森林,水草肥美的绿地。这才是他心目中美丽非洲的样子。

精神矍铄的老酋长坐在一棵只有几根枝条的枯树下编着草鞋。一只大鸟停在老酋长的肩膀上,虽然只有一棵树、一只鸟,梅小乐还是感到十分欣慰。因为只要有一棵树,就能说明达尔富尔的郊外肯定会有更多的树,更多的树组合在一起那就是森林。

托菲拉在酋长面前行了个阿拉伯的礼节,在他耳边说了几句话。酋长仍旧低着头编着草鞋,仿佛身边没有任何人存在,甚至连火热的太阳也不存在。酋长的草鞋编得细致也很精美,编几根草,就看看远处落在地上火辣辣的阳光。梅小乐用阿拉伯语赞美了老酋长的草鞋。

熟练的阿拉伯语立刻引起了酋长的注意。老酋长用浑浊的目光仔细地观察着眼前这个戴着蓝色钢盔的黄皮肤小伙,然后低下头问了一声,你有什么事?

梅小乐此刻似乎忘记了他来找酋长的目的,一种强烈的愿望驱使着他,他想知道达尔富尔郊外是不是真的有森林。梅小乐说他是一名中国维和士兵,昨晚上他做了一个梦,他梦见达尔富尔郊外有一片美丽的森林,茂密的森林遮天蔽日，成群的飞鸟在丛林中筑巢。有一群十分美丽的鸟从他的眼前飞过，鸟飞得很快，发出清脆的鸟鸣。高大的树木下面是一排排漂亮的小草屋，一条小溪从森林深处流淌出来，成群的牛羊在绿草肥美的草地上奔跑，成群的黑人孩子在潺潺的溪流旁边嬉戏、玩耍……

梅小乐惊奇地发现，老酋长浑浊的眼睛突然变得很明亮。老酋长的目光望着远处白花花的太阳地，厚厚的嘴唇嚅动了几下，开始娓娓诉说，他们部落的几个村庄原本就依靠着森林，森林的深处真的就有一条从来没有断过水的小溪。水是万物的灵魂，它去过的地方，所有的一切都会焕发勃勃的生机。小溪流过的地方是一大片平坦的绿地，翠绿的草地养育了成群的山羊和健壮的奶牛。他的部落很宁静，从来没有过流血矛盾的发生。直到那个日落的黄昏，一群持枪的北方男人来势凶猛地闯入，原来的一切都变了。北方人占据了他们的森林，占据了他们的水源，枪杀了他的族民。然后他们开始大量砍伐树木建造房屋，疯狂掠夺他们的牛羊。一辆辆装载树木的卡车昼夜不停地在通往北方城市的道路上川流不息，一片片绿色的草地被牛羊群践踏之后变得枯萎。森林很快不见了，没有了森林的小溪在烈日下很快干枯。森林很快消失了，小溪很快消失了，羊群和牛群也很快消失了。随之而来的是撒哈拉大沙漠的黄沙，呼啸的季风刮来，美丽的家园消失了。为了保护森林和水源，成年的男人勇敢地拿起了枪，激烈的战斗几乎每天都在发生。武器落后的农民永远无法阻挡武器精良的北方佬的疯狂进攻。于是，大批的男人被屠杀，达尔富尔郊外的土地染满了猩红的血……

梅小乐用阿拉伯礼节向逝去者表示了沉痛的哀悼，对难民营难民的生存前景表示了担忧，并介绍了维和基地对卡尔玛地区和平乃至整个达尔富尔地区和平的深远意义。

老酋长的中文说得出奇地流利。老酋长说他年轻的时候曾经跟中国人一起修建过铁路。他说中国人跟非洲人一样，国家有着同样的命运经历，同样能干，肯吃苦，当年，他们在一起抬枕木，铺铁路，喝酒，唱歌，聊天，交朋友。艰苦的岁月里，中国人够朋友，他们不远万里来到非洲，就像建设自己的家一样建设非洲。正因为有了东方中国的支持，六十年代，非洲人就有了自己的铁路，有了自己的电厂，有了千家万户的光明。老酋长说，没想到今天在这样的场合再次遇到中国人。梅小乐谈到了修建维和基地公路的事情，并代表筹建小组承诺，一定会让他的族民得到好的安置。

老酋长终于答应串联难民区十几个大酋长，共同商量中国维和部队建设卡尔玛难民区维和基地的事情。磋商进行得十分顺利，经过细致的商谈，维和基地建设迅速经过了勘测设计、动工修建，一排排活动板房雨后春笋般地拔地而起。

道路开始修建之前，老酋长的族民们欣喜若狂地搬进了活动板房。房子白色的墙体，天蓝色的顶，一排排一片片整齐地排列在红色的土地上。女人和孩子们扭着非洲狂热的舞蹈唱着美妙动人的歌谣，很多人一辈子都没有见过这样漂亮的房子，舞蹈和歌唱的人群汇成长龙，俨然一片壮观美丽的风景。只是，挖掘机、推土机平整过后，难民营周围原本单调的色彩变得更加惨不忍睹。

梅小乐想，难民营周边广袤的荒原，如果有一片梦中总出现的森林就好了。

老酋长的讲述证实了梅小乐的想象，达尔富尔郊外真的有一片茂密的森林。既然曾经有过森林，就有可能再生出森林。

梅小乐心里想，难民营那么多的人干吗不再种一片森林。如果每一个人种下一棵树，十万个难民应该能种下十万棵树。十万棵树应该是一个很大的森林了。有了森林就会保护水源，有了水源干涸的土地就会绽放出草的颜色、花的颜色，就会五彩斑斓、绚丽多彩。

梅小乐把这个想法告诉了方远明。方远明对着他大笑了一阵子，拍了一下他的脑袋瓜子说，你真是个十足的怪物，难民营的老人和孩子成天吃不上饭喝不上水，你让他们去造森林？你的脑袋瓜子里在想一些什么东西，稀奇古怪的。

梅小乐说，我觉得我们应该在维和基地的周围种植一片森林。

方远明说，你这个想法不太现实，我们建设营区的任务就已经很繁重了，没有人会支持你的造森林计划。

方远明说，我有一个建议，你不如改成一个种菜计划，弟兄们很长时间都没有见到绿色了。你要能在维和基地种出蔬菜，我就相信你能在荒原上种出森林。

梅小乐说，君子一言。

方远明说，驷马难追。

梅小乐说，光相信不行，你得说服大队长支持我。

方远明说，只要让我吃上一口绿色蔬菜，我说服全国人民支持你。

梅小乐说，理想是通过实践才会变为现实的，我肯定会让这片赤裸荒芜的土地穿上绿的衣服，不仅有绿色的蔬菜，还要有绿色的树木。只要咱中国军人待过的地方，荒芜的原野就不能像非洲孩子那样整天光着屁股，哪怕种出一片巴掌大的树林，也是达尔富尔郊外的一片遮羞布。

方远明哈哈大笑着对兵们说，我们的小乐同志有一个天方夜谭的"遮羞布计划"，大家期待着他早日能把计划变成现实。

一阵稀里哗啦的哄笑过后，梅小乐十分严肃地宣布，"遮羞布计划"从今天开始。

这天夜里，梅小乐坐在电脑前很久没有停止自己的激情。梅小乐用极其优美的语言写了一篇博客……

  此刻，我坐在撒哈拉沙漠和战争的边缘上写下这篇博客。夜很深，窗外满天的星斗，难民营星星点点的篝火照耀着荒原的沉寂。这是一片不毛之地，十万难民拥挤在一起也不能掩盖达尔富尔郊外的荒凉。

  我梦想有一片森林，一片有着各种鸟鸣，鲜花盛开，蝴蝶起舞的森林。这里原本有一片森林，但是它消失了，我们用最真诚的情感也不能把它呼唤回来。所以，我只有用我的双手让它重生。

  梦想要飞翔，这是它的权利。如果它不能飞翔就如同破碎了翅膀的鸟儿，只能在地上爬行。我当然知道，梦想是美丽的，现实是残酷的。

  有人会说，在严重缺水、沙漠化日益严重的苏丹种植一片森林，这样的想法是多么荒唐。

  我不这么认为，梦想是强大的，因为它能时刻召唤着我，广阔无限，永不枯竭。它之所以不朽，那是因为它永远鼓舞着一个中国维和士兵去追寻，去创造，即便永远达不到，我也要竭力靠近它……

六

　　维和基地的营区一天一个变化地呈现在非洲荒原上。梅小乐的"绿色森林计划"也在一天一天进行中。

　　要想实现种树的梦想，首先要把绿色的蔬菜种出来。梅小乐决定在种菜的同时播种他的森林梦想。相比较之下，种菜还是比较容易实现些，梅小乐十分佩服方远明的现实。兵们太需要绿色蔬菜了，很多人看到缩水小青菜的样子就像看到了女友的玫瑰花，眼睛里熠熠闪光。要想种菜和种树，梅小乐必须有一片试验田，有十几种适应非洲的菜籽和树种。菜地自然不在话下，工兵分队有的是机械，一个小时，半亩地就被平整地翻完了。接下来就是菜种和树种。关于菜种和树种，梅小乐选择了两个渠道，一个渠道是让女朋友张雅琪从国内邮寄，一个渠道是在非洲购买自己需要的菜种和树种。

　　想到女朋友张雅琪，梅小乐心里酸酸的，他们已经很长时间没有联系过了。荒芜的郊外，荒芜的心情，寂寞的日子，爱情是安慰心灵的唯一药剂。在相爱的四年里，梅小乐从张雅琪那里得到了女性的挚爱和关怀。张雅琪漂亮，浪漫，美丽的大眼睛里总是闪烁着女性宽容、睿智的目光。在梅小乐心里，只有她能理解他的青春冲动和漫无边际的幻想。张雅琪有时候会像个姐姐，有时候会像个母亲，容忍他突发奇想的折腾。

　　可是，两个月前，张雅琪给他发过一封邮件。电子邮件中，她说她要毕业了，毕业就要找工作，就要离开一座城市到另一座城市去，就要朝着一个目标走，而不能在茫茫的大千世界里毫无目的地充当盲流。张雅琪是在说他。梅小乐承认，在他和张雅琪爱情的天平里，他的索取大于回报。

　　在众多的美女行列里，张雅琪不是最漂亮的，但她是最优秀的，漂亮的女孩子是美丽的花朵，而张雅琪是块美玉。在当今物欲横流的职场里，这样的女孩子很受厚脸皮男人的追捧。梅小乐就是靠着厚脸皮才把张雅琪追到手的，如果张雅琪面前再出现第二个梅小乐……不怕贼偷，就怕贼惦记，这块玉被别人惦记上，那就糟糕了，他在非洲追逐他的森林梦想，想补救也是鞭长莫及。想着想着，梅小乐的心就隐隐地痛，对爱人的思念总是让人心疼。

梅小乐想着心事走进了方远明的帐篷。望着整天笑嘻嘻，此刻却眉头紧锁的梅小乐，方远明笑着说，我们的小乐开始学深沉了。梅小乐没有理会他，走到办公桌前面打开了方远明的电脑。方远明的电脑连着维和工程兵大队唯一的一条互联网专线。梅小乐打开了QQ，张雅琪漂亮的美女头像是黑色的，打开了张雅琪的邮箱，邮箱里只有一句没发出去的话：梅小乐，我也追求我的梦想去了。

梅小乐的担心没有错，他心里的那块玉被他自己给搞丢了。梅小乐觉得没有什么比这一天的心情更灰暗了。正午的阳光直刷刷地照在新翻的红色泥土上，梅小乐头顶着烈日在地头边上站着，望着等待播种的土地发呆。远远地看见方远明走过来，两个人在地头上对望着。

方远明说，一向思路敏捷的梅小乐此刻居然也手足无措了？不会吧！有什么难处，能不能跟我说说？

梅小乐用脚踢飞了一个土坷垃，一股钻心的疼痛一瞬间提醒了他：这个野蛮的家伙不会是来幸灾乐祸的吧。梅小乐掩饰着自己内心深处的悲哀情绪，依旧用笑眯眯的眼睛望着他。

方远明说，你就别装了，不用问，失恋了。别总认为自己是女生心目中的白马王子，白骨精也很喜欢念经祷告的唐僧，现在吸引美女的小白脸多了，再坚定的爱情，也抵不上好车、别墅、玫瑰花。

梅小乐收回了脸上的笑容，眼睛盯着方远明说，方参谋，如果我们两个在这新翻的土地上来一次搏击，上级该不会说我不把参谋当干部吧？

方远明说，别，我还真不想不把自己当干部，你也学学我，洒脱一点，你老兄我四次恋爱四次吹灯，其中有两个都快要领证结婚了，煮熟的鸭子不照样飞了。天涯何处无芳草，维和回家咱再找，革命军人在爱情上，要经得起千锤百炼。

看着方远明满不在乎的样子，梅小乐说，领导老说我的脸皮厚，今天我也送领导四个字。

方远明问，哪四个字？

梅小乐一个字一个字地吐给他，厚颜无耻！

说完扭头朝地的那一头走去。

方远明紧跟着他喊，我找你有事儿，赶紧回帐篷，你的博客后面有一大批人跟帖，你的树种和菜种有眉目了。

在众多的跟帖中，梅小乐找到了购买菜种和树种的第二条渠道。这条渠道需要采取外交手段，梅小乐需要选择一个对这个计划十分感兴趣，而且能够方便出入苏丹国境的人。

梅小乐把目标对准了联合国驻苏丹的文职官员苏菲亚娜。苏菲亚娜负责难民营难民的各类数字统计核查工作，经常往返于卡尔玛难民营和驻地邻国卡扎尔，这个人是最合适的人选。

现在，梅小乐就站在这个年轻美丽的德国女人面前口若悬河地描述他的绿色计划。梅小乐从那天正午从他眼前瞬间飞过的鸟说起，讲到了老酋长部落消失的森林，接着就描述他的梦以及梦中的森林、小溪、无边无际的绿草地和一个个非洲人的木头小屋。很显然，梅小乐的描述十分精彩，语言优美，流畅自然，偶尔还来一段小小的幽默。一个讲得眉飞色舞，一个听得兴高采烈。因为都说德语的缘故，美丽的苏菲亚娜小姐对眼前这个高个子黄皮肤的中国男孩讲述的故事十分感兴趣，同时她对梅小乐的"绿色森林计划"狂热追捧。用德国美女的话说，这是一个有梦想的高素质中国维和士兵，我有责任跟他一起实现这个梦想。

年轻美丽的苏菲亚娜女士很快就成为卡尔玛难民营维和基地的常客。德国美女在她的互联网博客中描绘了中国士兵美妙动人的绿色非洲梦想，她号召所有工作在苏丹周边国家的同事、朋友疯狂地购买蔬菜和树种。三天时间不到，一辆联合国维和部队的白色皮卡带着几十公斤的菜种和树种停在了梅小乐的面前。梅小乐激动得要命，德国美女更是疯狂至极，竟然激动地抱着中国士兵一阵狂吻。

褐红色的土地深耕了，平整了，种子播种下去了，阳光下像一片耀眼的镜子。没有水，任何种子都不会在土地里发芽。卡尔玛难民营，水就是生命。是菜和树重要，还是命重要，这是个不争的现实。维和基地连洗脸刷牙的水都没有了，吃的水更是岌岌可危。

因为水的问题，一轮又一轮的争斗此起彼伏。成群的难民妇女和孩子围在维和部队拉水车周围，顶着取水的塑料桶，拥挤着求救。几十公里外的三个取水点相继发生了维和部队同敌对分子的枪击事件，枪击殃及了难民营取水的平民，鲜血染红了蓄水的池塘。找水成了摆在维和部队面前亟待解决的首要问题。很多人想到了打井，很多人开始打井，很多打出来的井根本没有水，于是，很多人不再打井，很多人开始抢水……

梅小乐去找了方远明，方远明去找了大队长，大队长向联非达团报告。没有人回答哪里才能有水，怎样才能有水，什么时候才会有水。

夕阳的光晕照在播种后的土地上，梅小乐低着头的影子被拉得很长。梅小乐在地的周围徘徊着，远远地看见天空中一只大鸟飞过来，在他的头顶上空盘旋。梅小乐熟悉，这是老酋长的大鸟，也是非洲荒原上唯一的一只鸟。

果然，托菲拉招着手向他走来。托菲拉的身后是老酋长高大健壮的身影。老酋长说他知道难民营周围哪里才能打井，哪里的井才能出水，哪里的井才能出甜水。老酋长说，因为水源引来的骚乱，很多人已经离开了这个世界去了天国。他的部落里不能再因为水死人了，所以关于难民营周围的地质情况，他从来没有对任何人讲过。大鸟引领着他们走在附近的丘陵和谷地中，老酋长不停地在寻找，在标记。

高高的井架立起来，打井的工兵分队昼夜不停地向更深的地层挖掘，挖掘。终于在一个阳光灿烂的早晨，难民营迎来了成千上万人惊喜的欢呼，一股银亮的光柱在阳光下喷薄而出，光柱在空中散成千万个五彩斑斓的碎片，伴着一股荒原上久违的凉意飞向人群。出水了！拥挤的人群拼命地跑来，用双手捧起了水开怀畅饮。大鸟在空中喜悦地飞行；黑色的人群开始在阳光下火爆地舞蹈；老酋长手端着水碗仰望着空中的大鸟，虔诚地祈祷；托菲拉长跪在土地上亲吻被井水沐浴过的土地，久久不肯起来；美丽的苏菲亚娜女士望着沸腾的黑色人群，白皙的面庞上流出了晶莹的泪滴。非洲的荒原上终于有了一口醉人的甜水井。这是生命的源头，没有人不为之欢呼。

一直到黑夜的星光俯视这深沉的大地，难民营里的灯火依旧一片辉煌。阴霾的日子压抑太久，很长时间没有这样的欢乐，此刻欢乐正在释放着储存已久的悲伤和痛苦，活着的人们终究会等到希望的到来。

水打破了难民营长久的沉默，水在滋润着干枯的土地，水在萌发着沉睡着的种子和绿色的希望。那一颗颗种子在梅小乐的心里说话，一个个绿色的音符谱写在红褐色的土地上汇集成优美的旋律在歌唱。

翠绿的菜苗和树苗相继萌发，绿油油的一片，娇嫩欲滴。每天都有很多前来观看的人。德国美女苏菲亚娜几乎每隔两三天就会来一次，每次走在绿色的菜地苗圃里她都会唱起家乡的赞美诗。德国美女告诉梅小乐,她从小就梦想着当一名园艺师或者教师,可父亲跟伯父坚决反对。大学毕业后她到美国学习了阿拉伯语,在联合国总部担任职务的伯父介绍她去应聘文职官员,她就留在了美国。苏丹战争爆发后,她主动要求把她派遣到一线来,她喜欢挑战性的工作,不喜欢职场里一成不变的死板和沉闷。德国美女说,看到这里那么多的可爱的孩子,看到这翠绿可爱的树苗,她真的想一直留在这里。

梅小乐好奇地用德语问她,怎么,你不恋爱,不结婚吗?

苏菲亚娜说,当然不,爱我的人肯定也会到这里。

苏菲亚娜的丈夫也在尼亚拉市,是德国驻达尔富尔地区的军事观察员。

苏菲亚娜说,和平是当今世界发展的主题,是全世界所有人最大的梦想,我们要为之而奋斗。

苏菲亚娜还说,她看了梅小乐最近写的博客,好像在说把爱情给搞丢了。真正的爱情是丢不了的,有一天当你悄悄回头的时候,她就朝着你的目光翩然走来。

七

达尔富尔郊外的维和基地远远能看到一片苍翠的绿色。

菜苗的长势很好,竟然很快超过树苗的高度。

方远明跟梅小乐开玩笑说,你的绿色森林还比不上菜苗的高度。小树苗啊,快快长吧,等你们长成森林的时候,我们小乐同志的胡子肯定比你们还长。

听着方远明奚落的话,梅小乐十分恼火。

梅小乐说,方参谋同志,请你快一点兑现你的承诺,你说过,只要能让你吃上绿色蔬菜,你就会支持我种树。

方远明说,我是十分想让大家帮助你种树,可看看你的树苗,才几寸高。怎么种?一场沙漠大风吹来就被埋在里面了,等你的树苗长到一米高的时候大家会帮助你的,当然我们这批维和部队肯定是赶不上了,不过我可以把这项光荣的任务移交给下一批的同志。

梅小乐说，那不行，下一批的同志肯定照顾不了我的树苗。

方远明说，那你就祈祷吧，祈祷你的小树苗快快长大。

方远明的话提醒了梅小乐，如果按照树苗生长的速度，归国的时候，小树苗也仅仅能长到半尺那么高。半尺高的小树就像一群没娘的孩子，在荒芜的沙漠化日益严重的土地上生存很快就会死去。

地里开始大量地收获蔬菜，西红柿、茄子、豆角……十几种蔬菜源源不断地上了兵们的餐桌。兵们吃着可口的蔬菜就会想到梅小乐的绿色森林，更会想到正在为绿色森林梦想发愁的梅小乐。联非达团赋予的施工任务一天天接近完工，归国的日子一天天临近。

兵们开始在空暇时间帮助梅小乐为小树苗构筑阻挡风沙的防风墙。兵们把防风墙修得十分漂亮，高高的防风墙被修成了中国的长城模样，绵延崎岖，很是壮观。树苗在防风墙的呵护下自由地生长。因为能喝到水的缘故，畦子里的树苗虽然长得很稠密，但还是你争我抢地生长着。工兵分队在维和基地附近修建了三所小学，清晨和黄昏，孩子们都要成群结队地从防风墙的另一侧走过。孩子们每次走到苗圃前总会停下来，用好奇又充满希望的目光望着绵延的长城和城头上鲜艳的五星红旗。

托菲拉和孩子们几乎天天到苗圃里来，给树苗捉捉虫子，浇浇水。托菲拉对梅小乐的森林梦想充满了无限的憧憬。她把梅小乐描绘的森林风景写在了本子里，当成诗歌一样朗诵给她的同学和玩伴。美好的梦想总会给人带来快乐，孩子们在小小的树苗面前也会展开漫无边际的遐想，当那一天到来，美丽的森林里会长满鲜花，遍地翩翩飞舞着蝴蝶。自由的鸟儿会快乐地飞翔，孩子们会在高大的树木下弹琴歌唱……

夕阳西下的时候，老酋长的大鸟会在苗圃的上空盘旋，俯冲。天空中的鸟显得极其亢奋，飞行的姿态舒展而优美，时而冲上天空，时而快乐滑翔，时而贴近苗圃的小树巡视飞行。大鸟守护着荒原上唯一的绿色，警惕地驱赶着田野上饥渴难耐的田鼠。

老酋长也会时常带着部落的族民们来求教种菜的技术，周围的荒丘到处都是土地，这里的土地能长出新鲜的蔬菜，同样也能长出各种粮食。荒原上开始一片一片地被种上了蔬菜，寂寞的土地开始有了生机。一口口水井流动着生命的力量，有水的地方，绿色生机盎然。

苏菲亚娜搬进了已经建设完备的维和基地，除了自己的工作之外，她还担任了其中一所学校的英语教师，有时间她也教孩子们德语。她说，她从来不讲德国的历史，在德国的历史肌肤上有着一块永远无法用时光之水荡涤干净的污垢，那是世界的伤痛，也是德国人民的伤痛。

她很喜欢中国的历史，近百年前，中国的历史跟非洲相同，有着屈辱的过去，但正在看到崛起的未来。

又一个美丽的黄昏，梅小乐戴着草帽在苗圃里侍弄他的宝贝树苗，有两个女人顶着夕阳远远地从天地的另一头向这边走来。女人的白色裙裾在夕阳和微风中飘舞，走在苍翠的苗圃间宛若天边飘来的白云。苏菲亚娜牵着一个中国姑娘在向梅小乐招手。梅小乐看见张雅琪正一步步朝他走过来。他使劲地揉了揉眼睛，掐了一把自己的胳膊，他害怕眼前这一切会像梦境一样消失。是真的，张雅琪正向他奔跑而来，舞动着裙裾像一只飞来的天鹅。德国美女面带着笑容看着情侣拥抱，嘴里重复着她曾经对梅小乐说过的话：＂真正的爱情永远不会丢失，有一天当你悄悄回头的时候，她就朝着你的目光翩然走来……＂

张雅琪说，这就是她在博客里说的梦想。她的梦想就是亲眼看一看让梅小乐魂牵梦绕的绿色森林。张雅琪毕业后应聘了工作，身份是中石油集团的非洲翻译。中国石油在苏丹勘探开发了许许多多的油气田，来苏丹的中国职员也一天一天增多。中石油海外能源战略部要同苏丹政府进行新一轮的谈判，在那里，她刚巧遇上了去政府办事的苏菲亚娜，她们一路同行。于是，她也来到了曾经枪声四起的达尔富尔，虽然她知道，在不久之前，几名中国石油工人和技术员遭到了敌对分子的劫持，至今生死未卜，但死亡的恐惧丝毫阻挡不住她对梦想的追寻之路。

眼前就是梅小乐所谓的森林，只有半米多高的小树苗在风中摇曳着稚嫩的枝条。高高的长城模样的防风墙遮挡住了肆虐的风沙，树苗在它的庇护下旺盛地生长。

梅小乐自嘲地笑着说，梦从这里开始，就会一步一步接近现实。

张雅琪说，梦想是多么美丽啊，少了梦想，你就无法生活，这才是真实的梅小乐。

梅小乐说，没有梦你也活不了，这也是真实的张雅琪。

张雅琪说，你的梦想我看到了，它虽然还不是一片森林，但至少这是个现实的开始。

梅小乐说，会的，有一天会的，全世界人民都会这样想。

张雅琪嗔怪地用手指点着他的额头说，你真是全世界最臭美的，不过，我喜欢。

八

梅小乐女朋友万里来相会的事在维和部队营区里一时间成了传奇。兵们很受鼓舞，看到张雅琪就像看到了自己的女朋友一样士气高涨。张雅琪还代表中石油系统带来了大批的慰问品，吃的、用的、MP4、智能游戏机，琳琅满目。慰问品很快发到了战士们手中，兵们拿着从万里之外的祖国带来的东西倍感亲切，感慨万分。

作战参谋方远明指着梅小乐的鼻子说，你这个兵总能搞点大动静。我敢肯定，全世界像你们这样的也找不出几个，相隔几万里，冒着硝烟炮火，说来看你就来看你了，也真敢想，真敢做。

梅小乐说，二十一世纪，人们先是生活在梦想中，然后热切的梦想就变成了现实。不是你不明白世界变化快，世界这么小，就怕你不找。

方远明说，你就吹吧，那几天网上找不到，差点跟我搞搏击。

梅小乐说，这片森林全世界瞩目，看起来，我这梦想还真得早点变成现实。

方远明说，我看悬，除非拔苗助长。种子长成森林，一百年太短，一万年太长。

梅小乐说，对啊，一万年太久，我要只争朝夕。

树苗一天一天地长高，很快长到了齐腰的高度。经过一次次的分苗、移栽，树苗开始粗壮，叶子由淡绿色变成了墨绿色。绿色的面积也在不断扩大，一畦，两畦，三畦……一阵微风吹来，绿色的树苗摇动着枝条，一股绿意荡漾开来，令人心情格外舒畅。

这个阳光灿烂的清晨，湛蓝的天空白云浮动，伴着雄壮的国歌，鲜艳的五星红旗和蓝色的联合国国旗迎着晨风徐徐升起。

这是个特殊的日子，联合国对中国维和工程兵大队的工作高度赞扬，南战区司令官汤姆斯准将要来颁发联合国和平奖章。兵们在军旗下笔挺笔挺地站立着，每个人都站成了一棵树，宽阔的操场就站成了一片森林。整个操场显得格外庄严肃穆，太阳的光辉透过轻轻漂浮而过的白云落在兵们的身上，霞光一片。

梅小乐站在队列里就想，他的树苗如果长到操场上的人这么高，该算是一片森林了。

汤姆斯准将准时到达，授勋仪式按时举行。准将亲手将和平奖章戴在了每一个士兵胸前，并郑重地向每一个中国士兵行了军礼。

看得出来，汤姆斯准将的心情很愉快，中国军队担负的维和基地营房建设已经顺利竣工，附近的桥梁、机场相继投入使用，中国军人用实际行动创造了质量、速度的奇迹。卡尔玛难民营的安全状况一天天好转，难民们开始团结，内部日趋和谐，看到这样的局面他没有理由不高兴。当然，令汤姆斯最受用的还是中国维和部队自己种植的绿色蔬菜和士兵梅小乐梦想中的森林。准将从博客里看到那个中国维和士兵的非洲森林梦想之后，就对这个兵、这件事情非常感兴趣。准将说他要亲自接见这个士兵，亲自为他戴上联合国和平奖章。

现在，这个文质彬彬、白皙精干的中国小伙就站在准将面前，他操着一口十分流利的阿拉伯语和英语讲述他梦想中的绿色森林。士兵用语言描绘了一幅美丽的图画，这图画感染着在场的每一名听众。士兵说他每天都跟苗圃里的树苗讲述这样美丽的风景，眼前的这些树苗都能听懂他的讲述，因为有一天这些树苗终究会长成参天大树，最终会长成森林。士兵的讲述博得了在场所有人的掌声和孩子们满眼晶莹的泪花。

准将紧紧地握着中国士兵的手说，我看到了你的博客，看到了博客里美丽的森林风光，和谐优美的自然环境。当硝烟和炮火散尽之后，和平的阳光照耀着我们的心灵，世界的任何一个地方都会长满这样的森林。这是中国士兵的梦想，也是世界上所有军人最崇高的梦想，更是全世界所有民族的梦想，所有人民的梦想，这梦想只有两个字，那就是——和平！

梅小乐把准将的话翻译给了在场所有的听众，如潮的掌声雷动响起。

准将亲自率领大家参观了梅小乐的梦中森林。眼前一亩见方的红色土地上，一片绿色生意盎然。

梅小乐说，老酋长已经联络了难民营中所有的酋长、头人，难民们都响应"绿色森林计划"。过不了多久，这些树苗将移栽到维和基地和难民营的每一个角落，树栽到哪里，绿色就会流到哪里，到那个时候，难民营就是一片绿色的森林。绿色能保护水土流失，阻挡风沙的进攻，阳光照耀的地方就会有光合作用，生产出氧气，生存环境将会得到很大的改善，每一个难民都会呼吸到新鲜的空气，呼吸到和平的空气。

准将听完梅小乐的介绍，望着眼前碧波荡漾的苗圃，用激扬的语调说，有梦想就会有奇迹，中国军人总能创造出奇迹！我有个提议，这片森林就叫 CHINA 森林！

九

一个晴朗的正午，焦躁的阳光依旧明晃晃地燃烧着大地。新修的机场，一架架运输机飞上了天空。坐在飞机上，兵们在机窗前俯视坐落在非洲荒原上的维和基地，俯视着一片焦红的土地和绵延起伏的丘陵。没有一个人说话，渐渐地飞机下面送别人们的身影越来越小。

突然，一个兵说，看，梅小乐的森林！

飞机的正下面，一畦畦翻滚着绿意的苗圃旁边，苏菲亚娜和成群的孩子正晃动着一面鲜艳的五星红旗。

一股热流从梅小乐的眼眶里奔涌而出，他用哽咽的声音一字一句地说，不，是中国森林。

方远明拍了拍梅小乐的肩膀坚定地说，对，是中国森林！

兵们立刻回过神来一齐高呼，中国森林！

这个时候，正午的阳光刚刚穿过苗圃。

(原载《前卫文学》2009 年第 10 期)

我的战车 007

一

一股寒风从大山口溜进来,把坦克车库的铁大门晃得咣咣响。车库设在山下的土岗上,不卧风,不朝阳,夏天倒好,说风刮起来很爽,到了冬天,大门正对着山口,寒风使劲地往里灌,冻得人伸不开手。团长张五湖为了这件事骂了几次上一届团长的娘。上一届团长刚刚升任了师里的副师长,传说装甲一团团长骂他也不生气,在酒桌上让团长张五湖连喝了三碗当地烧酒。烧酒的劲儿很冲,直顶脑门子,三杯下肚,嘴就开始不利索了。副师长就哈哈地笑着说,你小子还骂我,就这熊样你还敢骂我,你知道坦克车库是怎么盖起来的吗,山沟里符合战备要求的就这点平地,那是老子用五海碗烧酒跟村长喝出来的。团长张五湖这才知道自己情况不明目标不清瞎放炮,不该骂副师长的娘,负荆请罪就又喝了两海碗,碗还没搁下就咕咚一下子钻到了桌子底下。副师长哈哈地笑着说,这下完了,酒都让他小子给喝干净了。那咱就不喝酒,说事儿,明年秋天是实兵实弹大演习,全员参加,不管是什么炊事员、饲养员、保管员、卫生员,只要是个兵,都要能战斗,咱这坦克是全军首批装备的主战坦克,你们团要给我打准,打出技术水平来,谁要是掉链子,我不骂他的娘,我踢他的屁股。副师长说完就走了,副师长在这个装甲团当了三年的团长,年年打靶搞第一,很是有威望。他这人很古怪,平时怎么跟他玩都行,打扑克喝小酒开玩笑都可以,但关键时候就是不能掉链子。掉链子是坦克兵的忌讳，要想不掉链子只有一个办法，那就是鼓足了勇气争第一，装甲一团从来没有过第二。

副师长没有喝上酒，但在酒场上的话就成了一团的开训动员令，一团的训练就这么呼呼啦啦地提前展开了。

春天在寒风中晃着脑袋一步步朝黄土岗走来，先是岗上的树绿了，草绿了，接着车库周围的迎春花也开了。部队还在预备期，共同科目训练是枯燥的，训练大纲的修改，米数秒数都不再是重要目标了，没有了这些，老兵们就觉得缺乏打拼的火药味，不够刺激，一切都在走程序。武装越野不过是跑出来散散心，看看营区外五彩斑斓的风景；轻武器射击也就是扣扣扳机，过过枪瘾，感受一下心情从枪口射出来击中目标的那一瞬间的快感；器械障碍也是松松筋骨，调节一下肺活量，喘气的时候舒坦。这个时候老兵们都在等待新兵下连。新兵一下连，坦克换季的时候也要到来了。战车脱去炮衣，喷一遍迷彩漆，履带板擦掉黄油，带瓦变得锃亮，一辆辆就像穿上新衣的帅小伙，意气风发，神采飞扬。换了季就要开始专业训练，坦克就要开到石磙河的坦克训练场去，那里青山碧水，场地广阔，战车驰骋，屁股后面狼烟四起，坦克冲上山巅，跨过壕沟，涉过大河，一路所向披靡，心里很是过瘾。秋天，再搞一次步坦协同的大演习，坦克在前面攻城拔寨，步兵跟在屁股后面拼命追赶，枪响炮响喊杀声声声入耳，那日子让人浑身都散发出火辣辣的味道，听着就能蹦起来。新兵一到，坦克兵的好日子就越来越近了。

年初，坦克七连连长孟浩东到参谋学院集训去了，三月分兵，指导员郑东波给七连领回来两个"爷爷兵"。

这个晴朗的上午，八九点钟的太阳暖融融地照着坦克七连的楼顶。楼顶上，上士四级士官七班长赵东宝带着几个预提车长在楼顶上练习射击，兵们透过瞄准镜远远地看见指导员领着两个新兵朝着连队的方向走过来。

果真是两个"爷爷兵"。一个瘦高瘦高的，脸长得老长，还挂着一副眼镜，走起路来像动画片里一根跳着舞蹈的豆芽菜；一个大脑袋，粗脖子，个子不到一米六八，走路跟不上指导员和大个子的步伐，于是就不停地出错倒步子，一蹦一蹦的模样很像一只蹩脚的鸭子。

一班副胡卫东碰了一下赵东宝说，老大，我们一班要是摊上这两个亲爷爷，我就不当这个班长了。

二班副郭德才说，娘啊，你说这兵是咋招回来的，接兵的干部应该枪毙。老大，你跟指导员说说，不能把他们放在我们二班，要不然我当上班长也被折磨死。

一班副叹了一口气说，分到这样的兵，也是意料之中的事情，去分兵的都是军事干部，那些连长，一个个豺狼虎豹，肯定是专拣好的挑，咱们去的是指导员，还不带回来别人挑剩下的残羹剩饭。

二班副说，连长偏偏赶这个时候去上学，要不凭咱连长的名望，新兵还不是紧着咱们七连挑，一个连队就四五个新兵，第一批就弄回来这样两个货色，哎，你们看哎，分明是一个牛头，一个马面。

兵们挤在瞄准镜里看了之后一下都笑了，大家都说，像，还真像，太像了，胖的是牛头，瘦的是马面。

赵东宝把眼睛从瞄准镜里收回来，一句话也不说，伸出了食指中指做了个夹烟的动作，二班副郭德才慌忙从包里掏出一支香烟给赵东宝点上。

二班副说，都说是狼行千里吃肉，狗行千里吃屎……

赵东宝也很憋气，一下子挡开了二班副点烟的手对几个预提车长说，过了啊，过了，谁让你们对指导员说东道西的，再说了，二班副你说的都是些屁话，有你这么说话的吗？啊？什么狼啊狗啊的，谁是狗？谁是狼？连长有连长的优点，指导员有指导员的长处。你们刚到部队时是什么狗屁样你们心里比谁都清楚，都给我瞄准去，下午考核目标目测，达不到优秀都给我冲障碍、练鸭子步去。

兵们就不吱声了，乖乖地去练习瞄准目测去了。现在，赵东宝是连里的主心骨。共同科目训练赵东宝保持着团里五公里越野、步枪射击、手枪射击、四百米障碍四项纪录，坦克专业驾驶、射击、战术在全师都是大拿。赵东宝的007号战车是全团的基准车，坦克打靶，全团开第一炮的是他。他的第一炮决定着全团的射击成绩。这样的兵坐在那里不说话，就是兵们心中的一座山。这也是他在全师几千士兵中大浪淘沙留到上士四级士官的主要原因。据说，他是集团军军长钦点的人选，指标也是军里空降的。在坦克七连，谁的军事素质、修理技术最过硬，谁最有发言权。况且，赵东宝还是连队党支部唯一的一名士官支委，是士兵中的代表。在大家眼里，赵东宝就是一棵树，一棵结满各式各样果子的树，兵们都围在这棵树下，仰脸望着树上的果子，渴望有一天，自己能得到想要的那枚。兵们也都知道，赵东宝今年服役期就要到了，如果晋升不了高级士官就要离开部队，时间就是财富，赵东宝留在坦克七连的日子就是连里的财富、大家的财富。

指导员郑东波是师里下来任职的大学生干部，任指导员之前是师里组织科的正连职干事。书读多了就会阳刚不足，阴气有余。遇到事情喜欢问个为什么，每件事情都爱刨根问底，还爱较真不信邪，明明知道不可为的事情总是很执着。赵东宝不止一次提醒过他，兵是简单的兵，两眼一睁，忙到熄灯，平时跟他们玩到一起，遇到事情多帮忙，就不会出问题。郑东波老爱找兵谈心，东扯葫芦西扯瓢，老是谈不到点子上。时间长了，兵们就有些厌烦。谈心这东西，只是一种形式，这一点赵东宝清楚，两个人话说不到一起，谁愿意跟你掏心窝子说话。但郑东波有郑东波的优点，郑东波谦虚，而且沉得住气，不管你态度何等恶劣，言语何等偏激，他都不生气，遇到这样的事情他都会十分文雅地扶一扶架在鼻梁上的金丝眼镜说，要冷静，千万要冷静，问题肯定会解决的。郑东波还有个优点，他不像其他从上级部门下来任职的干部那样心浮气躁，来基层镀上一层金，拍拍屁股就走人。郑东波扎实，来到连队一年，上级几次要调他回去，他都没同意。他说他的坦克驾驶和射击还没有达到优秀，没有拿到一级驾驶和特等射手，他是不会离开连队的。这一点，赵东宝十分佩服。掰着指头数数，全团几十个政工干部，没有几个能过这两关的，而郑东波在他赵东宝的指导下，已经接近这个目标了。

郑东波私下里叫赵东宝师傅。郑东波比他小四岁，这师傅叫得名副其实。郑东波学历很高，理论功夫很扎实，说起坦克构造、工程原理一套一套的，操作坦克却很笨，操作程序教了一遍又一遍，但一上车他就犯迷糊，气得赵东宝几次都想用穿着坦克战靴的脚踹他的屁股。屈指算来，郑东波应该是他007号坦克上最笨的一名驾驶员和最糟糕的一名坦克射手。好在赵东宝有足够的耐心，一点一滴地教，一遍一遍地练习，郑东波的坦克专业成绩才慢慢提升上来。

直觉告诉他，在分兵这件事情上，郑东波又犯轴了，遇事爱较真的毛病真是让他头疼。赵东宝曾经私下给他提过意见说，你是党支部书记，是要统揽全局的，要学会抓大放小，不要斤斤计较，一脑袋扎进小胡同里去。郑东波就批评他说，世界上的事情就怕认真两个字，只要认真了，什么事情都能做好。两个人常在一起就此问题争论不休，时间长了赵东宝也不愿意说他了，他只是一个士兵，一个士兵对自己的领导指手画脚，传出去会让人说他大逆不道的。赵东宝不想让人对他说三道四。赵东宝在全团都有个"好兵"的名声，他不能让郑东波把这名声给破坏了。

这肯定是两个没人要的兵，别人都认为没希望的兵。赵东宝甚至能想到分兵时，郑东波伸着脖子信誓旦旦的样子：没人要的兵给我们七连。七连指导员郑东波有一句口头禅：我们七连是个小熔炉，再不好的铁也能炼出一把好刀来。后来赵东宝从别人那里听到的情况跟他想象的一字不差。团长张五湖还高兴地对郑东波说，好，我就给你们七连这个机会。

这样的机会没有人跟他抢，这两个"爷爷兵"是郑东波自己抢回来的。

郑东波就是这么一个喜欢跟自己上劲的人。郑东波不但跟自己上劲，还拿他上劲，拿整个连队上劲。赵东宝断定，不出二十四小时，指导员肯定找他，这个人真是没治了。

二

事情果然像赵东宝预测的那样，这两个兵是指导员郑东波要来的"宝贝"。高瘦子名叫毛小文，大学本科毕业，学的是计算机专业。矮个子名叫李墨斗，大学专科生，学的是工程机械专业。两个兵领回来当天没往班里分，宝贝一样住在指导员的房间里，不分就是要分，指导员要把这两个爷爷交给他。赵东宝知道指导员晚上就要找他，一旦遇到事情郑东波总是找他商量，可这个事情没有商量的余地。于是，赵东宝悄悄躲到了学习室里打电脑游戏。他最近迷上了一款坦克作战的游戏，坦克战在游戏里演绎得很逼真，主战坦克很先进，火控系统更好，威力很大，配置也很科学，激光武器、反坦克导弹、电磁炸弹，打起来很过瘾。可最近有一关很难过，打了很久都没有打过去，很邪气，赵东宝一有空就去琢磨它。

晚饭刚过，文书一路小跑来到学习室叫赵东宝说，赵班长，指导员让您老人家去一趟。

赵东宝坐在电脑旁边打着游戏，一群兵围在他周围指指点点，听到文书喊他，头也没有抬说，有事，忙着呢。

文书笑了笑说，我照实汇报给指导员，说您忙着。

文书知道赵东宝心里在窝着火，全连的兵都在窝着火，马上就要开训动员，举行阅兵分列式，上面通知全员参加，这两个兵往里面这么一夹，原本嗷嗷叫喊着争夺优胜方队的事情要黄了。文书摇着头发着牢骚说，指导员不知道怎么想的，怎么弄回这样两个活宝来。

赵东宝知道郑东波找他想说什么。

赵东宝决定据理力争，他的007号基准车坚决不会接纳郑东波的两个宝贝。他的理由很充分，基准车要打全连的第一炮、全营的第一炮，甚至是全团整个坦克集群的第一炮，这可不是开玩笑的，即便他同意，连长、营长、团长都不会同意。郑东波有些异想天开，他总是搞一些异想天开的事情。赵东宝打着游戏，游戏正在预演着一场战争，红蓝双方的坦克大战惊险刺激。这个时候郑东波进来了。郑东波的脸色不是很好看，兵们呼啦一下子就散了。

郑东波说，这就是你在忙？

赵东宝说，对，你看敌我双方态势，我马上就要赢了。

郑东波说，你少给我打岔，走，我找你有事儿。

赵东宝说，有事儿你就在这里说。

郑东波说，走，到我宿舍说。

赵东宝说，如果是那两个兵的事儿，你免谈，什么毛毛虫、李蝌蚪的，我不感兴趣。

郑东波说，是毛小文、李墨斗，什么毛毛虫、李蝌蚪！

赵东宝说，我不管他们是什么，你的宝贝你留着，这事情跟我没关系，你千万不要扯上我。

郑东波说，我们两个谈谈。

赵东宝说，我最头疼你给我说这俩字，指导员同志，有事情您快说，这不，敌人的坦克集群上来了，我都打了好几天了，马上就通关，不能功亏一篑。

郑东波上前一下子关了电脑，板着脸对赵东宝说，赵东宝同志，我要跟你谈正事，走，跟我来。

兵们围在走廊里偷偷听两个人说话，指导员很生气，后果很严重。

郑东波从来没有在赵东宝面前板过脸，神情也从来没有这么严肃过。赵东宝也就收住了笑容，跟在郑东波的后面出了学习室直奔他的宿舍。进了屋，关了门，郑东波马上满脸赔笑地说，师傅，给你件好事情做一做怎么样？

赵东宝明知故问，啥好事情？

郑东波说，我今天带回来的两个宝贝给你带。

赵东宝哭笑不得地说，我的天爷爷，这就是您老人家给我的好事情啊，谢谢你，自己的宝贝自己留着玩，我没兴趣，阅兵式一结束，我马上要抓专业训练了，你是指导员，全连的事情啥重要你最清楚。

郑东波说，我相信你，你能带好他们，连我这样笨的人你都能带出来，他俩比我聪明，肯定能带出来。

赵东宝说，我能带你就能带他们？你是指导员，他们是指导员吗？你别以为我愿意带你，因为你是我们的指导员，是我们连的门面，我带好你是为了我们七连的荣誉。

郑东波说，带好他们也是为了七连的荣誉，他们已经是七连的兵了。

赵东宝说，我可没有承认他们是七连的兵。看看他们的样子，一看就是来路不正的后门兵，高的高，矮的矮，胖的胖，瘦的瘦，我不知道你是咋想的，一下子就带回来两个。

郑东波说，我已经跟团长说过了，这两个兵，你能带好。

赵东宝说，谁跟团长说的谁带，我不带。

郑东波说，团长指定这两个兵让你带！

赵东宝说，我不带，我去找团长，我的车是基准车，我的炮是基准炮。

郑东波说，这是命令，你是个老兵，你知道命令必须执行，意见可以保留。

郑东波突然间严厉起来，声音也高了起来，面对眼前比自己还要大四岁的老兵，他必须用身份跟他谈话了。赵东宝愣了一下，满脸阴云密布。

郑东波说，今天我代表连队党支部跟你谈话，这两个兵必须由你带，提三点要求，第一，毫不保留地教技术；第二，一如既往地去爱兵；第三，年底打靶，他俩要上基准车。

赵东宝说，前两条可以，最后一条不行。既然是命令，我执行，教技术是我的本分，爱兵是我带兵的原则，年底让他俩上基准车，我保证不了，非要我保证，也没办法，反正我年底也到期了，军装一脱，你我就是军民关系了。

郑东波说，这不是你赵东宝的性格。

赵东宝说，我的性格就是要这两个后门兵？

郑东波说，不了解就没有发言权。

赵东宝说，谁说我不了解，不就是两个大学生吗？

郑东波说，你还是不了解，是人家主动要求到你班里的。人怕出名猪怕壮，人家慕名而来。

赵东宝说，你又忽悠我，我有那么大的吸引力？

郑东波说，那当然。

赵东宝说，为了七连，我觉得你还是把这两个兵退回去吧，团里有他们的位置，比如弹药库、修理连、卫生队、电影队、公勤队，人家是大学生，那些岗位更利于他们发挥特长。

郑东波说，为了七连你就好好地带他们，人家是冲着坦克来的，冲着你来的，这两个小子肚子里有东西，你会喜欢他们的，就这样吧，就算你帮我的忙。

赵东宝说，这样的忙我不能帮。

郑东波说，我不管，这两个兵必须由你来带，这是团里的两个宝贝。

赵东宝说，我，我要休假，你答应我专业训练开始前让我休假的。

郑东波说，回去还是找对象吧，我知道你在这个事情上很着急，我也替你着急，可休假也得选个时候，新兵刚下连，庄稼耽误了只是一季，人耽误了可是一辈子，这两个新兵不能耽误。

赵东宝说，你饱汉子不知饿汉子饥，我把儿子都耽误了，两辈子。

郑东波说，嘿，还跟我顶上了，咱们两个交换条件，你找对象的事情包给我，这两个兵你来带。

赵东宝说，你饶了我吧，你家又不开婚姻介绍所。

郑东波说，这兵你必须带！这是命令！

赵东宝说，我有意见！

郑东波说，有意见保留。

赵东宝说，好，那我服从！我走了。

赵东宝说完气呼呼地把郑东波宿舍的门咣的一声关上了。郑东波跟在后面撵出来喊，赵东宝，咱们好好谈谈，咱们好好谈谈。

望着赵东宝有点失落的背影，郑东波突然觉得两个人间像是有了隔膜，按道理讲，赵东宝不应该是这样一个反应，在他的预想中，赵东宝应该能容纳下这两个别人眼里不能容纳的"爷爷兵"。赵东宝肯定有心事，很长时间看不到他脸上的笑容了。本来就有些严肃的面孔，近些日子一直阴云密布。进入面临抉择的最后一年，有些想法也很正常，赵东宝是个多年不遇的好兵，谁也不能保证好兵就没有想法，如果有一丝的机会，必须尽百倍的努力把他留下来，这个兵，关键时候能顶几个干部，当然也包括他这个指导员。

三

两个宝贝被分到了坦克七班，首次亮相，比所有人想象的还要糟糕。

春季开训动员的阅兵分列式上，七连的徒步方队让人喝了倒彩。七连的阅兵方队历来都是全团第一，原因是七连的兵队列基础好，官兵的个头、身高、体型大都匀称，浑身上下有股向上拔的精神劲儿。每年阅兵，七连的分列式一出来，掌声雷动。今年队列训练一开始，一连和五连就放出话来，打败七连争第一。七连官兵也铆着劲儿要保持五连冠。可阅兵式开始前一天团长张五湖有了新要求，分列式阅兵方队要像年底大演习那样一人不落全员参加，装甲一团就是要培养整体作战、全员参与的优良作风。

问题就出现在指导员郑东波的两个宝贝身上。一个个高瘦弱，一个低矮肥胖，一个放在排头，一个放在排尾，两个人还老是错步子，整个方队就像个一高一低的跷跷板，队伍走得稀里哗啦。原本严肃的阅兵式，台下竟然传来了稀稀落落的笑声，七连阅兵一塌糊涂。

兵们垂头丧气地看着一连和五连把阅兵优胜方队的奖牌给抱走了。三营长吴东升脸色变得很绿，眼睛睁得很大，嗓门变得很粗，他抔着腰站在全营队伍面前讲评阅兵式，恨不得要骂八辈祖奶奶。七连的兵们脑袋耷拉得像黄昏的向日葵，一整天没人大声说话。队伍带回连队，看着两个倒霉蛋，全连的兵眼睛里齐刷刷地直冒火苗子。这火苗子滋啦啦烧得两个兵无地自容。两个兵知道自己的错误，心虚得很，午饭也没有吃，默默躲在南墙根上站了一个中午。三月的太阳中午时分已经很毒了，两个人都还穿着棉衣，胖子李墨斗流了很多汗，瘦子毛小文流了很多泪。赵东宝找到他们的时候，两个人还傻乎乎地站着。回宿舍的路上，两个兵走路低着头，眼睛盯着地，像是在寻找丢了的几百块钱。赵东宝走在后面，在每个人屁股上象征性地给了一脚。赵东宝说，低头的汉子仰脸的妇，男人和女人的大忌。一个男人脖子上如果没有一根钢筋撑着，那他还不如一个女人，都给我把脖子挺起来，不行，我要看到你俩脖子上的那根钢筋，毛小文的钢筋起来了，李墨斗的钢筋我看不到。李墨斗说，班长，我太胖了，看不到脖子上的钢筋。赵东宝说，也是，你脖子上都是肉。三个人都笑了。

赵东宝找到炊事班班长要来了面条，煮了两大碗面条往班里端。面条里放了葱花和香油，整个走廊都弥漫着芝麻、葱花的香味。走到走廊上的时候碰到了一群兵，兵们脸上的表情五彩斑斓。

三班副看到了就小声嘟囔，拉了后腿还吃小灶。

一班副说，我看就不应该来当兵，连个路都走不好。

五班副说，以后，老班长可有的受了。

上等兵说，赵班长年底就到期了，指导员也真是，还弄两个爷爷折磨他。

一班长说，行了，你们几个小子瞎嘀咕，就你们行，你们刚来的时候不也是这个熊样。

毛小文和李墨斗听着走廊上嘟嘟囔囔的，心里别提有多难受了。李墨斗对毛小文说，这个时候我真恨不得墙上有个洞。毛小文说，有个大洞，咱们俩一块钻进去。赵东宝把面条端进来，李墨斗哭丧着脸说，班长，你就别再寒碜我们了，队列走成那样，我们没脸吃饭。毛小文说，班长，你还是把面条给端回去吧，你这样，我们在连里更没脸了。

赵东宝把脸一沉说，第一，饭必须吃；第二，脸不是别人给的，是自己挣回来的。现在，我命令你们吃面条。两个人相互对视了一下，开始慢慢腾腾地吃面条。赵东宝说，快点吃，别磨蹭，吃完饭咱们今天利用午休时间开个班务会，咱们要相互了解一下，主要是介绍自己。

班务会正式开始。

赵东宝说，首先我介绍一下我自己。

毛小文说，你不用介绍，新兵连的时候，我听过你做的报告。

李墨斗说，就是，我看见过报纸上介绍你的事迹。什么优等射手、特级驾驶、装甲神医，故事很多。

赵东宝说，那些都不真实。

李墨斗说，很真实。

毛小文说，新兵连的时候，有很多你的顺口溜。

赵东宝说，关于我的顺口溜？

毛小文说，对，要想坦克开得好，快找七连赵东宝，要想坦克修得好，快找七连赵东宝。

赵东宝说，还一套一套的。

李墨斗说，我们俩是你的粉丝。

赵东宝说，嘿，我成明星了。

毛小文说，新兵连结束，是我们两个给团长信箱写了信，主动要求调到你班里的。

赵东宝真是哭笑不得。看来这事情怨不得人家指导员，这两位宝贝是冲着他赵东宝来的。想到这里，赵东宝不由得在心里骂起连队演唱组那些小子，也太能白话了，把他都编成广告词了。

赵东宝说，那你们能跟我学点啥。

毛小文说，当个好兵。

李墨斗说，当个素质全面过硬的好兵。

赵东宝不屑一顾地说，切，跟我能当个好兵？我自己都不知道是不是个好兵。

两个兵相互对视一下齐声说，是个好兵！

赵东宝突然间觉得有些感动，也有些好笑。是啊，当一个好兵，这样的动机很单纯，就是想当个好兵。赵东宝真的不知道自己是不是好兵。当兵十六年了，从十八岁算起，十六年几乎是他青春的全部。中间也曾经有过当将军的梦想，考了两次军校没有考上，三次提干的机会也因为种种原因泡汤了。恍然间，在士兵的行列里，他已经很老了，跟眼前这些生长在信息时代里的新兵相比，很多东西他连见都没有见过。军营外面的变化太快了，几次探亲他在家乡的那个小城市都迷了路。原来家里在农村，现在城乡一体化，家家户户都住上了规格统一、设施齐全的新型住房。赵东宝的家里也不例外，有大卡车、小汽车、高档电器和相当数目的存款。家里面很多次催促他回去，他三十四岁了至今仍然孤身一人，兄妹们都成了家，有了孩子，父母替他着急，尤其是母亲，每次打电话都着急得要哭。看着赵东宝不说话，一直在沉思，毛小文说，我们真想当你的兵，哪怕就两年。

李墨斗说，新兵连结束的时候，团里准备让我们两个去开汽车，我们就想开坦克，到了坦克团开汽车，这兵就白当了。毛小文说，到了七连我们才知道，我们跟着班长，只能给班长脸上抹黑，如果班长不要我们了，我们就到修理连去，开不了坦克最起码还可以修坦克，李墨斗是修坦克的好手。

赵东宝对两个新兵说，你们想到哪儿就到哪儿，部队是你们家开的呀。想当个好兵就要多吃苦。

两个兵说，只要你不嫌我们笨，我们就不怕吃苦。

赵东宝说，笨还能上大学。

通过几天的接触，赵东宝考察了这两个兵。事实上这两个兵并不是看起来的不可救药，甚至还有些天分。毛小文精通计算机，新型主战坦克上的定位系统、数字化装备他早就琢磨透了；李墨斗是天生的机械师，对坦克的内部构造、图纸设计、零部件的性能了如指掌，在电脑里他能把坦克一件件地拆开，然后分毫不差地安装完毕。这样的熟练程度让他这个老手都叹为观止。看来，没有入伍之前，两个人对部队装备的主战坦克就有所了解。毛小文对坦克的战术、战法还有一套研究。虽然这些都是纸上谈兵，比葫芦画瓢，但足以证明一点——这两个小子心里都有坦克，在偌大一个坦克团里能做到心里有坦克的人为数不多。

这两个表面上看起来十分糟糕的兵有点内涵。当兵的这十几年里，聪明的兵他见过不少，愚钝的兵他也见过不少，他还没有真正遇到过有内涵的兵。现在，在他的眼里，毛小文不是豆芽菜了，李墨斗也不是肉球球了。

这是两个有追求、有想法、有内涵的士兵。

四

一年一度的春季换季轰轰烈烈地开始了

毛小文和李墨斗被分配到坦克七连第七车，坦克的编号是007号。车长自然就是赵东宝。

赵东宝说，基准车是人车合一、人炮合一，达不到这一点别上基准车。

撤掉迷彩的车炮衣，一辆辆崭新的新型主战坦克就整齐地排列在库房里，高高的炮口直指苍穹。散发着黄油味道的战场骄子们经过了一个冬天的冬眠，终于开始面对春日的阳光，一个个雄赳赳地呈现着优质钢材的雄健力量。保养前每辆战车都要发动一下引擎，一声声怒吼惊天动地。

亲眼看到兵器知识中才能见到的新型主战坦克，毛小文和李墨斗都激动得不行。毛小文纵身就往战车身上跳，被赵东宝一把给扯了个趔趄。赵东宝说，谁让你上装备了，你认识它吗？毛小文说，认识，是坦克。赵东宝说，它认识你吗？毛小文摇摇头。赵东宝说，每次登车都是有命令的，没规矩就没有方圆。三个人在坦克前默默地站了好一会儿，赵东宝问，现在停在你们面前的是什么？

毛小文和李墨斗说，是坦克。

赵东宝让他们又看了一会儿接着问，现在停在你们面前的是什么？

毛小文和李墨斗疑惑地相互看了看，齐声说，没错，是坦克！

赵东宝一脸庄重，他前踢了一正步，敬了个军礼报告说：铁甲007号，车长赵东宝向你报告，现在我向你介绍一下我们的两个新战友。他叫毛小文，21岁，大学毕业，去年11月入伍，现编入装甲一团七连七车；他叫李墨斗，19岁，大专毕业，去年11月入伍，现编入装甲一团七连七车。从现在起，我们四个是一个战斗集体，随时随地，不离不弃。

赵东宝一脸深情地望着无语的坦克对毛小文和李墨斗说，你们说得没错，它是坦克，在你们看来它是钢铁，冰冷、无情。那是你们对它不够了解，没有感情，但对于一个真正的坦克兵来说，它是战友，是亲人，你要了解它，亲近它，也要让它了解你，亲近你。因为从今天起，我们的命运就绑在了一起，同车同心，不离不弃。

毛小文说，同车同心，不离不弃。

李墨斗说，同车同心，不离不弃。

赵东宝从坦克里取出坦克帽和坦克靴发给他俩说，从今天起，这些就是你们的装备，要保管好，使用好，现在我教你们了解整体坦克的主体结构、机械原理、火控系统、电子系统、通信装备，咱们要一点点地进行保养，不断熟悉……

换季的内容有些枯燥，无非就是拆了擦，擦好了装上。一边干活，赵东宝就一边跟李墨斗和毛小文闲聊。

李墨斗出生在一个木匠世家，家里三代单传。父亲从给人家打家具起家，慢慢发展成了远近有名的家具商，生产的红木家具都销到欧洲去了。

李墨斗工程机械学院大专毕业后先是在父亲的公司混了一年，觉得人生平庸得没意思。李墨斗说他从小就喜欢枪械，什么机枪、步枪、坦克、大炮，他的人生理想就是驾驶着坦克驰骋疆场，他是因为这个才选择的工程机械专业。他喜欢履带传送的声音，这是优质钢铁结合在一起发出的声音，也是男人的声音……

毛小文出生长大在城市里，家里条件不错，父母在外企工作，母亲还是一家公司的高管。他从十岁就开始玩战争游戏，上了中学就开始设计战争游戏，到了大学就开始给专业的游戏公司写游戏。在游戏里，他把自己融入了战争的空间，他喜欢指挥战争，梦想着有一天指挥一场真正的战争，虽然他知道这种概率小得可怜。可来到军营，距离战争就近了，也和军营的生活无限接近……

春光很好地照在黄土岗上，车库桃林的桃花开了，一阵春风送来阵阵芬芳，令人陶醉。两个兵在练习砸着履带板，他们把备用履带板上一块块履带片卸下来，清理，上油，然后链接。两个兵干得很欢实，虽然动作很笨拙，但却很仔细，很用心。

家里打电话来了，主要是对象的事情。这几天，指导员郑东波借给他一部手机。部队规定，士兵不准使用手机。指导员说这几天用他的手机，有一个要求，就是一定要把问题解决掉。他答应着，可他知道事情没有这么简单。他今年已经三十四了。三十四的男人，在家乡儿子都快上初中了。他以前曾经谈过几个对象，有个体户、农村姑娘、教师、护士，还谈过一个公务员。他自认为他的条件不差，一米七八的个头，身材也匀称，五官搭配也没有大的毛病，甚至还有些帅气。每次见面，女方也都愿意，可和他接触的时间太少了，还没有暖热乎，姑娘就跑掉了。有一个姑娘跟他谈的时间比较长，是他们镇里卫生院的护士，名叫翠萍，人长得很漂亮，说话柔柔的，像暖风一样吹进耳鼓，很好听。很多人说他们两个在一起郎才女貌很般配。可在一起的时间实在太短暂了，在谈恋爱的三年多的时间里，他们在一起的时间加起来不到一个星期。中间，他休了两次假，每次都因为演习和现场会被召回了部队。翠萍说她的家里有些关系，父母想让他早一点转业回去结婚。那年秋天，部队新装备的主战坦克要成建制形成战斗力，军区、总部呼啦啦一大帮将军聚集在靶场看实弹射击，他是基准车、基准炮，他没办法向组织上提撤退的要求，于是就留下来转了四级士官。

翠萍很生气,打电话问他为什么。他说,军人没有为什么,穿上军装就像跑在火车道上的列车,没有听到停下的命令就得一个劲儿地往前开。翠萍说,你就是一个没心的铁疙瘩,你往前开吧。再打电话,翠萍就不理会他了,过了一段时间母亲打来电话说,翠萍结婚了,新郎是镇长的秘书,才一米五几的个子,模样很丑陋。母亲是哭着给他打的电话,母亲说,那么好的姑娘让你给弄跑了,你一辈子都后悔。他的心里确实疼了好一阵子,有一年春节他探亲回家,在镇子上的十字街头看到了抱着孩子的翠萍。天空中飘着雪花,地上很滑,身材高挑、长发飘逸的翠萍一手提着刚刚买来的蔬菜,一手抱着孩子,后面跟着肉球一样踮着脚打着雨伞的丈夫。两个人说说笑笑地走着,丈夫不小心摔了个四肢朝天,翠萍把丈夫扶起来,把手里的菜放在雪地上,哈哈地笑着给矮个子丈夫拍打着身上的雪花。翠萍的笑声很熟悉,她也笑得很开心。赵东宝心里释然了,最起码,翠萍很幸福,他能给翠萍这样的幸福吗?如果走在翠萍身边的男人是他,他会很幸福吗?他的幸福在哪里呢?他一下子就把自己给问住了,很多年,他一直都在寻找自己的幸福。后来,亲戚朋友又给他介绍了好几个,他总是拿翠萍跟人家比较,一年一年过去了,一转眼十年过去了。母亲让他把条件往下降,他也往下降了,可心里总是接受不了。两个人到一块说不上几句话,他不爱说话,心里总像是在想事情。一次,一个小学女教师问他在想什么,他说没想什么,离开部队他心里就发慌,没着没落的。姑娘说,那咱总得说些啥呀。他说,没啥说的,你问我吧,你问我答。姑娘说,我们是谈恋爱,又不是给小学生上课。姑娘就走了。城市和乡村里跟他一样大小的女孩子一个个嫁人了,城市在向乡村融合,生活方式、生活节奏也融入了乡村。城市和乡村的女孩子们都很现实,也懂得了浪漫,镜中花水中月的日子没有几个能忍耐得了。结果只有一个,各走各的路。选择他的女人越来越少,供他选择的女人也越来越少。所以直到现在,赵东宝还是一个人走着,渐渐地,他不知道前方等待着他的会是什么样的一个女人。爱情有时候令人很伤感,伤多了,也就麻木了。

这几天邻居家的嫂子一直给他打电话,嫂子又给他介绍了一位离过婚的生意人,女的才二十七岁,长得很漂亮,高个子,大眼睛,带着一个女儿,女孩长得也很乖巧,家里条件也不错,有房有车有存款。嫂子还给他寄来了女人的照片,照片上女人和孩子站在红色的轿车旁边,真的很漂亮。可赵东宝的心里有些别扭，他都沦落到找离异女人的份了。于是，他开始就有些不愿意，母亲却一直催促他回去见见。母亲说那女子她见过了，很合适，有个女孩就有个女孩，将来再生一个男孩，很好。母亲对儿媳妇的条件一直在下降，母亲是个很要脸面的人，为他的事情头疼坏了。他说没时间，母亲就在电话那头哭，哭也没有用，两个新兵刚上车，而且这还是两个吵着嚷着要跟着他当好兵的新兵。

电话打了很久，转身回来，阳光已经很好地照到了坦克正面。赵东宝抬头看了看太阳，春日的阳光很晃眼，晃得眼睛生疼。两个兵身穿坦克服，脚蹬坦克靴，头戴坦克帽，由于身材反差大，样子很滑稽，毛小文像只长腿的青蛙，李墨斗像只短胖的蝌蚪。两个人的样子一下子把赵东宝给逗乐了，笼罩在心头的阴霾一会儿的工夫烟消云散。

两个兵已经完成了赵东宝交给他们的任务。履带板清理得十分干净，油也上得均匀。看到赵东宝过来，就询问班长嫂子怎么样了。这两个小子耳朵尖，一边干活，一边在听班长打电话。

赵东宝象征性地踢了一下李墨斗和毛小文的屁股说，不好好干活，偷听我打电话。

李墨斗说，班长，有孩子的咱不要，有房子有车咱也不要，咱要姑娘，没结过婚的姑娘。天涯何处无芳草，要找就拣好的找。

毛小文说，像班长这样的阳光男孩，前面走着，后面能醉倒一大片美女。

赵东宝说，还阳光男孩，你骂我的吧！我都三十四了，结婚要早点儿，儿子都会打酱油了。

李墨斗说，现在的姑娘就喜欢班长这样有型、有沧桑感的男人，班长，你是抢手货。

赵东宝说，你们两个就贫吧，我要把007同志开出去透透风。

毛小文和李墨斗一下子兴奋地跳得老高。刚刚别的车都开出去遛了一圈了，两个人心里急得直冒火。

赵东宝说，先别高兴得太早，不准给我吐车上，007是咱们全团的基准车，要想吐跟我吱一声，给我滚下车去吐。

毛小文和李墨斗兴奋地齐声答道，是。

随着一声吼叫，坦克就冲出了库房，冲出了大门，驶向了黄土岗。坦克的车速和路线证明了一个高超坦克手娴熟的技术。过壕沟，冲陡坡，急停急转弯，坦克像一匹自由飞奔的骏马，任意驰骋。经历了一个冬天的沉寂，坦克仿佛也有了迎接春天的舒畅，迅速、敏捷、灵巧、机动，赵东宝把每一个看起来很难的战术动作发挥得淋漓尽致。其他遛圈的坦克都停住了车，兵们坐在战车上，看着007号战车在尽情地表演。这是它自己的天地，飞扬的尘烟被拉起来，遮天蔽日，尘烟一溜直线，翻越山岗，战车下来，山坡上的坦克拉起的一道尘土如奔腾黄河，飞流直下，场面极其壮观。

看赵东宝开坦克是一种视觉上的享受，兵们很长时间没有看到赵东宝驾驶战车描绘这样的风景了。这些年，如果不是科目表演，赵东宝根本不会露这一手。兵们有幸目睹这样的场面，纷纷在战车上鼓掌。赵东宝开着战车在山坡上遛了几个来回，然后直冲冲地朝着车场疾驰而来。伴着一声急刹，战车稳稳地停在起跑的一道白线上，履带的边角整整齐齐沿着白线，又是一阵齐声喝彩。赵东宝在喝彩声中从驾驶室里钻出来，拉开车门，两个小子一下子钻出来，跑进树林子哇哇地吐了个天翻地覆。李墨斗一边吐着胆汁一边竖起了大拇指说，帅，太帅了。毛小文吐得满眼泪花，抹着嘴巴做了个胜利的手势对李墨斗说，酷，太酷了，死了都值。

五

石磙河岸芳草萋萋，一湾溪水东流。远处山峦苍翠，连绵起伏。满河滩的鹅卵石跟绿草接壤，像一个长长的石头走廊，鹅卵石被山洪冲得光光溜溜的，大大小小不规则排列着，很是漂亮。

天高地广，山丘起伏，专业训练，这里是坦克兵的天堂。一排排坦克整齐地停在鹅卵石铺成的走廊上，高低不一的迷彩帐篷沿着河岸一路搭过去，很是壮观。五月没有雨季，河水清澈，鱼虾成群。兵们白天过着战车的瘾，晚上坐在一堆篝火旁唱歌，吃着烤鱼烧蟹，时不时来点啤酒。天气不冷不热，微风轻轻地吹过来，柔柔地飘过去。天空布满星斗，河滩上的日子舒服，也很是惬意。

团里的专业训练没有动赵东宝的基准车。在众多坦克的序列里，基准车是战车的贵族。老团长定的规矩，平时训练不准用赵东宝的基准车，它只能在最关键的时候出现在最关键的地方。赵东宝去找指导员郑东波请假探亲，连长不在，副连长和几个排长都很新，专业训练没人张罗，任务就落在了赵东宝的肩膀上，回家的事情自然就被搁置到了一旁。指导员郑东波满脸的歉意，他知道一个三十四岁的士兵此刻的心情，按照法定结婚年龄，赵东宝已经被耽误了十年，十年最好的年龄，一个男人能有几个十年可以耽误啊。

坦克转场的路上，赵东宝一直不说话。邻居嫂子又打来了电话，电话里把赵东宝骂了个体无完肤。邻居嫂子说，赵东宝以后你就是打一辈子光棍也别再让我给你说媒，人家等了你一个多月，一个劲儿地埋怨我不会办事儿。李墨斗就对他说，班长，真庆幸，那个带着孩子的大嫂正好被你躲过去了。毛小文说，班长，我更高兴，因为一个美丽的姑娘正在爱情的道路上向你挥舞着橄榄枝。

赵东宝说，你们两个小子别贫，到了训练场，你们就会被分到别人的车上，在别人车上记住三句话。一，不该说的话不说；二，不让动的东西不动；三，不让做的动作不做。要不然，你们被别人踹下车来别找我。

一辆辆坦克车是被大托板车拖到训练场的。

毛小文和李墨斗被分配到一车长胡卫东和二车长郭德才的战车上。

胡卫东和郭德才是一批兵，曾经都在赵东宝的班里待了一年。一年里他们谁也没有上过基准车，基准车是班长赵东宝的专利，在装甲团，很少有人能上基准车。007号基准车，其实跟其他的坦克也没有区别，是赵东宝刚当士官的时候装备部队的国产主战坦克，十多年了，给七连、一团、装甲师乃至集团军争得了许多第一名。副师长当团长的时候说，007号坦克是装甲一团的门面，当了副师长又说007号坦克是装甲师的门面。赵东宝的战车历经了很多大场面，但无论是外观还是内部的装置、装备性能，每一个螺丝钉都跟新的一样。坦克一发动，听声音他都能听出哪里有毛病，他就会说，老七感冒了，老七得了肺炎，老七的心脏不大好，老七的耳朵有毛病……赵东宝把007号坦克当成了情人、儿子、宝贝疙瘩。只要赵东宝还在七连，过不了他的关口，就没人能上这辆车。胡卫东和郭德才的专业技术是赵东宝教的，在全团也算是拔尖的，年底赵东宝服役期就到了，基准车要保住，这是坦克七连的荣誉。按照编制序列，基准车应该是一营一连的001号车，坦克射击要打响全团的第一炮。但这些年来，基准车一直是坦克七连的007号车。原因只有一个，赵东宝有绝活。赵东宝走了，基准车的车长肯定从他们这茬子兵里挑。去年年底，一班长和二班长退伍了，专业训练开始，胡卫东和郭德才顺理成章地担任了一车和二车的车长。平时，胡卫东和郭德才就喜欢在暗地里较劲，在基准车的事情上更是争得头破血流。他俩都知道赵东宝是权威，他说谁能驾驶基准车，谁就能驾驶基准车，当然得过赵东宝的关，要想过关就得掏赵东宝肚子里的绝活，可赵东宝的绝活根本就没有在他们面前露过。赵东宝是一棵长满果实的树，树梢上的果子很诱人，但不是每一个人都能摘得到。所以胡卫东和郭德才常常以赵东宝的徒弟自诩，徒弟在师傅面前毕恭毕敬，时常会孝敬一些香烟、烧鸡什么的。赵东宝从来不拒绝他们，他也时常请他们到军人服务社去吃饭，有烟向来是大家一起抽。胡卫东跟赵东宝走得更近一些，走哪儿跟哪儿，赵东宝说胡卫东是他的跟屁虫。赵东宝知道胡卫东在想什么，在七连，胡卫东有提干的机会，年龄、资历、技术基本具备提干的条件，这样的机会来之不易，他也曾经有过几次这样的机会，但由于种种原因错过了，他不想让胡卫东错过这样的机会，于是就经常给他"开小灶"。胡卫东的悟性有些差，常常被赵东宝骂得体无完肤。赵东宝说，该教给你的我一分都没有保留，有些技术不是我不教给你，驾驶、战术、射击技术和人装结合要靠一个人对装备的悟性，这就像武术里，人人都用十八般兵器，同样的武器同样的套路，不同的人使用功夫就不一样，师傅领进门，修行还要靠个人。有一点，赵东宝看不上他，那就是他一上了坦克就不愿意下来，拼了命地猛练，对装备也不爱惜，几次车场装备检查，七连一号车都被亮了黄牌。

在胡卫东和郭德才看来，这两个被他们视作"垃圾"的新兵蛋子一来就上了赵东宝的基准车。换季保养的时候，他们还有本事让赵东宝施展了绝活。搞不清楚是这两个小子运气好，还是他们给赵东宝灌了什么迷魂汤。反正三个人在一台车上的时候说说笑笑关系很好，赵东宝跟谁的关系都很好，但要说能跟这两个鼻涕虫关系好，简直令人难以置信。赵东宝对上基准车的人很挑剔，胡卫东和郭德才每次专业训练在教练车上被踢过很多次屁股，最终也没能上基准车。这两个兵却上了，而且这两个兵还是那么不起眼。

转过五月，天气开始变热。烈日下，全团百十名两年以下的兵在练习坦克模拟系统。模拟系统不过关，这些兵就摸不到车。很多坦克兵在服役期里连一次坦克都没有驾驶过。今年训练不一样，只要是坦克连的成员，考核的时候，哪怕你是喂猪的，也要在团长面前过关。团长张五湖说过，在装甲团当一回兵连坦克都没开过，传出去是中国人民解放军坦克兵的耻辱。兵们开始拼命地练，渴望能早一点驾驶上战车。

驾驶基础必须从模拟系统开始，每周小考，每月大考。专业训练里，兵们不仅仅练习驾驭战车，还要练习瞄准、臂力、耐力。新型主战坦克自动装弹，但举炮弹是坦克兵训练的传统科目，表面上是对考核不合格或训练不认真者的惩罚，实际上是练习兵们的臂力和耐力。坦克兵没有耐力和臂力是不行的。

毛小文和李墨斗在举着炮弹。毛小文和李墨斗落到了胡卫东和郭德才的手里就没有那么幸运了。胡卫东和郭德才就是这么百炼成钢出来的，毛小文和李墨斗也要百炼成钢。

赵东宝看着举着坦克教练弹的两个新兵在龇牙咧嘴地练习着耐力。毛小文和李墨斗投来的目光很无奈，赵东宝视而不见。赵东宝在心里想，不是想当好兵吗，好兵就是这样练出来的，世界上的事情都是一分汗水一分收获。六月的阳光真好，照在身上还不算焦躁，但隐隐约约可以感受到夏日的气息了。赵东宝戴着墨镜，拿着一根标杆，眯着眼睛从毛小文和李墨斗身边走过去。两个兵喘着粗气，一下一下地数着上下举动炮弹的数目，汗水顺着一胖一瘦的两张脸流下来，浸湿了迷彩服。两个人索性脱了迷彩服，光着脊背举炮弹。周围的兵们哄地笑了，脱了上衣的两个兵更具有喜剧效果，一个瘦骨嶙峋，肋骨绷得老高，一个胖如弥勒，膘肉晃动，这真是两个活宝，给枯燥的模拟训练增添了无尽的欢乐。

赵东宝是坦克七连乃至全团驾驭战车的总教头。从这型主战坦克装备部队的第二年，赵东宝就是全团坦克各专业的教员。赵东宝是副师长当营长的时候从一百多新兵中挑选出来的唯一个徒弟，一个集瞄准、射击、指挥、驾驶于一身的合成车长。所以，集团军每次组织驾驶、射击考核，装甲一团的特等射手和特等驾驶员就多得让二团三团的官兵眼红。

毛小文第一天上车就让胡卫东给踹下车了。

毛小文忘记了赵东宝说的话，没有按照胡卫东教的程序启动坦克。胡卫东的这一脚正踹在毛小文的屁股上，毛小文屁股上没肉很疼。毛小文揉着屁股走向模拟机，望着一车长驾驶着坦克一溜烟跑没影了。每辆坦克车上加的油料都是有数的，胡卫东下面的内容就是自己把这些油料消耗干净，而这些油料远远不够他的消耗。

李墨斗驾驶着郭德才的坦克开了三圈之后也被踹下了坦克。不是李墨斗不行,而是这小子太行了。这小子是个驾驶坦克的天才,点火、启动、开车动作规范娴熟,看样子是得了赵东宝的真传了。李墨斗不是生手,坦克开得很快,视野也很开阔,不时还来点刺激的动作,这动作二班副到现在都不敢做。他一边驾驶着坦克,还一边讲着他的驾驶心得,二班副心里就有些不舒服。二班副让他停下,李墨斗还觉得不过瘾,又开了半圈来了个酷似赵东宝在车库那天一模一样的急停。看来急停不够熟练,车没停稳,郭德才的脑袋一下子就磕到了挡车板上。这一下磕得他眼冒金星,脑门子直冒火星,他用足了力气,一脚就把李墨斗踹出了车门。李墨斗球一样在尘土里滚了很远,浑身是土。李墨斗拍了拍身上的土,也不怒,笑嘻嘻地望着二班副。郭德才下车追上来又是一脚横踹,气呼呼地喊着,你笑,你还笑。李墨斗还在眯着眼睛笑,笑得郭德才无可奈何地说,李蝌蚪,傻子,亲爷爷,我算服你了。

赵东宝站在高高的山梁上用望远镜看着训练场上发生的一切,心里很是美气。这两个兵,有点意思。

六

火辣辣的阳光照在石磙河上,鹅卵石折射出白花花的光。

休息日,坦克战车停止了训练,一排排坦克停在河边。兵们站在河里,用脸盆冲洗着坦克上的灰尘。经过两个多月紧张的专业训练,坦克似乎也跑累了,满身的厚厚尘埃和疲惫。冲洗和擦拭过的战车很精神,黄绿斑斓的迷彩在明晃晃的阳光之下很是耀眼。硝烟和尘埃散去,微风送来了成熟麦子的气息。河岸边,一望无际的麦浪随风荡漾。

胡卫东和郭德才来找两个"菜鸟"帮忙擦战车履带板。赵东宝说你们两个小子脸皮真厚,还有脸到我这里来。胡卫东嬉皮笑脸地说,我来看看师傅,请教一下绝招。赵东宝说,你跟郭德才有绝招,在对待新兵方面确实得到我的真传了,不仅得到真传了,你俩还发扬光大了。胡卫东和郭德才知道赵东宝说的是啥,一语不发,只是尴尬地笑。胡卫东凑近了递上一根烟笑着说，现在都讲究潜规则，一茬兵一茬兵传下来的。赵东宝开玩笑地踢了胡卫东的屁股说，还潜规则，我这样教你们了吗，我要知道你们现在这样，当初只让你们开半箱油，还潜规则，赶紧给我滚，坦克自己擦，履带自己卸。胡卫东耸耸肩对郭德才说，没办法，师傅偏心，走吧，坦克咱们自己擦。李墨斗看着两个人悻悻地走了，眼巴巴地望着赵东宝说，班长，我们俩去不去。赵东宝勾起食指弹了一下李墨斗的脑袋说，去，去你个头啊，贱骨头。毛小文说，那我们干些啥？赵东宝说，哪儿凉快咱去哪儿，吹牛皮，侃大山，会不会？两个新兵摇摇头。赵东宝又说，睡觉会不会？李墨斗回答，会！赵东宝又勾起了食指，李墨斗就把大脑袋伸过来，这次赵东宝却没弹脑袋瓜，笑着说，你小子可真是个活宝贝。

没有车辆可擦，赵东宝带着李墨斗和毛小文在黄土岗的大树底下吹牛皮。初级驾驶考核结束，毛小文得了个良好，李墨斗得了个全优。李墨斗喜滋滋地给他报喜，赵东宝没理会他。

麦田一片金黄，大田里的麦子已经开始收割了，一辆收割机停在麦田里趴了窝。司机很焦急地趴在地上修了老半天，然后围着收割机焦急地转。

赵东宝踢了一脚李墨斗的屁股。李墨斗会意，一溜小跑蹿下高高的土岗。接着，李墨斗钻进了收割机的车下面，不一会儿工夫，拍了拍屁股，一跃上了收割机，收割机冒了一股黑烟，竟然突突地开始工作了。李墨斗驾驶着收割机在一望无际的麦田里开了一个来回，突然听到毛小文在喊他，这才十分不过瘾地下了车。收割机司机千恩万谢地给李墨斗让烟，李墨斗说了一声小意思，这声音很大，黄土岗上都能听得到。

赵东宝躺在黄土坡上，眯着眼睛看着李墨斗一路走来。

这个兵很像多年前的自己，聪明、自负，还很爱出风头。

李墨斗笑眯眯地回到赵东宝的身边说，毛毛雨，就换了个小零件。

赵东宝说，你到太阳底下给我站上两个小时，两个小时不准动，不准说话。

李墨斗说，我没有犯错，我给他把收割机修理好了。

赵东宝对毛小文说，你告诉他，他怎么犯错了。

毛小文说，班长让你去帮他们修机器，没让你上车开机器。

赵东宝说，聪明。李墨斗，你还不赶快从我眼前消失。

李墨斗笑眯眯地回答着是，晃着脑袋走向了火辣辣的太阳地。

赵东宝让李墨斗回来。

李墨斗脸上还是笑眯眯的，说，班长赦免我了？

赵东宝说，你以为这事情很好笑吗？还笑，你看他还笑。我说李墨斗，你会不会哭？

李墨斗说，我没有笑，我的眼睛就这样，阳光很刺眼，我的眼睛一眯缝就这样了。

李墨斗就做了个眯缝眼睛的样子，果然像是在笑。

赵东宝自己也忍不住笑了说，还真有这回事。你去吧。

李墨斗说，那我还晒不晒太阳？

赵东宝瞪了一下眼睛，说了一个字，滚！

李墨斗就又笑着回答了一个是，晃着身子去追赶太阳地了。

赵东宝坐起来从黄挎包里掏出了一副瞄准镜对毛小文说，拿着它，顺我手指的方向跑过去，那里有一个灌木丛，你潜伏在那里两个小时。毛小文说，潜伏在那里干什么。赵东宝说，去看那一片山，你要把这里的沟沟坎坎、盘山公路、林间小道、重点地貌给我看清楚，然后给我记在脑子里。两个小时后，你到我这里来，说给我听。赵东宝晃了晃手里的瞄准镜说，潜伏不能动，让我看见你动，你就死在那里别回来了。毛小文立刻回答了一声是，一溜烟地跑向了对面的山岗。太阳地里，李墨斗眯起眼睛还在笑。

时间过得很慢，太阳炙烤得大地冒着白烟。两个小时后，毛小文水洗一样气喘吁吁地跑到赵东宝身边。赵东宝拿着瞄准镜对他说，你跟我来，如果我说我们看的远方就是未来的战场，你看，假设对面的山上就是敌人的前沿阵地，我们要对敌人实施突然性的攻击，敌人根据地形构置什么样的工事，配备什么样的火力，我们将采取什么样的攻击方式，攻击什么样的目标，选择什么样的路径突击，选择什么样的地形躲避敌人几十秒钟后的快速反击，毛小文你已经把周围的环境观察清楚了，你来说说看，你是怎么想的？

毛小文指着前方茫茫的群山对赵东宝说，对面的山梁是道天然的屏障，易守难攻，敌人很有可能在山的正面构筑土石防御工事，坦克、反坦克导弹反击集群很可能会隐蔽在那两座山的褶皱里，那里植被茂密，能俯视开阔地带，一旦我们发起进攻，他们就会在很短的时间里实施反击。我们通往对面大山的道路有三条，林间小道有四条，其中两条道路狭窄，不利于战车通行，另外两条也在对方的视野和坦克的射击范围内。我们选择正面攻击的三条道路，优点是便于战车的机动和速度，缺点是进攻发起之时就是敌人反坦克武器的反击之时，敌人在暗处，我们在明处，不可取。另外两条林间小道很隐蔽，但有一条山的坡度很陡峭，超过了坦克爬坡的坡度，不能走。那么你看，只有两座山之间的那段狭长地带，都是矮小的灌木，战车可以通行，战斗发起之后，我们可以采取部分坦克的正面佯攻，暗度陈仓，取道两山之间的狭长地带，快速推进……

赵东宝打断了毛小文的高谈阔论说，你也只是看到了山的皮毛，你没能真正读懂它。你来看，顺我手指的方向有一片松林。

毛小文的瞄准镜里，六月的山苍翠欲滴，茂盛的植被覆盖了整个山的外表，山的地势、地貌就变得很模糊。瞄准镜很清晰，能看到山的局部，锁定一片荒草掩盖着的高地、一棵树，毛小文还看到了树上的几只鸟。

赵东宝说，你要把这些山记在自己的心里。

毛小文说，不是有地图吗，还有电子地图、全球定位系统，这些地形不难记。

赵东宝说，你想不是想到太阳地里去晒着？

毛小文知道自己说错了话，赵东宝说过，要按他说过的话做。

毛小文说，班长你接着说。

赵东宝说，真正到了坦克攻击的时候，这些东西都是骗人的。一个坦克指挥员要相信自己的眼睛。你要记住，你的眼睛就是坦克的眼睛，就是整个坦克集群的眼睛。现在你就站在这里看，你把这些山脉看在眼里记在心里。那片山脉的丛林就很可能隐藏着对方的坦克、反坦克炮、反坦克导弹、反坦克火箭手，你随时随地都有可能被别人干掉。山有可能还是那座山、丘陵、沟壑有可能没有太大的变化，但只要有人动过，就会留下痕迹。要相信自己的眼睛，虽然这是军事指挥员的事情。但在这里你是眼睛，一辆你自己坦克的眼睛，千万要记住，单车作战要相信自己的眼睛，发现对手，先发制人很关键，在坦克对攻中，首炮击中率一定要达到百分之百。首炮不中的错误是致命的，因为你没有再向敌人发射炮弹的机会，等待你的将是铺天盖地的炮火。

赵东宝咽了一口唾沫，看了看太阳底下晒得流油的李墨斗喊，傻子，你觉得怎么样？

李墨斗说,还行,就是有些迷糊。

赵东宝说,滚回来。

李墨斗好了声好,就屁颠屁颠地跑了过来。

赵东宝说,李墨斗,你说说毛小文是不是也该换个位置去看山呀。

李墨斗说,对呀,毛小文,换岗。

毛小文说,班长,我没有用来燃烧的多余脂肪。

赵东宝说,没有脂肪燃烧骨头,还真不自觉。

李墨斗说,就是,你看我多自觉,对吧班长,你让我在太阳底下待两个小时,我一下子就待了三个小时。

赵东宝说,你想再待三个小时我也不反对。

李墨斗嘿嘿笑着脱下自己的迷彩服铺在地上,模仿太监的声音说,班长,您老人家该睡午觉了,我伺候您就寝!

赵东宝说,滚,你那迷彩服都多少天不洗了,蚊子都能给熏死,离我远点。

赵东宝说着把自己的迷彩服脱下来铺在了地上,脸上盖着刚刚拧过水的湿毛巾,他看了一眼站在太阳光里看山的毛小文,倒下去很快就有了鼾声。

七

分专业训练的时候,指导员郑东波上来了。

郑东波要恶补他的射击指挥。年底他要考特级射手和特级驾驶员,如果这两个证拿到,他应该就是全师第一个拥有两个特级证的政工干部。虽然他知道,这次考试有些难度,但有赵东宝在他心里有底。想到这个老兵今年就要服役期满了,他心里很着急。临来训练场的时候,他去师里找了副师长。

郑东波说,赵东宝的事情要早做打算,已经半年多了,下半年事情很多,考核、演习,一晃眼,老兵退伍的时间就要到,到时候再临时抱你的佛脚,晚了。

副师长说,你现在抱我的佛脚也不行,高级士官很难办,估计今年有点悬。

郑东波说，你得想办法，他在顶一个连长用。

副师长说，呵，给我下命令了，我说你们一团行啊，先是团长骂我的娘，接着一个指导员给我下命令。他顶一个团长用也没办法，部队有制度。

郑东波说，我不是给你下命令，这样的兵走了，想再找这样的，难上加难。

副师长说，我的徒弟我能不知道？我比你都着急。

郑东波说，你着急，那我就放心了。

副师长说，连我自己都不放心，估计留不下。

郑东波说，太让人心疼了，那可是我们一团唯一的宝贝啊。

副师长说，他何止是一团的宝贝啊，他是咱们装甲师的宝贝，你不是交给他两个宝贝吗？怎么样，能培养出来吗？

郑东波说，底子是有，不知道有没有造化。

副师长说，抓紧时间，分秒必争。

郑东波说，能不能想想办法？

副师长说，我正在想，一颗红心两手准备。

郑东波在训练场上找到了李墨斗和毛小文。

赵东宝很关心他两个宝贝的成长。专业训练两个人的成绩各有千秋，毛小文指挥、射击专业不错，驾驶、修理专业不太理想。李墨斗驾驶、修理专业优秀，指挥、射击专业仅在良好以上。直观上看，这两个兵让赵东宝带得似乎变了性格。先前爱说爱笑的毛小文学会沉默了，总像是在想着些什么。先前寡言少语的李墨斗话倒是多了，原原本本地照抄了赵东宝的语言风格，连说话的神情、语调、语气都十分相像。

郑东波对两个宝贝的成长速度不太满意。

按理说，这两个赵东宝心里十分排斥的兵能成长到现在这个程度已经很不错了，但远远没有达到郑东波所希望的那样。虽然，郑东波知道，兵的成长需要一个过程，不能拔苗助长，但时间太宝贵了，赵东宝的事情如果解决不了，基准车保住保不住就会成问题，七连的荣誉就会受影响。

郑东波找到了赵东宝。

郑东波找到赵东宝的时候看到他在骂人。赵东宝在骂胡卫东。胡卫东把坦克车跑烧缸了。一个老坦克手竟然把坦克里的水给跑干了。赵东宝说，要是在战场上我拿枪毙了你。胡卫东一句话不说，他是赵东宝带出来的兵，他在想什么，赵东宝一眼就看穿了。从专业训练开始，赵东宝就知道他在干什么了，整天黏在车上，霸在车上，不停地让他驾驶的那辆坦克跑。赵东宝骂人，没人敢吭声，全连乃至全营的驾驶技术除了赵东宝就剩下胡卫东和郭德才最强了。赵东宝骂胡卫东的时候眼睛还瞟了一下郭德才，郭德才一下子就躲到人群中去了，他怕赵东宝怕得要命。

郑东波叫着赵东宝往山岗上走，一边走一边说，咱们谈谈。

赵东宝说，听你说这句话，我头皮发紧。

郑东波说，那咱说点轻松的。

郑东波说着从公文夹里拿出一大沓彩色打印机打印出来的照片，照片上都是些年轻的美女。赵东宝瞟了一眼就把眼睛拿开了。

郑东波问，不想仔细看看？

这样的情景郑东波在赵东宝面前已经再现过好多次了。郑东波曾经发动过几次联姻大行动，他号召所有认识的人为赵东宝介绍女朋友，但每一次都偃旗息鼓。一个三十四岁的士官想找到条件很好的女人不是一件容易的事情。况且，赵东宝是士兵，士兵不能在驻地找对象，这就给见面带来了难度。来看赵东宝的女孩子不少，看上赵东宝的也不少，一段时间接触后，大都半途而废。赵东宝已经懒得理会郑东波这套把戏了。

郑东波接着问，不想知道这些照片从哪里来的？

赵东宝说，跟我没有关系！

郑东波说，太有关系了，她们都是你的粉丝，网上的粉丝。

赵东宝说，我从来不上网，哪里来的网上的粉丝？

郑东波说，毛小文的博客里，跟帖都跟疯了。赵东宝，你火了，你在网上火了。

赵东宝说，你就忽悠吧，毛小文跟着我训练，毛小文怎么能写博客呢。

郑东波说，毛小文一直在老乡那里打公用电话，他女朋友每天都在替他更新博客，写关于你的帖子。你还别说，你成了明星了。你看看，我替你筛选了几个，年龄、爱好、性格都差不多，部队专业训练结束一转场，就约她们来看你，这一次我替你谈。

赵东宝说，算了吧，这事情还是我自己来。别扯淡了，说正事。

郑东波笑了，赵东宝对这样的开场白太熟悉了，看来以后得换其他的办法。但直觉告诉他，毛小文为赵东宝做的这件事情有前途。郑东波看了几个女孩子的跟帖，很有想法。这些女孩子都觉得赵东宝很神秘，人长得也很酷。现在女孩子找老公喜欢找成熟型的，另类的男人很受欢迎。赵东宝就有些另类，当兵以来一直保持着板寸头，脖子笔直，腰板笔直，两条腿笔直，五官棱角分明，穿上军装一看就是直线加方块塑造出来的样板。

郑东波说，那咱就回归正题，这两个宝贝的成长速度我不太满意。

赵东宝说，我说过我带不好。

郑东波说，是没好好带吧。

赵东宝说，你爱咋说咋说。

郑东波说，你觉得我选他俩是不是选错了。

赵东宝说，我不知道。

郑东波说，如果你走了，胡卫东和郭德才他们两个谁能上基准车，我说的是如果。

赵东宝说，我明白，可是他俩都不行。

郑东波问，为什么？

赵东宝说，不为什么，直觉。

郑东波说，对，直觉很重要。那基准车怎么办？

赵东宝说，我不知道。

郑东波说，你不知道，你竟然敢说你不知道。

赵东宝说，将来的事情谁知道，但我觉得没问题。

郑东波很兴奋，他拍着赵东宝的肩膀说，我就知道你有办法，你真是七连的宝贝、七连的功臣。我们今晚上喝点怎么样？

赵东宝说，野营训练不准喝酒，你是党支部书记，带头犯错误。

郑东波哈哈地笑着指着赵东宝的鼻子说，这段时间你敢说你没有喝过酒？你敢不敢向党保证？

赵东宝说，我敢向党保证，我敢保证我没有喝多。

两个人都笑了，哈哈大笑。很长时间没有这样笑过了，进入最后一年之后，郑东波每次看到赵东宝，他都紧锁着眉头。赵东宝在想事情，原本以为他在想婚姻的事情，现在才知道赵东宝在想他的基准车。现在赵东宝好像心里有底了，眉头就舒展开了，就开始笑了。郑东波感到两个人之间的那些隔膜好像一下子就没有了，又是两个赤裸裸站在一起谈话、交流、喝酒、开玩笑、不分彼此的朋友了。

　　酒是两个人喝的。上山前郑东波有准备,两只烧鸡,一瓶白酒。酒打开,两只军用茶缸对分,郑东波先举起缸子说,师傅,我敬你!郑东波说这句话的时候控制着自己的感情。郑东波仰脸喝了一大口,酒很烈,呛得他满脸通红。赵东宝也喝了一大口说,从今天起,喝完这场酒你就不要再叫我师傅了。郑东波想说什么,被赵东宝制止了。赵东宝说,这几年,你们连队干部看得起我,让着我,宠着我,我说什么你们都听,干什么你们都说行,最初,这样让我觉得,在七连我就是老大。说真心话,一段时间我也老是这么想,在我们这个连队,乃至整个营、整个团的干部士官,我都不摆他,我看不起这个看不起那个,唯我独尊。驾驶、射击、指挥我没有服过谁,也没有输给过谁。我是基准车、基准炮,全团的坦克都跟着我的一声炮响,我牛气冲天。可这些日子,我一直在问我自己,赵东宝,你是个好兵吗?你还是个好兵吗?你走路的时候没有了兵样,你说话的时候没有了兵样,你连最起码的条令条例都遵守不好了,你还是个好兵吗?我问了好多次,回答是否定的,我不是,我已经脱离了一个好兵的轨道,向一个相反的方向越走越远,我身上原有的优点开始消失,我甚至已经不认识我自己了。直到有一天,两个新兵来到我的身边说,他们主动给团长写信要求跟着我,他们说他们是为了当一个好兵才跟着我的。听了这样的话,我的脸很红,真的很红,我在想这个样子能把他们带好吗?我连自己都管不好了。这段时间我想了很多,指导员,从明天起,我就是一个新兵了,我必须从头再来。赵东宝仰脸干掉了他那缸子白酒,庄严地向郑东波敬了一个军礼,严格按照队列动作,转身,靠脚,跑步离开。

　　郑东波端着手里的搪瓷缸子,目送着赵东宝远去的背影,仰脸干了里面的酒,两行热泪顺着眼眶奔涌而出。

八

　　李墨斗和毛小文感觉到班长赵东宝变得严厉而苛刻了。赵东宝一下子失去了往日的亲和力,变得很古怪,越来越难以接近。

　　早晨出完操,毛小文替赵东宝叠被子的时候被他熊了一通。

晚点名回来，李墨斗给赵东宝打来的洗脚水，他连盆子扔出了帐篷。

赵东宝说，以后干好你们自己的事，不要让我听到别人老说你们是七连的"垃圾"、七连的"爷爷兵"、七连的"残次品"。赵东宝开始自己干自己的事情，从叠被子、打扫卫生开始，像一个新兵一样严格地要求着自己。李墨斗和毛小文开始变得小心翼翼，说话也变得小心，稍不留神就会被剋个满脸没有光彩。空闲的时候，赵东宝会带着他俩搞队列训练，李墨斗的腿有些罗圈，晚上赵东宝会把他的腿绑起来。班里的体能训练雷打不动，俯卧撑、仰卧起坐、鸭子步、蛤蟆跳每天都搞。野外训练，别的班每天除了出个早操，空闲的时候就是甩扑克、下象棋，很少有人搞得这么正规。过去这些活动的召集者是赵东宝，他很有号召力，他要玩啥，全连战士一窝蜂地来，大家都知道，跟着赵东宝，首长都说好，最起码不会挨连队干部的批评。现在赵东宝这样搞，很多人都不适应。

鸭子步和蛤蟆跳的滋味真不好受，几天下来，大腿的根部都肿了，李墨斗走路的时候两条腿都是横着摆动的，模样更像瘸脚的鸭子。但没有一个人再笑他，没人敢笑，一班长就因为笑了一下差点挨揍。赵东宝的兵只有赵东宝自己能笑，谁要笑除非他的皮紧了。

训练的效果出奇地好，李墨斗明显感到自己肚皮上的脂肪一天天在变薄，身材明显地苗条，一照镜子，肥胖的脸变窄了，再笑的时候已经看到眼睛了。

李墨斗对毛小文说，你看我是不是变帅了。

毛小文说，帅，再坚持一段时间会更帅。

毛小文光着背握着哑铃练臂力，李墨斗惊奇地说，毛小文，你可以，你的肌肉都鼓起来了。毛小文也明显地感觉到了胸肌和腹肌的隆起。毛小文做了个健美运动员的动作说，哎呀，运动的魅力是无穷的，咱这体格将来有希望练健美。

赵东宝一句话不说地补着自己的心得笔记，一句话不说地坐在桌子前一边写着，一边沉思。

李墨斗悄悄对毛小文说，我觉得班长在这个时候更帅。

毛小文说，杀手一般在冷漠的时候才有魅力，真正的坦克杀手就是这个样子。

李墨斗说，你不会把班长写在未来战争游戏里吧。

毛小文说，说不准，看情况。

赵东宝没听清楚他俩的嘀嘀咕咕，但他不想让他们闲着。

赵东宝说，没事干，你们两个去跑三公里。

李墨斗和毛小文面面相觑，这一天是他们的第二个三公里。

石磙河边，坦克七连的体能训练如火如荼。三公里、百米跑、仰卧起坐、俯卧撑，兵们沿着河岸挥汗如雨。野营训练几年没有这样的场面了。

在七连，赵东宝就是无形的导向，指导员郑东波在心里由衷地想。可是赵东宝越是这样，郑东波的心里越不是滋味。

团长张五湖检查转到七连，迎面看到了正在跑三公里的李墨斗和毛小文。两个人停下来立正敬了个军礼。张五湖很仔细地看了看两个新兵，很兴奋地在李墨斗和毛小文的胸口上擂了两下说，两个想当好兵的兵，很好，接着练。

张五湖对这样的场面很高兴，七连没有连长，没有连长军事训练照样呱呱叫。看到这样的连队他不可能不高兴，他让参谋叫来了郑东波。

郑东波陪着张五湖在河边走。

张五湖说，你这个指导员可以，连队训练抓得不错嘛。

郑东波说，哪是我不错，是我们连的宝贝不错。

张五湖说，有宝贝也看给谁用，宝贝用不好会起反作用。

郑东波说，我们连的宝贝自身作用本来就好。

张五湖说，你说的是赵东宝？

郑东波满脸悲凉地说，可惜……

张五湖脸色也很凝重，他制止了郑东波，沉默了一会儿说，到时候报告我们打，具体怎么样很难说。张五湖缓了缓又说，年底实兵实弹演习，你们连队的基准车怎么样？

郑东波说，没问题。

张五湖说，不能开玩笑。

郑东波说，军中无戏言。

张五湖又问，两个想当好兵的宝贝我看有点意思，就是不知道专业怎么样？

郑东波说，实弹演习见分晓。

张五湖哈哈笑着说，你个小子耍滑头，好，我倒要看看你们七连是怎么把好铁炼成钢的。

张五湖是笑着离开七连的。这个新团长的脾气很大，连副师长的娘都敢骂，营、连主官都怕他，郑东波也怕他。半年前他在七连饭堂里看到一只老鼠，在会上他批评了两个月。两个月里郑东波见了他不敢抬头。这样严格的一位团长竟然也这么不拘小节地笑了，看来张五湖的心情不错，他对七连是充满期望的。张五湖越是这样，面对年底未知的实兵实弹演习，郑东波的压力就越大。

九

八月的天气瞬息万变，刚才还是晴空万里，一阵狂风吹来，刹那间乌云密布，电闪雷鸣，倾盆大雨从天而降。

毫无预知的一场大雨袭击了装甲团长张五湖自导自演的一场演习。

为了检验专业训练效果，这是专业训练结束后装备转场前团里自己组织的一场实兵演习。担任模拟蓝军的是团警卫侦察连的那帮小子，他们隐没在坦克靶场附近的山谷里，构筑工事，小股力量不断骚扰攻击部队的左右两翼。

坦克三营担任主攻，基准车选择了七连的001号车，驾驶员是胡卫东，车长是赵东宝，炮手是毛小文。李墨斗驾驶战车，紧靠在基准车的左翼。

雨下得真大，天地之间一瞬间被雨帘遮障了，百步之内不见人影。

大雨真是帮了蓝军的忙，他们借助雨雾的伪装，迅速占领了左右两翼的高地，袭击进攻的坦克分队。赵东宝指挥着基准车对着主阵地开了一炮，首炮击中目标，紧接着，全营三发齐射，土阵地很快土崩瓦解，但两翼高地上的蓝军很快包抄过来，情况十分危急。亲自指挥蓝军的团长张五湖很狡猾，占据的左侧高地恰恰是主攻坦克分队射击的死角。赵东宝的坦克要瞄准射击，必须要来一个七十度的急停急转，但是坦克正在雨季湿滑的爬坡过程中，这个动作难度太大了。赵东宝命令胡卫东急停急转，毛小文迅速射击。但在这个时候，胡卫东犹豫了，就在犹豫的片刻，张五湖的反坦克导弹锁定了目标。赵东宝命令胡卫东加大马力冲过陡坡躲避射击，偏偏这个时候，001号车熄火了。无线电传来团长张五湖的声音，三营基准车退出战斗，车毁人亡。左翼的李墨斗在张五湖话音未落的一瞬间，一个急停急转，对准团长就是三炮，李墨斗在无线电中对张五湖说，左翼无名高地守敌，你们被炮火覆盖，立刻退出战斗。

战斗不到三十分钟就结束了。张五湖宣布演习结果，三营包括基准车在内的五辆坦克被击毁。这样的结果令人十分懊恼。

张五湖对三营长说，都说你那个赵东宝是战神，看来也只是个传说。

三营长说，他不应该这样的，再说了，这次不是他那辆基准车。

张五湖问，基准车呢？

三营长低下头嘟囔着说，基准车停在车库里。

张五湖哼了一声，打仗的时候你也把它放在车库里吗？我早听说你那个赵东宝，说他的007号车是车里的贵族，什么狗屁贵族，那是装甲一团的车，不是他个人的坐骑。还贵族？人的态度不端正，再好的车同样是一堆废铜烂铁。

团长张五湖当场宣布年底实兵实弹演习可以考虑让一营担任主攻。一营官兵在战车里拼命地鸣笛喝彩，三营长气得脸都是绿的，命令全营全体阵亡的坦克兵们，到倾盆大雨里清醒清醒。赵东宝从战车里钻出来的时候，看了一眼胡卫东和毛小文。胡卫东把头压得很低。七连全体官兵都出来了，他们站在暴风雨里清醒，所有人的眼睛都望着赵东宝。李墨斗眼巴巴地望着赵东宝，喊了一声，班长。赵东宝走向李墨斗，拍了拍他的肩膀说，你干得好。李墨斗说，班长，给你007，你肯定可以的。赵东宝说，战争没有第二次，你被击中，一次就够了。

这场雨真的好大。经历了快一个夏天的干燥，坦克训练场太需要这么一场大雨了，土地渴了，战车渴了，所有的人都渴了。赵东宝仰起脸，在暴风雨里站着，他张开双臂迎接着这些从天而降的甘露，此刻最该清醒的就是他自己了。

胡卫东不知道战车怎么会突然间就熄火了。大雨仍然在下，部队都已经带回了帐篷，战车已经返回了车场。空旷的演习场上只留下胡卫东和那辆不争气的战车。胡卫东钻进了车里，打了几次火没有打着，他跳下来，钻进车底下。雨很大，地上已经汇集成流，河水一样从车下流过。油污从坦克车上流下来，落在胡卫东的脸上，脸很快花了。他十分焦急地寻找着车上、车下的毛病，越是着急越是无从下手。他十分气愤地把把手狠狠地扔在地上，用脚疯狂地踹着坦克履带，大声地叫骂着，不争气的东西，不争气的东西。

不争气的东西是你！

赵东宝和李墨斗出现在胡卫东的面前。

赵东宝又说，当然，不争气的还有我。

胡卫东十分愧疚地哭着说，班长，不争气的是我，这件事真的跟你没关系。

赵东宝说，有关系，太有关系了。我曾经是你的班长，你兵是我带的，技术是我教的，是我没有带好你，我没有教好你。

胡卫东扑向赵东宝，抱住他的肩膀激动地哭喊着，班长——

赵东宝推开他说，哪里跌倒从哪里爬起来，哪里没教好我从哪里补给你，你和李墨斗在旁边看着，这车我来修。

赵东宝说完，一个利索的仰躺就滑到了车下，李墨斗十分熟练地把修理坦克的工具按照使用的顺序依次排列。两个人配合得十分默契，赵东宝一伸手，恰当的工具就顺利地递到了他的手里。

大雨仍无停下的意思，修理工作仍在进行。

赵东宝在车下，李墨斗在车上，两个人用语言沟通着车子的毛病。终于，战车一声轰鸣，熄灭了将近半个小时的战车开动了。赵东宝站起身来，发现四周的山包上站满了七连的兵。随着战车的轰鸣离开，大家报以热烈的掌声。赵东宝冲大家挥了挥手，十分感动地敬了一个军礼。赵东宝搂着一班副颤抖的肩膀往帐篷里走，一边走一边对胡卫东说，你的战车有三个方面的毛病，这都是平时保养、擦拭、更换不及时欠下来的旧账，平时你糊弄它，战时它要你的命，丢脸不要紧，关键是打仗的时候不丢命。这次演习，我们俩已经丢了一次命了。胡卫东颤抖着身子点了点头。

远处的山包上，团长张五湖和一群参谋干事正朝这边望过来。

装备助理说，我在那辆战车上设置了三个故障，战车冲坡的时候会熄火，平常在车间检修大概需要四十分钟，这样的大雨天气，又是野外，三个人检修大概需要一个小时，现在他用了二十一分钟。

张五湖说，还是不够理想。

装备处长说，赵东宝已经很长时间没有练过了。

张五湖说，都十六年兵了，再练还能有多大空间。

大家都不说什么了,张五湖说,这个兵没你们说的那么神道,不过还真有点意思。

大家都松了一口气,能让团长张五湖说还有点意思,那已经是相当有意思了。很多事情他看后会说,狗屁,低层次,档次太低。

十

装备转场回营已经是七月了。

天高云淡,金秋送爽。田野里一片稻谷金黄。赵东宝坐在大东风车的最后面指挥着大家唱歌,一路歌声嘹亮。他是这辆车的车厢长。带车的一排长让他坐在前面的驾驶室里,他不同意,排长再劝,他就说排长剥夺他兵头将尾的权利。

这些日子,他更想和这些兵们在一起。

这场演习之后,连队开了一次支委会,总结了这次演习失利的原因教训,他把他的心里话都说了。这次战车突然熄火,表面上跟他确实没有太大的关系,而实际上是跟他有关系的。这些年专业训练很大程度上都是他在抓,装备的维修管理虽说有副连长负责,但具体工作是他做的。再就是骨干业务培训上,他没有做好传帮带,胡卫东跟了他一年,驾驶、维修只学了个皮毛。主观上是他自己太急于求成,客观上是他没有引导好,他请求组织给予处理。

郑东波听着他的检讨内心是不平静的。这个十六年的老兵肩膀上的负荷太重了,他被担子压得有点窒息。郑东波布置了转场回去后的工作,主要是抓好装备的保养工作,加紧训练迎接实兵实弹演习。

七月金秋,一路风光无限。天地广阔,满怀心旷神怡。

李墨斗和毛小文坐在赵东宝身边。这两个全连官兵都不看好的兵经过半年多的训练已经像模像样了。毛小文的嘴唇上还长了胡须,一层黑黑的绒毛似乎证实了他的成熟。李墨斗瘦了,也精神了许多,只是嘴变得有点贫。三个人在车后面说说笑笑,兵们很妒忌。

李墨斗说,班长真是神人,一会儿霹雳闪电,一会儿和风细雨,多亏我俩脸皮够厚,承受能力够强,要不然准受不了。

毛小文说，你当心点，暴风雨还在后面呢，马上就要实兵演习了，班长有句话我们要牢记，千锤百炼，来之能战。

赵东宝说，这不是我说的，是指导员说的。

毛小文说，我就听你说过，我没听指导员说过。

赵东宝对李墨斗说，李墨斗，我送他一个字，你替我说。

李墨斗说，笨。班长是代表指导员传达的。

赵东宝说，李墨斗，你说了多少个字了，你这个毛病将来会犯大错误。

毛小文说，对，执行命令不坚决。

趁着赵东宝的心情不错，毛小文在他的耳边嘀嘀咕咕说了老半天。赵东宝听完之后就有点傻了。他愣了老半天对毛小文说，你小子太犯自由主义了，你是在侵犯我的人权，你是在犯法你懂不懂。

毛小文说，我是征得指导员同意的。

赵东宝说，指导员也不能犯法。

毛小文说，班长，先别激动，见见面再说。

赵东宝就开始发愣了，一声不吭想心事。

李墨斗说，毛小文，是什么不可告人的秘密？

毛小文说，儿童不宜。

李墨斗说，去，你才儿童呢。肯定不是什么好事情。

毛小文说，想不想知道？

李墨斗说，想。

毛小文说，想也白想。

李墨斗说，你们两个不够意思，还同车同心、不离不弃呢。

毛小文就又在李墨斗的耳边嘀嘀咕咕一阵子。李墨斗啊的一声大叫，嘴巴张得能塞进一个鸡蛋。他看看车厢里面的战友都在睡觉，又看看发愣的赵东宝，压低了声音说，班长好像不高兴。

毛小文说，什么不高兴，他是怀揣着红心萝卜。

李墨斗问，怎么说？

毛小文说，笨，心里美。

两个人一对视，压着嗓子哈哈笑了。

十一

赵东宝心里像揣着一窝兔子跟在郑东波后面走进了连里的士官公寓。

士官公寓门前停着一白一红两辆小汽车,车子是女人喜欢的款型和颜色。

一进门就看见沙发上坐着两个漂亮的姑娘。一个年轻时尚,赵东宝在毛小文的影集里见过,是毛小文的女朋友伊莉莎。一个端庄秀丽,年龄稍微大一些,大概有二十六七岁,他仿佛也在哪儿见过,可就是记不起来了。这个姑娘就是毛小文悄悄跟他说的秘密。

姑娘很大方,看到赵东宝后站起身来伸出手说,赵班长,你好,我叫吴雅丽,咱们师曾经的女兵。

赵东宝突然想起来了,五年前,他到全师巡回做报告的时候,她给当过主持人,没想到今天他们竟然以这样的方式见面。赵东宝有些拘束,竟然忘记伸手去握姑娘伸过来的手,磕磕巴巴介绍说,我叫……

姑娘笑了,露出白白的牙齿,大大方方说,你叫赵东宝,五年前我就知道。

郑东波说,既然你们是老熟人,你们自己谈。

赵东宝祈求地望了一眼指导员,这个三十四岁的男人面对突然而来的爱情,眼神竟然像个孩子。

郑东波心里一阵窃笑,这个平时不可一世、傲视一切的家伙面对漂亮的女人竟然手足无措,话都说不囫囵。临走时他拉过赵东宝来说,好好谈,放松一些。

郑东波和毛小文的女朋友走了,屋内只剩下赵东宝和吴雅丽。他就更没法放松了,拘束得要命。屋子里很静,赵东宝能听到自己的心脏在扑通扑通地跳。

吴雅丽说,网上你的追求者很多。

赵东宝说,我没上过网,也不知道。

吴雅丽说,可是我知道。这几天我一直在网上看,跟帖的那是与日俱增啊。

赵东宝说，我真的不知道。

吴雅丽说，乖乖，又是企业白领，又是公司经理、大学讲师的，一个比一个漂亮，我要是不抢先占领阵地，敌人早把你包围了。

吴雅丽笑了，咯咯地笑，还是五年前那个开朗、浪漫的小女兵。赵东宝仿佛又聆听到了那熟悉甜美的声音：下面给大家做报告的是装甲一团士官赵东宝……

吴雅丽问，你想什么呢？

赵东宝说，我在想，你真会开玩笑。

吴雅丽一脸认真地说，我没有开玩笑，你比过去黑了，但还是那么帅，眼角有些小皱纹，更有沧桑感。

赵东宝说，五年前，我才二十九岁，今年我都三十四了。

吴雅丽说，五年前，我二十二，今年我都二十七了。我妈妈说，要再不嫁，就嫁不出去了，我得赶紧找准人把自己嫁出去。

赵东宝说，我比你大七岁。

吴雅丽说，七岁有什么了不起，又不是七十岁。

赵东宝说，你的家里人——

吴雅丽说，我的婚姻我做主。

赵东宝说，我的家里——

吴雅丽说，我去过你家了，你们全家都同意，我没让你妈告诉你。

赵东宝说，那你——

吴雅丽说，哦，我退伍回家后上了两年班，觉得没意思，又炒了一年股，赔了一笔钱。现在自己给自己做，开了家网上购物公司，每年赚得不多，也就够养车、供房的。车是我爸给买的，就是门前白色的那辆，到时候我挣够了钱还他。你还想问什么，我觉得你转业之后可以去做警察。

赵东宝说，我当警察干吗？

吴雅丽说，查户口呗。

赵东宝说，我没那意思，只是觉得——

吴雅丽说，不太真实是吧。

赵东宝点了点头。

吴雅丽说，我觉得很真实，这些年我也遇到过很多男人，有长得帅的，有很有钱的，但在一起聊起来总是不来电，我觉得我们两个肯定很来电。

告诉你个秘密。

赵东宝问，什么秘密？

吴雅丽说，那一次咱们在师里接触之后，很长一段时间我的脑海里都是你的影子。真奇怪，这些年想起来竟然很清晰，你说话的神情，咱们分手的时候，我伸出手，你不敢跟我握手的窘迫模样，对，就像刚才我们见面的时候那个样子，你告诉我，我的样子是不是在你的梦里停留过。

赵东宝脸红了，十分尴尬地笑了笑。吴雅丽也指着赵东宝哈哈地笑了。赵东宝这一笑全身心都放松了。是的，吴雅丽的影子在他的脑海里是停留过很长一段时间，他还曾经试着给她写过一封信，不过写完之后又悄悄地找个没人的地方烧了。

吴雅丽笑完说，你不老实，我一直等着你给我写信，可你没有。

赵东宝说，部队有纪律。

吴雅丽说，想过写信没有。

赵东宝说，写了，没有发。

吴雅丽说，白耽误了我们五年的大好时光，我退伍后你怎么不跟我联系？哦，你也不知道我的联系方式。哎，你信里都说些什么，能不能现在说给我听听。

赵东宝的脸又红了，说，都五年了，我已经忘了。

吴雅丽说，又不老实，咱们都是军人，你说，咱们怎么办？

赵东宝说，还能怎么办，往前冲呗！

吴雅丽说，对，往前冲，这才是咱们坦克兵的性格。

赵东宝望着二十七岁还天真烂漫的吴雅丽，一下觉得自己也年轻了很多。是啊，士兵的生活永远都是青春的。因为这段青春的岁月永远铭刻在心底。无论是经历了五年、十年、二十年，哪怕是在垂垂老矣的年龄，回顾这段岁月，也永远是青春的、浪漫的，因为这段岁月是用青春写成的，它把青春的每一个细胞、青春的每一个音符、青春的每一秒时光都奉献给了无悔的军旅。

吴雅丽提议去看赵东宝的战车贵族。传说中那是他的女神、他的爱人，他把十六年的青春都给了它。吴雅丽现在要去跟战车分享一个士兵的爱。

秋日的阳光沐浴在一排排精神抖擞的坦克战车上，折射出五彩斑斓的光环。吴雅丽在战车的部落里寻找赵东宝那辆令他魂牵梦绕的战车女神。

果然是一辆美丽的战车。翠绿和金黄交织在一起的迷彩,铿光瓦亮的钢质履带,流线体优美的炮塔,笔直修长倾斜四十五度的炮筒,漂亮,洒脱,充满了青春的气质和活力。吴雅丽用手抚摸着坦克的车体,抚摸着紧密环扣的履带,抚摸着炮塔、高射机枪、炮筒。这上面的一切都融入了赵东宝的灵魂之爱。

吴雅丽说,赵东宝,问你一个很傻很傻的问题。

赵东宝说,你说吧。

吴雅丽说,假如有一天我让你放弃它跟我走,你会走吗?

赵东宝说,我就要离开它了。

吴雅丽说,假如部队还让你留下来呢。

赵东宝沉默了,在他的爱情道路上遇到过很多这样的假如。他没有回答这样的假如,他无法给对方任何承诺,因为无法兑现的承诺就是欺骗。

赵东宝沉思了一会儿说,你当过兵,你知道。

吴雅丽说,算是回答我了吗?

赵东宝说,应该是。

吴雅丽说,假如要在我和它之间做一个选择的话,你会选择谁?

赵东宝说,我没想过。

吴雅丽说,假如有一天你离开它了,你会很想它吗?

赵东宝说,会。

吴雅丽说,离开我呢?

赵东宝说,也会。士兵的世界里没有那么多假如,他们会脚踏实地走好自己的每一步,因为每一步都是真实的。

吴雅丽十分俏皮地敬了一个军礼说,你回答得很好,士兵。

在战车的背面,吴雅丽问,你爱我吗?赵东宝没回答,只是拿眼睛默默地看着她。吴雅丽接着说,从今天开始,我要跟007号战车分享你的爱了。慢慢地,吴雅丽向他靠近了,他闻到一股女性迷人的芳香。吴雅丽主动吻了他,甜美幸福的吻让赵东宝有些晕眩。

吴雅丽第二天就走了,部队要备战实兵实弹演习。吴雅丽开着她那辆雪白色的现代轿车缓缓驶过训练场,看到赵东宝后停下车做了个胜利的手势,然后关上车窗飞也似的跑了。赵东宝晃了晃脑袋,揉了揉眼睛,觉得这两天自己像是在做梦。

十二

李墨斗和毛小文觉得这几天赵东宝像个上紧了发条的闹钟。

部队突然间接到上级命令，实兵实弹演习要在几千里之外的西南山地举行。装甲一团担任对敌前沿正面攻击的任务。

对手是一支信息化程度很高的机械化步兵旅，其装备之精良、战法之灵活、行动之诡秘曾让许多演习部队吃尽了苦头。

这几天，赵东宝和李墨斗、毛小文一直在研究对手的装甲部队和反坦克部队的配备。在陌生的地域和陌生的对手打一场不可预知的战争令三个人十分兴奋的同时也感到了压力。装甲团是步兵突击的利器，如何在突击中直插对方的咽喉，让对方的火力发挥不出来，是这场演习出奇制胜的关键。

时间很紧张，距离演习拉动的日子已经不远了。由于是总部统一部署、统一导调的跨区域远程机动演习，规格之高、影响之大令各级首长如临大敌。

毛小文说，这场演习世界各国极为关注。

李墨斗说，这场演习，一些国家已经为此做了战略部署。

赵东宝说，你们两个别关心那些虚的，练好本领，腰里别上一张大王牌，谁愿意来，咱就跟谁来。

针对性训练如火如荼地展开。部队实兵实装拉到了陌生的山地进行适应性训练，三个人天天待在战车上，做到了车不离人，人不离车。没几天，指导员郑东波也加入进来。

毛小文是战争游戏的高手，对现代化战争有更深的了解和丰富的想象能力。他认为，装甲部队要想达到攻击的突然性、打击的致命性，就必须神不知鬼不觉地隐藏在能够实施攻击的地域不被发现。现代战争是到达者的荣耀、发现者的胜利。同样，不被发现者也会获得胜利的机会。

赵东宝问，怎么才能做到不被发现呢？伪装自然就不用说了，关键是到达的问题。你在到达的时候肯定会有声音，你不可能把一个坦克攻击集群神不知鬼不觉地嵌入敌人的阵地前沿。

李墨斗说，我们不妨试一试声东击西的办法，为了隐藏一部分一招致命的力量，我们不妨做出一些牺牲，用一部分真坦克和假目标去吸引敌人空中和地面侦察，采用夜间嵌入的办法进行潜伏。班长的夜间驾驶技术我琢磨过，小油门控制灯火和声音，在战车轰鸣的掩护下是可以做到不被发现的。

郑东波说，你还别说，有点意思。

赵东宝说，潜伏中，无线电肯定要保持静默，单车攻击的可能性就增大了，所以基准车进攻发起的突然性就很重要，它是信号，整个坦克集群进攻的号角。

郑东波说，所以，基准车使命神圣。

赵东宝说，一切取胜的机会都蕴藏在经验和教训之中，所以，我们要把能考虑的环节都考虑到，加强演练和实验，确保万无一失。战场风云瞬息万变，只有你想不到的，就没有发生不了的。

郑东波说，说得不错，所以你们车的适应性训练要抓紧，多演练几遍。

赵东宝说，这几天，李墨斗跟我把夜间驾驶好好练练，毛小文主要练习夜间瞄准射击，重点把精力用在观察陌生地域地物、地貌、植被细微变化上。记住，抓住细节就抓住了制胜的关键。

郑东波说，我会把你们刚才小诸葛会的内容整理出来，跟全连各车和上级进行沟通，我觉得这个嵌入式的潜伏方案很有意义，也符合团里的作战计划要求。

赵东宝说，那好，现在开始行动。

跨区机动实兵实弹演习如期举行。

南国的七月依旧是炎热的夏季，燠热的雨季反复无常。

长途机动奔袭的演习官兵借助茫茫的夜色，车不熄火、枪不下肩就进入了战前准备。

构筑工事，伪装车辆装备，短短的半天时间，大量的坦克、火炮、重型车辆就地伪装，犬牙交错地潜伏在莽莽丛林之中。一支浩浩荡荡的部队很快被方圆几十里的连绵山脉、丛生的灌木树林淹没了。

美丽的桂北村庄风景怡人，宁静的村庄袅袅地飘着炊烟，大片大片的甘蔗林连接成了无边的青纱帐，水牛在稻田边的水塘里安详小憩，乡间土路上过往的行人依旧悠闲自得。

侦察卫星和高空侦察手段筛子一样不停地在山地丛林之间筛来筛去，丛林里几乎没有任何值得怀疑的军事目标。然而丛林里确实潜伏着等待攻击的部队，随时准备扑向自己的对手。

阳光掠过茂密的丛林，炙热的热浪穿过丛林，一阵高过一阵地冲向草丛。半人多高的荒草丛里，一张张怒张的坦克炮口潜伏着，昼夜不停地注视着周围的动静。

昨天夜晚，根据团长张五湖的命令，赵东宝所在的坦克三营借着兄弟部队战车的轰鸣嵌入了距离敌人前沿阵地几公里附近的丘陵背面。虽然他们担任的是正面攻击，但此刻坦克却潜伏在了蓝军的右翼。战斗发起之后，根据时差和距离的关系再进行主攻转换。

赵东宝和他的007号战车潜伏在第一个攻击梯队的最前面，这是一个山坡的背阴面，山的坡度达到了坦克爬坡的最大极限。坦克履带前端刚刚压着山坡顶部的地方，四周有几棵松树和几米深的灌木丛。没有人能相信一个坦克攻击集群能隐藏在连开起来都十分困难的山坡背面，更没有人能相信，驾驶第一辆战车的竟然是一名叫李墨斗的列兵。炮手毛小文的视野很开阔，从山坡顶部往向阳坡蓝军阵地上望去，一片苍茫的碧绿。毛小文在搜索着，他在这陌生的地域里搜索、比较、判断，从红外线瞄准仪和电脑接收来自空中侦查信息的数据对比中发现，两公里处的山坳应该就是蓝军的指挥所。毛小文观察到了伪装过后大功率电台伸向空中的天线。

40摄氏度的高温天气，没有一丝风，整个山地像一个大蒸笼，人像蒸笼里的包子，水分不断被蒸腾。热，热得令人窒息。李墨斗和毛小文没有经历过这样的天气，气短胸闷，多忍耐一分钟都是煎熬。蓝军的小股分队开始不断进行试探性、骚扰性的袭击。进攻没有开始之前，潜伏不被发现就是胜利。

潜伏在丛林中的战车，虎视眈眈地盯着蓝军的阵地，他们在待命，待命也是一场战斗。他们在忍耐，在挑战极限，积蓄的力量如同蕴藏在地下的烈火，随着指挥部命令发出的那一刻喷薄而出……

终于，随着远程炮火和一架架战鹰呼啸而来，航空兵的空中打击开始了，实战演习拉开了序幕。007号战车一跃而出，直扑蓝军阵地。

蓝军丝毫没有预料到右翼会突然出现一支装甲部队，匆忙调集反坦克炮火前来应对。007号战车的炮响了，右翼坦克攻击集群的齐射在一线阵地上铺开了一片火海。趁着滚滚的硝烟，十几辆坦克以梯次战斗队形快速向前推进。右翼一辆蓝军坦克正要掉转炮口对准攻击在最前面的007号战车，随着赵东宝一声准确的口令，李墨斗一个急转，炮口瞬间对准了它，一发炮弹过去，蓝军坦克冒起了彩色的烟雾。

007号战车直奔山坳处的蓝军指挥所，履带压过堑壕，推平了简易工事，冲击的步兵跟随在战车后面很快包围了蓝军前方指挥所。

战车高昂着炮口一路射击，向敌人纵深攻击挺进。蓝军很快土崩瓦解，最后一道防线也被突破。指挥部命令停止追击，演习取得圆满成功。战车一路征尘，阳光下的士兵脸上洋溢着胜利的笑容。

十三

演习归来，战车保养，总结讲评，恍然间一个多月过去了。

赵东宝在军营最后的日子就要到来了，没有倒计时的倒计时。虽然他没有想着那一天，但那一天终归会到来的。日子突然间变得很空，赵东宝突然间觉得时间像一只爬行在心里的蜗牛，每过一天都很艰难。

赵东宝仍旧像个新兵一样做着自己应该做的事情。

李墨斗和毛小文又开始变得小心翼翼了。赵东宝没有像往常那样要求他们这个样那个样，李墨斗和毛小文还是十分自觉地开始了他们紧张的新兵生活。每天去跑三公里，继续着俯卧撑、仰卧起坐、鸭子步、蛤蟆跳……

赵东宝说，你们没必要这么做，你们都是老兵了。

李墨斗说，你说过，只要你是一个士兵，你就永远不要觉得自己老，兵永远是新的，新的一天，新的知识，新的面孔，因为你要往前走，前面都是新的。

毛小文真的写了一款关于坦克兵的战争游戏，游戏里设了很多关，每通一关身上就能长一点肌肉，最后通关了就能获得健美冠军。游戏放到军网上，点击率很高。

李墨斗买来了很多材料，做了一辆高仿真的坦克玩具，坦克的每一个部位都是仿照007号坦克缩小了比例做的。只是坦克的驱动用的是电池，但开动起来履带的转动很逼真，遥控器还能控制急转急停，玩起来很有意思。

郑东波去找团长张五湖。

张五湖说，报告已经到师里了。

郑东波去师里找副师长说，赵东宝咋办？

副师长说，报告已经到军里了。

郑东波去找军里的战友。

军里的战友说，报告到军区了。

军区郑东波没有熟人，就等了几天。几天后，军里的战友说，没有批。

一切都在意料之中，也无所谓极度失望，只是他不知道该用什么样的方式告诉赵东宝。或许根本不用告诉他，这样的老兵早就想到了。

最后一次换季是在老兵复员前的四五天。胡卫东和郭德才早早地来到班里。胡卫东说，班长，我们想跟你上一次007号车。

赵东宝说，这次换季，你们谁都别参加，我想跟它说说话。

兵们说，好！各自别过脸去，满眼都是泪水。

冬天的风真大，刮得车库的铁大门咣咣地响。车库里很静，只有赵东宝一个人。赵东宝还以为自己记错了日子，看看军用表上的日历，星期五，没有错。连里调整了装备保障日。赵东宝知道这是指导员的主意，郑东波是想给他一个单独同战车相处的机会。

赵东宝在007号战车前敬了个军礼说，对不起，前来跟你告个别，我食言了，看来我们不能不离不弃，但请你记住我这样一个士兵。

赵东宝静静地为战车扯开车炮衣，细细地擦拭车身、炮塔、炮管、高射机枪，一点一点地擦着。天很冷，他不停地哈着热气，擦着那些细小的斑点。其实车很干净，演习回来后的那次大保养很彻底，履带和部分部件已经涂上了黄油。尽管这样，他还是擦得十分仔细，这个时候，赵东宝表情是麻木的，眼睛里没有一滴眼泪。他想起那天吴雅丽在战车前跟他的对话。吴雅丽说，战车就是他的女神，他此刻突然间没有了那种感觉，甚至没有了留恋。他有点恨它，甚至想尽快地离开它。但脚步还是十分迟缓地停留在它的周围。他想渐渐远离它，渐渐地忘记它，可铭刻在上面的青春呢，青春在呼喊，在轰鸣，在燃烧。他能忘掉自己的军旅生活吗？不能，他不能。

他慢慢地为它盖上炮衣，一根带子一根带子系好，然后他关上了车库的门。一把锁，把他的青春也锁进了车库。

十四

　　赵东宝突然间变得很孤单，每天早晨起床打扫完卫生后，会一遍又一遍地叠被子。赵东宝的军被已经洗得雪白，棱角分明的被子，干净整洁的床单，看起来像是件艺术品。然后，他会到学习室的电脑前面写一些东西。夜里写到很晚，一个人到宿舍外面的玉兰树下抽烟，透透气，然后回到电脑前接着写。这个时候，毛小文老是在他面前晃来晃去的，总是找他说一些无关紧要的话，问一些简单幼稚的问题。毛小文说，班长心很烦，不能让他陷在电脑里。李墨斗悄悄对毛小文说，这个时候我们最好从他眼前消失。

　　赵东宝突然间十分想念吴雅丽。过去从来没有一个女人让他这样思念，现在吴雅丽是他心里的依靠。虽然他觉得吴雅丽的到来对他来说就是一个梦，曾经有几次他甚至怀疑这个梦的真实性。但这一切都是真的，演习回来，他给吴雅丽打了几次电话，说了转业回去的日期。吴雅丽说，你等着我，我开证明，我跟你去把结婚证领了。吴雅丽说到做到，第二天就开车来到了连队。捧着红色的结婚证，赵东宝望着照片上两个人灿烂的笑容，自言自语说，哎呀，这个当过兵的女人。黑夜里想着吴雅丽穿着婚纱的模样，赵东宝就嘿嘿地笑了，然后整颗心都醉了。爱情在滋养着一颗脆弱孤单的心灵。吴雅丽在部队待了三天，然后一阵风一样走了。一切就又像一个梦，亦幻亦真。赵东宝没想到自己就这么结婚了。吴雅丽说，你离开部队的那天，我会穿着婚纱开着车来，我们在连队举办一个隆重的婚礼，然后你开着车把我接回你们家，我就是你们家媳妇了。

　　演习回来，指导员郑东波十分害怕见到赵东宝，每次站在队列前面讲评，目光扫到赵东宝，他挺起的胸脯就会被刺一下。他很想找他聊聊，但又不知道聊些什么。

　　一天夜里，赵东宝拿着一个大牛皮纸信封来找指导员郑东波，说，这些东西留下来或许对连队有一些用处。郑东波知道里面是赵东宝这些日子一直在电脑上写的东西。郑东波说，师傅，我们谈谈？赵东宝说，我说过，别叫我师傅，我只是一个兵。郑东波说，团里准备给你报个二等功，我正在写你的事迹材料。赵东宝说，立功就算了，在我的档案里，二等功有一个就很沉了，和平年代的士兵，有什么样的贡献能立那么多功呢？我也只是做了一个士兵应该做的，立的功多了，军功章就不值钱了。指导员，您忙吧，我走了。走到门口的时候，赵东宝又回过头说，哦，对了，指导员，向您请示个事情。郑东波说，有什么事情你尽管说。赵东宝说，吴雅丽说她想在连队举行婚礼。郑东波一听这消息，一下子就高兴了，他很兴奋地说，好，什么时间？连队给你们办，我给你们张罗，保证隆重热闹。赵东宝说，吴雅丽说，我退伍命令下达的那一天。不想触及的话题终于说出来了，郑东波怔了一下说，肯定办好！郑东波知道，这是他为这个老兵唯一能办成的事情。赵东宝说，我还有个请求，不能让连队花钱，采购的费用我自己来。郑东波说，那要不要大家给你凑份子。赵东宝，要是这样，我看算了。赵东宝说完就出了指导员的宿舍。夜空很高远，银河里星斗璀璨，一颗流星迅速划过，从山的东边很快落到了山的西边。

  灯光下，郑东波打开了赵东宝的牛皮纸信封。厚厚的一沓稿子讲的都是这些年来他在坦克训练、修理、演习中的经验，有战术战法的，有组织训练的，有装备维修的……望着灯光下的白纸黑字，郑东波的眼睛慢慢地湿润了。

  这次演习，营里为毛小文和李墨斗报请了三等功。不知天高地厚的两个小子得知赵东宝没有立功而且还要离开部队的消息后，就闯了团长的办公室。李墨斗说，团长，这次最应该立功的是班长赵东宝。张五湖问，这是你们班长赵东宝的意思？李墨斗说，不是。毛小文说，恳请团长把我们立功的通令给撤销了吧，我们这样没法面对我们班长。团长张五湖看着鼓着腮帮子，前来打抱不平的两个宝贝，又生气又好笑。张五湖对毛小文说，还挺义气，你以为这通令说撤销就撤销吗，这个赵东宝，兵是怎么带的，这点常识都没教明白。李墨斗说，不给我们班长立功也行，团长你能不能不让我们班长走。毛小文说，他走了我们怎么办？

  张五湖说，你们两个的技术已经赶上他了。毛小文说，赶上班长还早着呢，万里长征才走完了第一步，我们班长是棵大家都能从他身上摘到自己想要的果子的树，团长你不能砍了我们的树。李墨斗说，年初的时候我向您提出来要跟着他当个好兵，他走了我们还怎么当好兵？张五湖说，这就怪了，合着这坦克一团除了他赵东宝就没有好兵了？岂有此理，这个赵东宝让两个新兵来当说客，真有他的。说着就拨通了电话对着话筒语气严厉地说，三营指导员吗？带上赵东宝跑步到我办公室来。毛小文说，团长，这跟我们班长没关系。李墨斗说，团长，你不能这样，这样我们更没法面对班长。张五湖说，那好办，我们一起面对他。团长跟他俩一起面对赵东宝的结果是大家一起挨剋。团长张五湖是全团公认的坏脾气，逮谁熊谁。一顿猛剋之后，团长留下了指导员，对赵东宝说，把你的两个兵领回去吧，真是两个活宝贝。两个兵就耷拉着脑袋跟在赵东宝后面，往连队的方向走。一路上三个人谁也没说话，两个兵心里十分难受，李墨斗几次想张嘴，看到赵东宝黑着脸，赶紧又把嘴巴闭上了。

　　两个兵心里清楚，这次赵东宝要发脾气了。回到连队，赵东宝登上了坦克七连的楼顶，只见两个宝贝在楼顶上规规矩矩地站着等他发飙。赵东宝没有发飙。他拍了拍李墨斗的脖子和毛小文的肩膀说了两个字，谢谢。李墨斗说，班长你揍我吧。毛小文说，班长你罚我吧。赵东宝笑着说，我干吗要罚你们？李墨斗说，我们把你的事情给搞砸了。毛小文说，我们的脑袋进水了，不该找团长说你的事情，我们只想帮你，班长。我们真的不想让你走，你是我们的树，树倒猢狲散，我们真不知道没你的日子应该怎么办。李墨斗说，能不能不走？赵东宝摇了摇头说，恐怕不行，好像没有指标。我给你们说过，铁打的营盘流水的兵，你们老说我是你们的树，其实我不是。真正的大树是我们这支军队，我们都是这棵大树上的一片叶子，叶子黄了就会落下来，新的叶子就会长出来，这样没咱们这支部队才能是一棵常青树，不断壮大，直至长成一棵参天大树。你们两个有知识，有技术，比我更能当一个好兵。我不想说什么，记住你们的话，当一个好兵。记住我的话，好兵难当，要吃常人不能吃的苦。有首歌唱得很好，革命生涯常分手，一样分别两样情。一个士兵最好的成就是完成他的使命，你们两个就是我完成的最后使命。给你们一条纪律，我们分手的时候不许哭，要高高兴兴地笑。告诉你们一个秘密，我要结婚了，要在连队举行婚礼，时间就定在退伍命令宣布的那天晚上。

十五

退伍命令如期宣布，赵东宝和吴雅丽的婚礼也如期举行。婚礼放在了连队俱乐部里，跟退伍老兵的茶话会一起举行。指导员郑东波担任了婚礼的司仪，团长张五湖当了证婚人。赵东宝穿着去掉了领花、肩章的军装，胸前戴着一朵大红花，吴雅丽身着一袭婚纱，两个曾经的老兵在婚礼上相互敬礼，交换戒指，很像部队的交接岗仪式，吴雅丽把他的一颗心接走了。

李墨斗和毛小文没有参加连队的茶话会，也没有参加两个人的婚礼，指导员郑东波害怕两个宝贝会控制不住自己哭，把整个婚礼给弄砸了，就安排了他们站岗。这是两个让大家重新感受到青春力量的兵，有梦想，充满活力，只有青春才有这两样东西。看到他们就看到了力量，一股永远无法抗拒的力量。

那个夜晚是装甲一团七连最热闹的夜晚，是七连官兵最快乐的幸福时光，茶话会一直开到很晚。睡觉的时候，赵东宝发现吴雅丽的白色轿车不见了。赵东宝在吴雅丽耳边悄悄问，你的车呢？吴雅丽莞尔一笑，神秘地说，这是个秘密。

第二天，吴雅丽开着轿车停在了七连门口，洁白的婚纱在寒风中雪一样飘舞。大家都被她的创意惊呆了。

吴雅丽那辆车子被喷上了迷彩，车身上用红色勾勒出鲜艳的写着"八一"的五星，五星的旁边赫然闪耀着"007"的字样。女人在欢呼声中拥抱了赵东宝，还当着全连官兵的面吻了他，整个送行的场面没有了泪水，没有了哭泣，只有欢呼，惊天动地的欢呼。车子徐徐开动，赵东宝看到毛小文和李墨斗在后面哭着追赶，他们两个哭喊着、歇斯底里地叫着、跑着。远远地，他看到李墨斗的手上捧着那个战车模型，高高地举过了头顶。他的心横了横，使劲地踩了油门。

车子飞快地行驶在高速公路上，赵东宝开着车，女人幸福地倚靠着他的肩膀。女人说，我的007号比你的007号怎么样？

高速公路的停车带上，赵东宝把车子停下来，他伏在方向盘上号啕大哭。他说，我听不到履带转动的声音了！我听不到履带转动的声音了！

吴雅丽把他的头深深地搂在胸前,像拍打着一个孩子一样说,我就知道你忍不住要哭的,我就知道你忍不住要哭的。

　　吴雅丽打开了汽车的音响,战车的轰鸣和履带的声响铺天盖地而来。

　　(原载《解放军文艺》2013年第5期)

红　　葵

一

　　血色黄昏到来之前，坐在葵河岸上的根早已没有足够的耐心等到天黑下去了。他沿着葵林间的小路朝着镇子的方向走去。野葵花随着太阳的坠落而低垂下硕大的头颅。乡村汉子根躲藏在葵林里已经两天了，肚子咕咕地叫，一连啃了好几个葵花盘。葵盘里的葵花子还没有成熟，吃到嘴里是涩涩的汁液。根的大脑有些恍惚，整个天地一片混沌，混沌得如同日光斑驳的葵林。夕阳的余晖渲染在葵林上空，把葵林涂抹得如一张庄户女人的脸。根的眼前就晃动着自己女人的脸，细腻、饱满、眉黛齿皓。女人爱笑，一笑就露出两颗小虎牙，很像这葵盘上凸出来的葵花子。

　　镇子隐隐约约飘来炒葵花子的酣香，出了葵林便可以看到自家葵花子作坊袅袅飘升的灶烟了。女人坐在灶边烧火炒葵花子，火苗在女人脸上舔来舔去。女人的脸娇艳红润，极像养分充足的葵盘，掐一把能出水。然后，女人站起来扬起簸箕簸葵花子，她一只手扬得老高，另一只手也扬得老高，黄麻秆做的簸箕在手上上下颠簸。女人把葵花子倒入那口煨热的铁锅里，铁锅便发出轻微的爆炸声，女人用一把木铲在锅里搅动着，炸裂声便大起来，一声接着一声。直至铁锅里飘出缕缕的轻烟，烟雾里透出一股诱人的香味，女人才停掉火，拍拍身上的土星，拢拢头发出门去。根的心中仍然存留着女人这一番最美的风景。这样的风景在被"抓丁"后那些枪林弹雨、昼夜行军的日子里是根最好的精神干粮。

女人出了门，嗑着葵花子倚在院中的黑槐树上等他归来。女人嗑葵花子的模样让根很心动，薄薄的葵花子皮从她猩红的唇里飞出来划着漂亮的弧线悠然落地。

根可以想象得到，在他被抓走当兵的那些日子里，女人肯定就这样站着等他，从日出等到日落。

女人是个相当干净的女人，每天早晨起来，她总是花大量的时间去梳洗打扮，涂脂抹红，女人花好长时间打扮后走出房来，用木轱辘车推着葵花子到镇子上去叫卖："五——香——葵花子嘞！"声音清脆，比唱歌都好听。

然而，这些宁静的日子都被半年前一场变故打乱了。

这场变故使葵镇人从此陷入了惊慌和不安的日子。

二

那天根还没有起。

根听到女人在窗前哗哗地梳洗，女人的影子被晨光映在窗纸上一晃一晃的。这时候根听到门外有人敲门，根听到是成媳妇的声音。成媳妇的声音轻柔柔的，像早晨迎着窗户刮进来的暖风，听起来清爽、舒畅。

成媳妇是根女人卖葵花子的最佳搭档。两个女人站在原本萧条的街上却是男人心中的动人景象。成媳妇很美。人生得娇俏玲珑，粉面红唇，嘴角总漾出诱人的笑，说话的时候语调轻柔，每一句话总是让人听起来很舒服，吆喝的声音更是动听，声音悠长，最后一个字往上挑，还拐着弯儿，直勾勾地往男人心里钻。成是个读过书的石匠，专打油磨石碾什么的，前些年外出做工就再没回来。和成媳妇在一块聊天的时候，根就会骂成。根会说，成的心真是石头做的，把这么好的女人丢在家里，自己在外面跑，要是我，外面就是遍地金元宝，我也舍不得离开家半步。成媳妇总是嘻嘻哈哈地开着根媳妇的玩笑。成媳妇说，姐姐，看来还是你有本事，根哥半步都离不开你，说说看，你是用什么法子把根哥拴在裤腰带上的。根媳妇就会说，不是我有办法，是他没出息。夜里，根媳妇在被窝里抱着根说，你要是学成丢下自己的媳妇不管,我第二天就找一个人来给我暖被窝。女人说着就往男人胸前钻。根就叹着气说,你说说,这成到底是咋想的呢。媳妇说,谁知道,肚子里有墨水的人就是想法多,不安分过日子,成的书算是白读了。

关于成有许多传说:有的说是当了土匪,是蝎子山上的头头儿,干着杀人越货的勾当;有的说成参加了革命军,是部队上的人,成参加的是穷人的队伍,打土豪分田地,让老百姓都有饭吃;有的人还神秘地说,他在邻县县城的城门前见过成的画像,像是被通缉的要犯,脑袋壳值三百块大洋。大家说法不一,根不相信成会搁下这样好看的女人跑到队伍上去,除非成干的事情比自己的媳妇还重要。然而成真的是加入了穷人的队伍。成媳妇和根的女人好得一个人似的,自然有话便私下跟根的女人说,成半夜里回来过几次,都是不到天亮就翻墙走了。成的女人不识字,她说她听不懂成说的话。成只说是革命,成媳妇不懂。根也不懂啥叫革命,他问自己的媳妇说这玩意儿是不是很赚钱。媳妇摇摇头,媳妇也不懂。根也开始摇着头自言自语,啥玩意比搂着漂亮媳妇睡觉还重要。媳妇用手指点着根的脑门说,出息!接着媳妇笑了,阳光一样灿烂。

根在被窝里听到成媳妇跟自己的女人说话,两个人的影子在窗前晃动了许久。

"我今儿不想上街了。"根听到成媳妇说。

"咋?逢集。天蛮晴的。"

"我眼皮老跳,怕要出事。"成媳妇压低声音说。

"哪个眼?"

"左眼。"

"左眼跳财,好兆头,走吧。"

根光着膀子看到女人和成媳妇俏丽的身影消失在胡同里。根陡然感觉到自己的眼皮也剧烈地跳动了起来。

这一天根无事可做。无事可做的根就蹲在自家院墙的边上看着太阳从村东边的葵花林子升上来,暖融融地照在他跟那条老狗的身上。狗是条黑狗,体形健壮,皮毛发亮。老狗伸出红红的舌头舔着根的脚面,这样的时光很惬意。根望着自家瓦屋青灰色的瓦棱,上面长满了青灰色的瓦花,一群鸽子从远远的地方飞回来,落在屋脊上咕咕地叫着,根觉得这才是家永恒不变的见证。根又想到了成，就在心里骂他，狗日的成，有好日子不会过，在外面瞎折腾。

　　根懒洋洋地走出家门，温热的风从河道里传来，几棵孤零零立在荒河滩上的野葵在风中摇摆，十几只黑乌鸦从葵林里飞出来，在空中叫着，声音煞是难听。很长时间看不到这些黑乌鸦了，老人说，乌鸦叫，灾星到。根急匆匆沿着河道朝镇子的方向走。他想到镇子上看看女人的生意如何。这年月，兵荒马乱的，大意不得。这时根听到了一阵马蹄声从远方传来，他看到马队隐隐约约进了镇子，接着镇子便乱了。根看到自家的女人如一只受惊的母鹅颠着小脚朝他跑来。女人跑丢了鞋子，跑丢了卖葵花子的推车。女人气喘吁吁地抓住根的手说："你快逃吧，镇子里四处抓人。"根说："怕啥？咱又不犯法。"女人的泪都急出来了，说："他们是抓丁哩。"

　　许多日子后，根的眼前还不停地出现女人此刻那张面孔。女人不能着急，着急的时候就会满脸通红，白皙的脸蛋像贴着两块红膏药。

　　"咱们一块走吧。"根拉住女人说。

　　"我要拾掇一下家里，他们啥都抢。"

　　女人款动着细腰大臀的身子朝自家的方向跑去。女人跑得很快，扭动的腰身左右摇摆，样子真像一只奔跑的白鹅。女人从来没有在他面前这样跑过，样子很可笑，根忍不住笑出声来。根在后面一边追着女人一边呼喊着女人的名字。女人仍旧脚步不停地跑，当根气喘吁吁撵上女人的时候，他四周已站满了拿枪的人……

三

　　天色愈来愈黑。根咽了口唾味，握着拳头继续沿着葵林间的小路朝前走。

　　这时骇人的马蹄声又在根的身后由远及近地响起。街边灰蒙蒙的葵花子作坊遮住了走来的马队，接着根看到了火把的亮光，此刻四野静静的，甚至没有狗叫的声音，村里或许已经没有狗了。根心里暗暗高兴，村里没男人可抓了。没有男人可抓的时候，那些抓丁的队伍就不回来了。根又把头缩回葵林。根猛然想起自己身上还穿着那身狗屎黄的衣裳，心中不由一抖。根蹲在葵地里用手拼命地扒着土坑，然后根把衣服深埋在坑里，狠命地用脚踩了踩。这时，根的手中只有那把枪了。这冰凉的东西握在手里，寒气逼到骨髓里去，枪口幽蓝幽蓝的光让根无法正视它，枪是崭新的枪，正宗的"中正造"，根一次也没用过，根不会用。

若干天前，葵河镇四十几个粗壮的汉子被一条绳拴到城里。成媳妇娇小美丽的身影晃动在最前面。女人脖子上挂着跟她身高差不多的木板，木板上写着"通匪"。男人们垂头丧气地低着头走路，精神萎靡得如同深秋遭霜的茄子。唯独成媳妇的头是高高昂着的，胸脯也挺得老高。女人被绑得结实，胸脯被绳子勒得变了形状，腿上也有了伤，一路步履蹒跚。男人骂成，骂他害了自己的女人，害了葵河镇的乡亲。女人说，这不能怪成，没有成这世道照样是这样，成的队伍从来不抓丁，当兵都是自愿，只有这些该死的害人的部队才抓丁。戴大盖帽的头目跑过来，揪起成媳妇的长发啪啪打了几个耳光。血顺着成媳妇洁白的下颌流到脖子里。根看到成媳妇憋足了气，喷出一口鲜血，血溅大盖帽头目一身。根无法相信眼前这个娇俏可人的女人此刻竟然如此厉害。成的媳妇瞪着眼，目光厉害得能把人的心给剜出来。大盖帽头目恼羞成怒，马鞭举过成媳妇头顶的一瞬被成媳妇这样的目光吓住了，马鞭子竟然没有落下来。根觉得成的媳妇真不简单，换上自己媳妇，早就尿在裤裆里了。

成媳妇被关在城里的大牢里。成媳妇临被拖走时回眸冲几十位汉子笑笑，那笑魇让汉子们回味无穷。这个时候女人还能笑出来，还笑得如此好看。汉子们在女人的笑容里都抬起了头。女人尚能如此，男人不能没有一点血性。

接着，根和所有的汉子都被分到兵营里，发了枪，发了狗屎黄的衣服。根被分在马厩里喂马，马是大盖帽头目的。真是一匹好马啊，根从来没有看到过这样的马。高大健壮，鬃毛直立，浑身的皮毛像枣红缎子织成的一样，摸上去如同女人的皮肤。根侍弄惯了牲口，做起来也相当顺手。一阵阵的炮声从前方传来，连串的枪声响个不停。仗在不停地打，人在不停地死。从各地抓来的壮丁换上刚从死人身上扒下来的衣服就被赶鸭子一样逼上了战场。根就问戴大盖帽的头目说，仗这么打，不是上去送死吗？大盖帽头目哈哈笑着说，你个老小子说对了，你们他娘的就是炮灰，就是靶子，就是耗也要把共军的弹药耗干净。根的心就一阵发紧，冷汗倏地一下子就从浑身的毛孔里冒出来了。这样的日子，人的命还不如地上的一只蚂蚁。蚂蚁没有人逼着叫死，一群一群的人竟然是被逼着消耗对方子弹的。阵地久攻不下，只好打打停停。不打仗的日子，兵营死一样寂静，根很孤独。根想家想自己的女人，想她嗑葵花子时露着小虎牙微笑的姿势，也想她甜润好听的声音。想几次后他产生了逃跑的念头，然而又不敢。镇子上一起被抓来的二蛋试过，二蛋刚逃出营门不远便被枪打断了双腿，然后，根看到的是开膛破肚的惨景。二蛋被绑在柱子上，壮丁们被赶到大操场上，大盖帽头目牵着一条狼狗拿着刀子在二蛋身上剜肉，每剜一刀，就听到二蛋一声惨叫。血淋淋的肉从二蛋身上剜下来扔给了狼狗，狼狗一口口地吞着二蛋的肉，鲜红的血弄得满地都是。根一阵恶心，他没想到自己竟然想吐。大盖帽头目的最后一刀刺在二蛋的胸口，二蛋血糊糊的心就被他挑在了刀尖上。大盖帽说，想跑的人，这心只配让狗吃了。大盖帽把二蛋的心扔给了狼狗，狗就叼着二蛋的心一溜烟地跑了，操场上留下了大盖帽狰狞的笑声。队伍一下子就散开了，根跑到马厩里一阵惊天动地的呕吐。吐完之后，根躺在稻草窝里，两眼直直地盯着天空，心也像被狗叼跑了一样空落落的。根不想死，根还要跟他的女人过日子。

  现在，根仔细想起来那根本算不上是场战斗。三个月后的一个晴朗正午，根和几十名被抓的汉子随队伍在峡谷里遭到成的伏击。许多人来不及还击便倒下了。天上地上到处都是飞舞的子弹。枪一响，根就倒下了。根很聪明，他想倒在地上子弹就打不中自己了。他要活着，要见自己的媳妇，要跟媳妇好好过日子。根倒下的位置很好，小土包替他挡住了许多落在地上的子弹。枪声渐渐稀落了，根试着慢慢地抬起头，根看到山坡上挥枪射击的竟然是成。马上的大盖帽头目已经死了，健壮的马狂奔突跳，根跃上马朝成高喊着疾奔而去。根听到前面和后面同时响着枪声，根冲到成的面前滚下马时想，简直是一场噩梦。

  根抓住成的衣领，拳头握得咔吧响。根的拳头朝成的脸上猛然击去。成的面容立刻五彩缤纷，都是你狗日的成害了葵镇的兄弟，四十多个兄弟都有家有口啊。

  成抹掉脸上的血，狠狠地还击一拳吼着说，这是战斗。

  根吼着说，你媳妇也要死了。

  根看见成的身子摇晃了一下。成说，革命是要死人的。

根看到成流了泪。

根说，你要救她，她是个好女人，天底下你找不到第二个的好女人。你手里有兵，你是能救她的。

成摇了摇头，泪从成的眼睛里掉下来。根想，石匠成的心也不是石头做的。

成说，日子会好的，葵镇就要解放了。

成说着飞身跃上了马，一排排的队伍跟着他的马跑了。

枪声停后，山谷里横满尸体。根看到夕阳很红。

根站在高高的山岗上，对着成远去的背影声嘶力竭地喊，狗日的成，你眼睁睁地看着自己的女人去死，狗日的成，你不配有女人。

声音在空旷的战场上久久回荡。

四

根裸露着身体蹲在葵林里，透过葵林的缝隙，根看到火把渐渐远去，马队离去的时候火光里传来男人恐怖的笑声。马蹄声远去之后，葵镇开始亮起灯。灯星星点点，忽明忽暗，如同坟茔里的鬼火。

根蹿出了葵林，朝着自己的院落走去。根走得很快，他迫切想见到他的女人。他甚至可以想到女人站在院子里槐树底下笑眯眯迎接他的模样。

院子漆黑一片，静静的，没有一点声息。他一连喊了好几声女人的名字，才看到堂屋里的灯亮起来。透过破碎的窗纸，根看到自己的女人就坐在铺上，在赤红色的油灯光里显得半边紫红半边黑灰，然而女人深陷的眼窝里仍闪着明亮的光芒。女人的长发没了，剪得像男人一样短，根感到眼前的女人很陌生。油灯已快燃尽了，根想起女人当初把他推入葵林时的情景，根在油灯熄灭的一瞬间叫起妻的名字。女人呢喃一声，便倒在了铺上。根进了屋，重新燃起了油灯，弄来热水为妻子洗脸。根粗糙的手掌在女人脸上摩挲着，女人已经没有女人的模样了，鸡窝似的头发，脸上抹着锅灰，用白布缠得变了形的胸。那个面色粉润、健康丰腴的女人呢，那个腰肢灵活、浑身散发着成熟女人气息的媳妇哪里去了呢？一种东西在根的心中往下沉往下沉，然后又突地浮起来。根听着女人单薄的呼吸，灯光下女人洗过的脸很苍白。

女人醒了。女人说出了一个令根并不十分震惊的消息。

成媳妇死了。

在县城里，各种刑具都用过了，成媳妇最终不肯说出成的下落。这个娇小精致得如同瓷器一样的小媳妇打不破、击不垮、敲不动，像钢铁一样坚硬。无论匪兵们怎么折腾，这个女人总是面带微笑，匪兵们把她押回葵镇行刑。

收葵花子的这个晚秋，成媳妇被一群匪兵推搡着走进遍地花黄的葵林。

成媳妇这天打扮得相当漂亮，红衣红鞋，脸上的官粉涂得极厚，眉描得特黑，稍向上撩，有着惊人的妩媚。根的女人跟葵镇所有不愿逃走的人被赶到行刑现场。匪兵的刀在日光里闪着刺眼的寒光。成媳妇就走在这寒光闪闪的刀林里。根媳妇不知道这个平日里连葵花子虫都怕的女人临死前竟会如此坦然从容。

根的女人说她亲眼看了这惨不忍睹的场面。

先是一排倔强的男人。男人们唱着战歌喊着口号高昂着头颅，如同一排向阳的葵花。

行刑的一排匪兵挥舞着寒光闪闪的大刀，刀光落处，一排齐刷刷的脑袋滚进了无边的葵林。一个官员走向成媳妇说，这些男人死不足惜，你一个弱小女子何苦为这些人殉葬。

成媳妇笑着说，这样也好，到时候有人买我的葵花子。成媳妇这个时候也看到根的媳妇。根的媳妇在哭，成媳妇就又笑了，她的目光仍旧暖暖地跟根的媳妇交流。这目光一下子就把往日无数个美好的日子给勾回来了，根媳妇忍不住哭出声来。这个时候，成媳妇放开了喉咙，喊出了葵镇人久违了的美妙声音："五——香——葵花子嘞。"

喊过后，成媳妇满脸娇羞的红云，她甩了一下满头的乌发，伸出细细的白皙的脖子，对年轻的刽子手说，我等不及了，开始吧。行刑的男人望着美艳的成媳妇迟迟下不了手。

终于，所有陪刑的人都目睹了那一瞬间的惨剧。

成媳妇头顶上空划起一道银亮的光弧之后，成媳妇的头颅立马像一盘无限盛开的红葵花，鲜亮火红的花瓣四溅飞舞，浓密的葵林突然间飞满了血色的蝴蝶。翩翩飞舞的血蝴蝶落在葵花上、草茎上、野花丛里，吱吱地发出叫声。直至血色的蝴蝶不再飞舞，成媳妇跪在蓬松的沙土地上久久不倒。起风了，风掠起无边的葵花海，金灿灿的波浪在阳光中黄得耀眼。在无边的黄色中，几个血红的葵盘格外醒目。成媳妇没有了头颅的身子仍直直地立着，宛若去掉了葵盘的葵树。行刑的匪兵把她砸倒的时候，她面朝黄土背朝天，而滚落的头颅却停在那里，双目圆睁，怒视天空。根媳妇知道成媳妇想见成一面。这个世界，哪有女人不想自己男人的。成媳妇更想，这些年，成没回过家几次。

成媳妇的头颅被骑马的头目拎走了，挂在县城的门楼上让行人观看，这就是通匪的下场。

五

夜的颜色愈来愈浓了，已经半夜，女人对黑暗特别恐惧，她抓住根的手说："这样的日子不如死了好。"

"是不能这样过了。"根说。

女人说："你走吧，趁着天黑跑吧。"

"我不走了。"根说。

"他们会杀了你。"女人声音直打摆。

"杀我我也不走了。"

女人颤悠悠站起身来，叫了一声成媳妇的名字。根看到自己的女人呆呆的。女人是经不起惊吓才变成这样子的。根听到女人对着黑暗说，媚，我比你强哩，死了也甘心。根看着眼前的女人，他渴望的那种日子又在眼前浮现了，女人嗑着葵花子等着他，飞舞的葵花子皮在她的唇间飞舞，那颗凸出的小虎牙是嗑葵花子的利器，一会儿的工夫，手心里就有一把葵花子仁儿。看到他回来，女人就会喊他，过来，吃葵花子，他就会满嘴醉香。女人迎他时灿烂的笑靥让他信心百倍地想到好日子。那时候，女人又黑又粗的辫子垂至腰际。梳洗头是女人一日中最大的内容，每日清晨最早进入他视线的便是这犹如飞云流瀑的黑发，女人用皂荚和香油梳过的黑发散发出醉人的香味。

现在，女人就痴呆地站在窗前一句话也不说，像棵苍老的葵。

根对女人说，咱好好过日子。

女人回过头来，干瘦的脸在灯光下染出红润的微笑。

睡吧，天不早了。女人说。

根太累了，疲劳使他忘记了恐惧和饥饿。根躺在散发着霉腥味的炕上酣然入睡。女人却没有睡。根觉得女人的影子始终在自己身边晃来晃去的。

这个夜晚根做了一个梦，他骑着高头大马走在一望无际的葵花海里。马是一匹枣红马，四肢健壮，四蹄生风。女人很年轻，还是做姑娘时候的样子，长辫子，碎花红棉袄，在金黄金黄的葵花海里奔跑。他骑着马追她，她在葵林里奔跑。女人笑着，笑声在原野上传出很远很远。葵林无边，女人时而隐没在葵花里，时而出现在他身边。他想伸手去抓她，她却一下子消失了，他找啊找啊也没有找到，根满眼泪水。

根醒来时，晨色早已摸上了窗棂。根揉了揉眼睛，发现身边少了女人。朝阳的红润落在院子里，天地间充盈着一片紫红色的霞光。就在这紫红色的霞光里，根看到黑槐树上挂着自己的女人。女人打扮得很漂亮，穿的是嫁来时的新衣裳，绸布做的衣裳上绣满了血红的葵花。女人在霞光里如悬在槐树下的一片云，在根湿漉漉的视线里飘忽不定。女人接上的两只辫子在秋风中摇摆，根知道那是女人自己剪下的辫子。女人的脸依然是俏丽的脸，涂了胭脂和官粉，模样也挺动人的。只是一截粉红色的舌头留在唇的外面，就是那能发出婉转动听叫卖声的舌头。根愣愣地站在女人面前，任凭女人的双脚在空中荡来荡去。他弄不明白女人为啥在他回来的时候选择这样的方式离开他。这世界发生了许许多多的事情，这些事情根一直弄不明白。

根对女人说，你为什么不活着，你活着家还在，你死了，就没有家了。

女人闭着眼睛。

根对女人说，你不让我离开家，我就在家里守着你，可是你走了，我还能守着谁？

女人不回答。

根看到厨房里还冒着炊烟，门开着，女人为他做好饭菜，拾掇好了以前的衣服。根的耳边又回荡起女人说过的那句话，媚，我比你强哩，死了也甘心。

根说，你们两个娘们，心比男人都狠。

太阳湿漉漉地从东边的天空拱出来，把整个葵河镇的沟沟坎坎弄得一片明亮。在这一片鲜亮的光里，根突然感到一种莫名的惆怅，如今那个鲜活美艳的女人已变成眼前的一抔黄土。根埋女人的时候埋下了几粒饱满的葵花子，在满地是阳光的旷野里，女人的坟是那样孤单。根怕女人寂寞。根站在遍地飘黄的河滩上沉默、思考。根觉得又有一种想不透的东西在脑子里钻来钻去。

几只白鸽突然间从不远处葵花子作坊的屋顶上飞向天空。这使根冷不丁看到镇口那用几根槐木搭的拱桥，拱桥上两个推轱辘车有说有笑的女人正朝着镇子的方向走去。女人的声音清脆好听："五——香——葵花子嘞。"

女人细腰丰臀的剪影闪烁在碎银子般的河水里，流走了，漂得很远很远，犹如这传远的声音一样。

六

根走出了那片未来得及收的葵林，远远地回望，阳光照耀下葵盘饱满丰硕，隐隐能听到葵花子从母盘里炸裂掉到地上的声响。

一匹马站在不远的地方．根看到成低着头把一锨锨土堆在媳妇的坟上。然后，成站起身来，骑上晨光一样的马。

"等等我！"根的声音在旷野中回荡。

成的马踏出一路尘烟。

（原载《解放军文艺》1995年第2期）

残　　影

一

后来，豆腐店老板娘媚花才知道她在那个低矮的瓷器铺子里昏睡了三天之久。

傍晚的火烧云过后，媚花从冥冥的世界里苏醒过来，她开始听到十分清晰的流水声。红红的霞光里粗壮的烧陶人正在涮洗，黑色的剪影蔓延在紫色的残辉中，在媚花的视线里晃来晃去。日本人撤出仅半天的工夫古镇便恢复了原有的宁静。媚花听到窗棂外对面的屋顶上传来鸽子咕咕的叫声，一群红脚的白鸽子落在对面的屋顶上，安详地在散发着硝烟味的青瓦上踹来踹去。这时烧陶人黑色的剪影愈来愈近。烧陶人抱着一大摞碟子走进屋来。烧陶人不说话，烧陶人的眼里闪烁着一种火焰一样的光芒。媚花抖了一下。她无法坦然对视这样的目光。烧陶人抱着一摞细瓷走出门去，回头看了一眼蜷缩在铺上的女人。媚花听到粗壮的汉子发出一声沉闷的叹息，这叹息留在空荡的屋子里久久没有消失。火红色的霞光在石榴树的缝隙里扫了一下，便倏地消失了。男人燃起灯，灯光里媚花的身影孱弱地映在灰白的墙上，男人用碎花瓷碗盛来饭菜很重地放在她的面前。媚花看到白嫩嫩的豆腐正冒着腾腾的热气。男人低头忙自己的了，男人不理会她勉强挤出的微笑。

媚花想，假如没错的话，烧陶的男人是在画着太阳旗标志的豆腐店门前把她从麻绳套里取下来的。寡妇媚花想以最完美的方式结束自己的生命,以谢镇上所有的人。

三天前的那个血色黄昏,寡妇媚花就开始梳洗打扮自己了。她关上门,先是烧了锅热水,把热水倒在大木盆里,然后脱光了衣服把自己浸泡在过去盛豆汁的大木盆里。她的身体很好,娇嫩白皙,饱满丰腴。她的身体被浓浓的水雾笼罩着,浸泡在水里像一块刚刚出屉的豆腐。屋内的一切她很熟悉,灶台、滤布、滤豆汁的架子、一盘石磨,还有一头拴在石磨上伸着舌头想偷吃豆子的叫驴。这就是她每天要重复工作的地方,想到两眼一闭,这一切就要看不见了,媚花就把这里的一切看了一遍又一遍。朦胧的水雾像梦境一样,寡妇媚花的大脑就像是一个过滤豆汁的水漏,这里所发生的一切一点一滴都被过滤得清晰起来。

她嫁到这个镇子的时候才十六岁,瘦瘦的身子,长长的脖子顶着一个不小的脑袋,活像一根豆芽菜。那时,家里不开豆腐铺,丈夫梁大锤是个铁匠,手艺不错,日子也过得殷实。一日三餐,好饭好菜,媚花单薄的身子开始鼓起来,个子高了,脸上也有了灿烂的光泽。媚花的五官长得端正,小脸也生得俊俏,豆芽菜很快就长成了一枝花。梁大锤身材高大,体力过人,每天晚上把她往胳膊弯里一夹,就开始了男女间的生活。这是第一个和她发生关系的男人,也是一生中给她最多温暖的男人。可这样的日子是短暂的,婚后的第二年,男人就得了怪病,花尽了家里所有的积蓄,人还是一天天地消瘦下去。男人说死就死了。婆家人说她克夫,丈夫死后就不来往了。好在她娘家三代都是以磨豆腐为生,会磨豆腐,于是,她就成了古镇上卖豆腐的第一个女人。寡妇媚花的豆腐做得好,白白嫩嫩的,皮脆内软,切起来结实,炖起来鲜嫩。豆腐的品种也多,豆筋、豆皮、水豆腐、豆腐脑、鲜豆浆,古镇的人都爱吃。当然爱吃豆腐的都是那些野狗一样想赚女人点便宜的男人。古镇人把占女人便宜叫"吃豆腐"。寡妇媚花人生得漂亮,自然就是一盘鲜嫩可口的豆腐。

豆腐生意在古镇是相当红火的。古镇的女人们说,豆腐铺子红火的原因跟寡妇媚花洁白细腻的肌肤和那两片红辣椒似的红唇有关。寡妇门前是非多。这些是非源自那些多事的男人。

寡妇媚花揉搓着自己的身体,她觉得她的身体很脏,她要一遍一遍地洗干净。

洗完澡，媚花换上了新做的一件绸布衣服。这衣服是丝绸店老板给做的。丝绸店老板说，只要媚花把日本男人伺候好了，日本的军队就不会来古镇。镇子就会像往常一样各做各的生意，相安无事。丝绸店老板说，日本人来就是吃豆腐的。

　　日本人最初进村那天只有四个人。

　　四个日本人晃着脑袋跟在汉奸丝绸店老板的后面径直朝媚花的豆腐铺子走来，走在前面的日本人眼睛死盯在媚花雪白细腻的脖子上。媚花早已习惯了这样的目光，媚花笑容灿烂地颠着小脚迎了上去。丝绸店老板笑眯眯地对媚花说，太君是专门来吃你豆腐的。媚花的眼里瞬间闪过一丝忧惧，她早听说过日本人残忍的程度。然而，尽管这样媚花还是跟这些日本人有了不清不楚的事。寡妇媚花没有办法，四个日本男人像四只嗜血的恶狼。丝绸店老板在屋子外面锁上了门，听着她的呼救还哈哈地笑。

　　媚花不知道，若干天后的一个黄昏，古镇的一场血劫就在她的笑靥之中拉开了序幕。

　　日本人是踏着古镇人的鲜血进驻镇子的。剧烈的爆炸声和呼啸的子弹声持续了半个时辰之后，古镇便死一样寂哑无声，已凝固的血浆在深巷里如长长的红毯。日本人的马蹄踏着血泊和尸体在街道上行走，镇口的断桥上搭着一具女尸，全身间断断地流出赤红色的血……

　　日本人在镇子的两头建起了炮楼。

　　日本人还抓走了一大批男人和年轻的女人。

　　媚花发疯一样去找丝绸店老板质问，事情为什么会这样。

　　丝绸店老板已经完全投靠了日本人，头上戴着日本人的帽，腰里挎着日本人的枪，后面还跟着两个日本兵。丝绸店老板满脸猥琐，他抚摸着媚花的脸说，这个道理很简单，你只是其中的一块豆腐，日本人还要吃更多的豆腐，一个镇、一个县、一个省的豆腐。媚花扇了丝绸店老板一记耳光，然后扭身哭着跑开了。

　　丝绸店老板说日本人是因为媚花的豆腐好吃才来古镇的。尽管古镇上所有的人都知道这是汉奸的借口，但寡妇媚花确实是让日本人吃了豆腐。

　　日本人占领古镇是因为吃豆腐引起的。

　　她用红色麻绳结成一个精美的套把粉颈伸进去，她想即使死也不能破坏了她细腻白皙的肌肤。她感觉到自己悬浮在高空中，痛苦的窒息强迫她张开嘴巴。脖颈上粗肿的红痕至今仍火辣辣地疼痛,这足以证明她在门前吊了相当长一段时间。

古镇的人对寡妇媚花的自杀大都幸灾乐祸。

是豆腐店女老板用粉红的笑脸把恶魔般的日本人迎进古镇来的,这一点或许是古镇人希望她立马死的主要原因。

二

烧陶人的铺子十六开张。

烧陶人是外地人,外地的生意人开张很少有人捧场,但仍然少不了一个排场的开场白。丝绸店老板来了,现在,他是镇子的主事人。当然,他来捧场是为了索要几块现大洋,捞一点儿好处。

在鞭炮青蓝的烟雾中,烧陶人把一摞摞碟儿碗儿之类的瓷陶物件搬到街面上去。烧陶人瓷器活做得不错。碟子、瓷碗、瓷勺、盆盆罐罐都做得精致。青花瓷器做工讲究,烧制火候把握得也恰当。再看烧陶人,身材高大,面目憨实,说话的时候语气平顺,一看就是手艺人中的尖子。恢复了平静的镇子里,家家户户的碗碟也多被破坏,瓷器的生意还算红火。烧陶人被顾客围拢着,忙得手足不停。忙中出错,哪家拿了货没付钱,哪家没拿货付了钱,他就弄不清楚了。隔邻卖藕的胖婶子奇怪地看着烧陶人说,好好的生意人,咋会糊涂呢,八成是被媚花狐子的吊死鬼缠上了。

一连几日,古镇流传着亲善日本人的寡妇媚花吊死在豆腐店门前却又诈尸的事。在古镇女人们的嘴里,美人风流的故事都具有神秘的传奇色彩。寡妇媚花一时间成了大街小巷女人们故事里的主角,演绎出的诸多故事众说纷纭。于是,胖婶断定,憨厚老实的烧陶汉子是被女鬼给迷住了。

日暮黄昏,烧陶的男人抱着一摞碟子收摊了,在瓦屋的走廊前跟醒来站在窗前的女人擦肩而过。女人仿佛在暮色中看到烧陶男人浮雕一样健壮的轮廓。媚花完全恢复了健康,然而脸上的痛苦表情已深深扩散到了缟布粗裳所包裹的全身各部。烧陶人不说话,数月来烧陶人对她一句话也不说。媚花看着男人忙碌在铺子和内屋之间,瓷器上纹华覆满,阳光下纹光脉脉。男人烧出的瓷器和陶人做工相当精细,媚花想赞美几句,但她无从下口。

她知道古镇人没有原谅她，即便是她死掉。

薄薄的雾霭被阳光穿透。寡妇媚花听到窗棂底下传来嚓嚓的磨刀声。刀是把日本人的刀，已经生锈了。男人磨起刀来很费力。媚花看到那斑斑的刀刃上分明还沾着断桥上那女人的血。粗糙的磨刀石磨着血发出的声音，锋利刺耳。烧陶人第一次没有早早地去卖瓷器，他在认认真真地磨刀。战刀在嚓嚓的磨刀声中开始变亮，折射出的晨光突然间冰冷起来，生硬地刺破窗棂。媚花在这样的亮光中充满了恐惧和不安，她想喊，可她无论如何也喊不出声音来。烧陶人终于站起身来，黑发在细碎的阳光里闪亮。烧陶人有一头很长的黑发，剃头点的师傅被炸死了，男人也只好蓄起长发。烧陶人挥刀割下一缕头发，然后吹散刀刃上黑黑的头发。烧陶人放下手中的马刀，然后攀着梯子向房顶爬去。烧陶人一把抓到两只挣扎的鸽子。鸽子雪白的羽毛刚刚生全，在阳光里亮得刺眼。两只鸽子拼命地挣扎，脱落的羽毛在太阳光里翩翩飞舞，像在下雪。这时烧陶人已举起手中的刀，鸽子细细的脖颈就拼命地伸着。

不要！媚花喊。

烧陶人回过头来，眼睛里跳出异样的光，烧陶人咬了咬牙，手起刀落，一只鸽子的头颅就掉在地上，一腔热血从鸽子细长的颈里喷出来，溅在另一只鸽子的羽毛上，红花灿烂。寡妇媚花闭上了眼睛。寡妇媚花觉得自己就犹如男人手中活着的白鸽。媚花无力地把头靠在窗口。男人抓鸽子的手突然间松下来，活着的鸽子从窄小的院子飞向屋顶，鸽子没有停留在屋顶而是向远方飞去。不一会儿工夫，男人端来煮熟的鸽肉，然后默不作声地干活。媚花望着热气腾腾散发着香味的鸽子，心中充满了悲哀。媚花觉得吃鸽子是件残忍的事，这不由使她想起古镇那场血劫。

三

豆腐店女老板媚花诈死的事在古镇愈传愈神秘。胖婶的结论更令人觉得新鲜。胖婶说深更半夜里她曾听到媚花在烧陶汉子屋里浪荡的笑声。胖婶说她看到媚花的幽魂在巷子里飘来飘去，最后跑到烧陶人的屋里去唱歌了。胖婶说媚花怀里还抱着日本人留下的留声机。你无法不佩服古镇人编故事的能力，胖婶的故事让古镇的男人陷入了极度的恐慌之中，天一暗下来，男人便不再在街上走动了，而是关在家里睡觉或陪女人。

烧陶人照例把一摞一摞的瓷器摆到街面上去卖。

烧陶人清早把一摞一摞的瓷器搬到大街上，黄昏的时候再收回来。

这样的日子周而复始。

丝绸店老板隔一段时间就要来市面上逛一圈，镇子上的生意人是他的摇钱树。瓷器的生意不错，丝绸店老板来找烧陶人的次数就会多一些。看到丝绸店老板到来，烧陶人就远远地迎上去，递上香烟和大洋。丝绸店老板的眼睛就眯成了一条线。他拍着烧陶人的肩膀说，整个古镇就你小子最识相。最初烧陶人不说话，只是憨憨地笑。

随着彼此相互熟悉，两个人就开始聊天，当然免不了说到寡妇媚花和她好吃的豆腐。说到媚花，丝绸店老板就满脸惋惜地说，好久没吃到媚花的豆腐了，真是有点想她，这女人豆腐做得好，人也是女人中的极品。炮楼子里的皇军到现在还在念叨她，可惜呀，就这么死了。

烧陶人神秘地说，古镇人传说她诈尸了，传得邪乎。

丝绸店老板说，媚花死是死了，死的时候我看见了，吊在自家的门口，舌头伸得老长。你说这个女人，至于就这么死了吗，让皇军吃豆腐那是看得起她，要是活着吃香的喝辣的，多快活。你还真别说，这媚花的豆腐还真不好吃，四个五大三粗的皇军一块吃，愣是没有吃到嘴里。乖乖，她不知道用的是啥办法。

烧陶人说，没吃到嘴里那她干吗上吊死。

丝绸店老板说，这个傻娘们，怕别人说她是汉奸，就去死，死了也是个冤死鬼。在别人眼里，她照样是让日本人吃了豆腐。

烧陶人说，你不害怕她的鬼魂去找你呀。

丝绸店老板说，古镇上死了那么多人，要是鬼都找我，我不早死了？

烧陶人说，那不一样，听说媚花的尸首不见了。

丝绸店老板哈哈地笑着说，古镇净怪事情，保不准是哪个骚包男人想吃她的豆腐，活着吃不到，就吃死的。

烧陶人也哈哈地笑着说，有人传说，每天晚上媚花在我屋子里唱歌，在我屋子里笑。昨晚上我一夜没睡觉，就等着她到我屋子里来，等了一晚上也不见人影，搞得我今天一天没精神。

丝绸店老板笑得前俯后仰，缓过气来说，你个老憨，你肯定也想吃她的豆腐。

烧陶人说，我再等她一晚上，我看她还来不来。

丝绸店老板站起身来说，那你就等着。

烧陶人说，不到屋里坐坐喝几口。

丝绸店老板说，你那屋子里阴气太重，保不准媚花晚上还真能去找你。

烧陶人说，那我就吃她豆腐。

丝绸店老板就哈哈哈地笑着离开了瓷器店铺，朝着炮楼子的方向走去。

四

烧陶人不卖瓷器的时候就在院子里练刀法。

烧陶人的刀法娴熟，步履敏捷，飞舞的刀在月光中亮成一片。

媚花觉得烧陶人很神秘。烧陶人总在半夜里出走，黎明前回来。烧陶人来来往往从来不走大门，而是翻越自家的院墙。低矮的院墙丝毫挡不住烧陶人的脚步，烧陶人退后几步，几步疾跑，身体一跃就过了院墙，而且没有一丝声响。

白天，烧陶人依旧到街面上去卖瓷器。

烧陶人不在的时候，媚花这一天便觉得无事可做了。媚花觉得自己就好像真的死掉了，活着的只是自己的一个影子。

媚花觉得自己的身体康复得差不多了，便开始在院子里走动，帮烧陶人做一些家务和针线活。媚花做姑娘时针线活是数一数二的。媚花的身影开始晃动在烧陶人的院落里。转眼间的工夫，媚花在烧陶人的后院已经待了相当一段时间。镇上关于媚花诈死的传说也告一段落了。人们都忙着生计，没有人注意到这个偏僻的旧院子。

胖婶依旧卖她掺泥的藕，没生意的时候便和那些女人们说一些男人和女人的事情。胖婶已经不再把媚花当作这些故事的主题了，一些故事重复了就有些倒胃口。胖婶喜欢说些别人不知道的事情。

渐渐古镇人发现烧陶的汉子很奇妙地有了容光，不再像往日邋里邋遢的。烧陶人的鞋子是新的，尖口的鞋做得相当精致，细细的针角，黑呢子鞋面。

胖婶审视着烧陶汉子，忍不住问，喂，老憨，是不是有妹子看中你了？烧陶的汉子不说话。烧陶的汉子嘿嘿一笑，这一笑使卖藕的胖婶又重新想起寡妇媚花的诈死。

胖婶就又说，老憨，跟婶子说是哪家的姑娘？

烧陶人半开玩笑说，就是你们经常说的媚花。

胖婶笑着打了烧陶人一下说，你个老憨，媚花早死了，这个该死的娘们，勾搭镇子上的男人也就算了，竟然让日本人吃豆腐。

烧陶人就不乐意了，烧陶人说，要是四个日本人非要吃你的豆腐，你该咋办？

胖婶没想到憨憨的烧陶人将了她一军，她真没想过这个问题，就一脸羞怒地说，你个老憨，鬼迷了心窍了，为了一个骚娘们跟婶子这样说话。

烧陶人说，这才是实在的话，人都已经死了，让她安生吧。

烧陶人同卖藕胖婶的争吵仍然是从胖婶关于寡妇媚花的故事开始的。胖婶同买藕的主顾说起媚花同日本人及镇子里男人的故事来滔滔不绝，烧陶人越听越心烦。烧陶人同胖婶的争吵吸引了很多人，同时也惊动了内屋的女人媚花。媚花透过窗纸的缝隙看到烧陶人憨红的脸。

媚花的泪便来了，她知道古镇容不下她了。她来这个世界二十几年，四岁死了父母，十九岁死了丈夫。她守着唯一的豆腐作坊度日子，谁又帮过她呢。

橘黄色的月亮隐藏在石榴树冠状的枝干里，漏下的月光落在女人身上。女人在树下搓着衣服，月光照在她汗津津的脸上。烧陶的汉子蹲在门槛上抽烟，他注视着女人在月光里晃动的影子，突然间惶惑了。女人直起腰来，成熟的身体在月光下妖媚动人。女人晾上衣服，扭转身时发现烧陶人眸子里异样的光。男人粗粗的脸舒展开来，憨憨地笑了。男人说，歇会儿吧。女人说，不累。女人说话的时候嘴角处荡漾着美丽温柔的微笑。女人这个时候丝毫没有了往日站在豆腐铺子前面问过往的男人她白不白嫩不嫩的影子。烧陶人眼前俨然一个端庄秀丽的当家少妇。女人把屋子里拾掇得井井有条，紫黑色的油漆门擦了又擦，直到照出来人影她仍不肯放手。烧陶人闭上眼睛。然而她是那样的女人，她的作为曾为古镇人所不齿。

女人和烧陶人一夜未眠。

烧陶人就盯着这亮灯的窗纸一直坐到红日照耀的时候。

天很晴朗。烧陶人揉着惺忪的睡眼走出门的时候，女人早已备好了饭菜。女人穿着水红色的夹袄端一盆热气腾腾的温水走来。女人走路的姿势很优美。洗把脸吧，哥。女人说。烧陶人心里一阵颤动。烧陶人洗罢脸，吃饭后要继续到铺子里去。女人拿出一件青灰色的长袍来。袍子是丝绸做的，做工也讲究，领口的小扣是用紧线一针一针挽绣而成的，大襟口两排十四个，一看便知费了不少工夫。女人说，你在铺子上，要讲究哩，来，试试。

烧陶的男人就穿着青灰色的长袍到铺子里去，心中充满了一股很美的甜意。

五

歇集。烧陶人在院子里做瓷器。

早上，丝绸店老板来找烧陶人说皇军在前方打了胜仗，要举行盛大的庆功宴。庆功宴自然少不了大摆筵席。丝绸店老板说日本人对这次庆功宴十分重视，据说要来大人物。丝绸店老板要他根据日本人喜欢的樱花图案赶制一批瓷器，瓷器要统一制成中国的青花瓷。

烧陶人不敢怠慢，立即动手做瓷器。餐盘、器皿、酒壶、酒杯，琳琅满目地摆了一院子。烧陶人做瓷器的时候，丝绸店老板就在一旁坐着，亲眼看着他做。烧陶人做瓷器的时候很认真，从选土、做坯、收光、涂色到烧制，每一个环节、每一件器物都做得很仔细。第一批样品烧制出来，丝绸店老板带着一个日本少佐前来验货，瓷器整面雪白光洁，一朵朵樱花呈现在瓷器上形态各异，生动细腻。少佐很满意，手捧着精美的瓷器眯着眼睛赞叹不已，拍着烧陶人的肩膀直竖大拇指说，中国的瓷器，精妙绝伦。这些都是难得的艺术品，大佐阁下肯定十分喜欢。

送走了日本少佐，丝绸店老板也很高兴。丝绸店老板拉着烧陶人喝酒，酒过三巡，丝绸店老板拉过烧陶人来说，你要是把这件事情做圆满了，我带你去吃日本豆腐。烧陶人一脸迷茫地问，日本豆腐啥样。丝绸店老板说，说你憨，你还真憨，日本豆腐就是日本女人，日本女人的皮肤更白，更像豆腐。丝绸店老板说，日本人打了大胜仗，为了庆祝胜利，最近拉过来一车日本娘们慰问他们天皇的士兵,这些女人整天穿得花枝招展的,真让人眼馋。烧陶人说,我可没那福分,中国豆腐都吃不上呢,还吃日本豆腐,还是留着孝敬您老人家吧。丝绸店老板碰了一杯酒,高兴地说,我说话算话,都吃日本豆腐。

烧陶人昼夜不息地赶制瓷器。

昏暗的烛光在瓷器作坊里跳跃。夜已经深了,媚花坐在烧陶人的对面,望着专心致志做着瓷器的烧陶人发呆。

女人说,你还真把这些好东西送给那些畜生?

烧陶人说,我们得活着。

女人说,这样活着不如去死。

烧陶人说,有时候死远比活着容易。

女人说,我不明白。

烧陶人说,你会明白的。

烧陶人接着做瓷器,把一个个瓷器毛坯摆在木头架子上。女人来帮他,却不知道应该做些什么。

还真想吃你的豆腐!烧陶人一边低着头做瓷器,一边不经意间冒出一句。

女人的脸一下子红了,热辣辣地烧。女人不知道烧陶人怎么会突然冒出这么一句。

烧陶人似乎感觉到了女人的窘迫,不由得笑出声来。他突然想起来在古镇说吃豆腐还有另外一层意思。

烧陶人说,是我没说明白,我是说我想吃你做的豆腐。

女人的脸仍火烧一样,说,你想吃,我就给你做。

两个人都不说话了,四只眼睛都在看着窗外。满月之夜,圆圆的月亮贴在天空中,月光皎洁地洒落在窗外,这是一个中秋。

女人开始泡豆子,一颗颗豆子颗粒饱满,跳进水里的时候发出美妙的声音。原想一辈子再也磨不了豆腐了,现在,她又可以磨豆腐了。这豆腐做给烧陶人一个人吃,她心里就生出一股说不出的美好。院子里有一盘小石磨,豆子泡大后,女人开始拐磨,一双手伸出拉回。月光下,女人的身姿很优美。小石磨就开始转动了,一圈一圈转过之后,乳白色的汁液开始往下流。女人一边拐着磨子,一边望着陶瓷作坊里男人制作陶瓷的身影。

烧陶人在做着瓷罐,手也在不停地转动着泥坯子,女人看到男人透过窗户望她,她也望着男人,脸上又热辣辣地烧了起来。

女人做着豆腐。

男人做着瓷器。

两个人就这么彼此相望着,不停地忙着手中的活,忙着忙着就忘记了时间。恍然间,明月西天沉去,红日初上梢头。

六

烧陶人终于赶制出了这批瓷器。瓷器烧得无比精美,摆在街面上,围观的人赞不绝口,都在夸着烧陶人的手艺。

丝绸店老板带着日本少佐和一帮日本兵来搬运瓷器。少佐拿着一个小酒壶对着阳光照来照去,瓷器晶莹剔透,在阳光里翠青玉白。少佐由衷地赞叹说,陶瓷烧得很好,我们一定好好收藏。日本人把瓷器拉走了,丝绸店老板屁颠屁颠地跟在少佐后面,临走还回头跟烧陶人打招呼说,记住,日本豆腐。

天黑时,媚花做了一桌菜,鲜嫩嫩的水豆腐热腾腾地冒着热气。女人启开一坛陈酒等待着烧陶人的归来。烧陶人疲惫和痛苦的样子让女人心痛。

女人端起酒杯敬他说,喝酒!我陪过那么多人喝酒,今天陪你喝个醉。

烧陶人说,那都是些什么样的人?

不,他们不是人。

女人流泪的眼睛像两颗黑珍珠。

男人的眼里在燃烧着旺盛的火。烧陶人仰脸灌下那杯酒。女人打着哆嗦扯开了胸衣。女人只有这点东西了。

你走吧,离开古镇。男人说。

我不想走了,天底下的日子都是这个样子,没法活了!

那也得活着,活着就有希望。

你要是不嫌我,我想跟你一块过。女人扔掉了羞涩说。

不行,你得走,得离开古镇,在古镇你没法活。

我知道,他们说我是个最脏最脏的女人。

不，你是天底下最干净的女人，四个日本人也没能吃了你的豆腐。

男人醉了，笑了。女人望着男人，愕然。

油灯里的油就要燃尽，男人醉倒在桌前。

男人说，到山里去，做一屉好豆腐等我。

七

这个清晨，古镇一连发生了几件怪事情。

日军的巡逻队在镇子西边的断桥上有四个人被割掉了头，没头的尸体直挺挺地立靠在栏杆上，像四根狗屎黄的柱子，据说他们就是最初由丝绸店老板带着来古镇吃豆腐的四个日本人。他们站立的那个地方曾经搭过一个女人的尸体。

丝绸店老板长长的中分头被剃了个精光，两只耳朵也被割掉了，没了耳朵的光头像个葫芦，秃秃的模样让人发笑。没了头发和耳朵的丝绸店老板被吊在豆腐店门前的树杆子上，宛若一只褪了毛的鸭子在等待着开膛。

镇子西头，一个日本娘们被绑在一棵树上，露着光光的屁股，屁股被绳子捆得像两块雪白的豆腐。娘们的嘴被塞着破抹布，布被取出来时，日本娘们反复念叨着三个字，吃豆腐，吃豆腐。

古镇人惊恐万状。镇子上死了日本人是塌了天的事情，人们仿佛一下子又回到古镇血劫的那种氛围。古镇人等着血腥的劫难再次降临。

太阳一竿子高的时候，驻守在镇子两头的日本人没有一个出来，也没见炮楼子里的日本人出操。做饭的厨子说，昨晚上炮楼子来了大人物，日本人吃多了，喝多了。整整四十桌的日本人，每桌八碟子八碗，四罐子烈酒，日本人喝得那是昏天暗地。快到晌午的时候，往军营送肉食的李屠夫发疯一样跑出来，大声喊着，不得了，不得了，院子里的日本人全死了。

空旷的场院，遍地都是日本人的尸体，一个个七窍流血，面目扭曲，全都是中剧毒而亡。

古镇就是这么一个疯狂滋长传说的地方，许许多多的事情都跟寡妇媚花这个美丽的女人有着千丝万缕的联系。媚花曾经是这个镇子一个飘来飘去的影子，这影子留在古镇人的心里，被演绎出一千个、一万个不朽的传说。

当天空悬浮的铅云被锐利的第一道阳光洞穿时,天地顷刻间纯净起来。

烧陶的汉子站在瓷器铺的瓦屋顶上放眼朝镇外观看,苍茫的天底下,女人水红色的身影消失在视线的尽头。

然后,烧陶的汉子也消失在一片霞光沐浴的古镇。

(原载《解放军文艺》1996年第2期)

双　　鹊

一

媚秀在阁楼里刺绣。

雪白的丝绸，五彩的丝线，媚秀在绸布上绣着花和鸟。

窗外纷飞的雪花拍打着窗棂，大片大片的雪花落下来，天地一片银白。屋子里，炭盆里的炭火很旺，映在格子纸窗上红红的微笑一样动人。不打仗时的兵营很平静，营房上空袅袅飘荡着几缕炊烟，缕缕开去，跟平常百姓家一样。窗外的梅花在漫天飞雪中盛开了，一枝枝，一朵朵，跟飞雪红白相映，雪更白，梅更红。

新来的勤务兵京就是在这一刻闯入媚秀视线的。

漫天的白雪铺满了去池塘的路，高挑精瘦的小兵牵着一匹枣红马到池塘边的伙房去饮水，肥大的军衣在小兵身上迎风剥剥地飘。马猩红的皮毛在白茫茫的雪光照耀下亮得像团跳动的火焰。兵先是在池塘里打了冷水，再到伙房里提出热水，调好了水用手试试水温，然后才叫马喝。一团水雾笼罩住了小兵和马的身影。水雾散后，媚秀在阁楼上看到小兵饮完马后朝院子走来。媚秀看到那张堆满稚气的脸分明在朝自己笑，笑得媚秀很慌，心情突然间怪怪的。她不知道这个饮马的小兵为什么看见她笑，是在笑她偷看他还是友好地打个招呼？媚秀搞不懂。媚秀十九岁了，父亲常年打仗，不断调防，她没读过几年书。然而，和大多数没读过书的女孩子一样，媚秀要装成大家闺秀端庄娴淑的模样。母亲开始逼着她学刺绣，母亲说，你这样不学女红怎么得了，将来怎么嫁人。媚秀就顶嘴说，嫁什么嫁，我一辈子不嫁。

马是父亲的战马，兵是父亲的勤务兵。后来，媚秀终于知道这个精瘦白脸的小兵叫京。

记忆中父亲换过好几个勤务兵了。过去的几个勤务兵媚秀都认识，有高的，有矮的，有胖的，有瘦的，部队在跟日本人作战，一场场战斗过后，这些人都消失了。她问父亲，父亲总是沉默。后来她才知道，这些人都死了，父亲作战不要命，总是冲在最前面，勤务兵要保护自己的长官，自然比别人先死。媚秀还知道，很多人害怕给父亲当勤务兵。京不害怕，京说，跟着长官长志气，长知识。想着京的生命联系着父亲的生命，媚秀的心里就对京产生了一种怜爱。遇到好吃的东西，她总给京留着，选择在父母不注意的时候悄悄塞给他。京十七岁了，媚秀觉得京就像自己的家人，心底的那种情愫有时候连她自己也无法搞清楚。

京作为父亲的随从，出入家门是相当随便的。京总是在院子里晃来晃去地忙，取报纸，送信函，端茶倒水，照顾父亲的起居，以及母亲和她的生活。当然，京还得喂马。京把马喂得很壮，多次受到媚秀父亲的褒奖。媚秀的父亲是这座军营的最高统治者，这褒奖足以让京产生受宠的感觉。

兵营一度平静的日子随着一纸战斗命令的到来变得极度紧张。兵们高昂着脖子唱着军歌，浑身充满了激情和悲壮，连营房里的炊烟也冒得旺烈。队伍来来回回地进出，脚步声震得窗纸嗡嗡响，这声音持续不断地破坏着屋子里的宁静。媚秀的父亲也开始变得亢奋而急躁，皮靴声在走廊的尽头也是来来回回地响。京更加频繁地出现在父亲的房间，地图、文件、电报，忙得像一个不停旋转的陀螺。媚秀的父亲就是驱赶那陀螺的鞭子。

队伍开拔在一个初雪的早晨。这样的早晨对于京来说并不陌生。也是这样普通的早晨，京在自家院子里和两个妹妹玩猫捉老鼠的游戏，天气也蛮好，太阳光晒到西墙，晒得墙头上的雪银亮亮的。京藏在屋里听到妹妹的哭声，爬出来的时候院子里便站满了穿军装的人。前方的战事一天天吃紧，人员伤亡惨重，日本人马上就要打到家乡来了，这些人是动员京参军的。京二话没说，行，我跟你们走。京就当兵了。十六岁的京身材细麻秆一样，风一吹就摇摇摆摆。那天很冷，京回头望望家门，家人的眼睛红红的。京说，我是男人，我不能看着豺狼跑到咱们家门口。京满脸的豪情，黄黄的军装穿在身上，却一点也没有军人的风姿，那模样像肥大的衣裳晾在木架上，寒风中衣裳动人也跟着动。

京牵马走出院子的时候回头望了望窗前刺绣的媚秀。京看到媚秀正凝视着自己，京看到媚秀想说什么，但最终还是把视线移开了。

天寒地冻，西北风呼呼地刮着，席卷着飘飞的雪花，天气出奇地冷。

京感觉媚秀屋子里的炭火肯定很温馨，烤一烤手顷刻间成了他唯一的愿望。

二

媚秀在阁楼里学绣。

一队队士兵荷枪实弹地从楼前走过，初雪的洁白的空地上留下了一排排脚印。这脚印一直延伸到远方，远方的尽头是战场。

媚秀看到父亲骑在枣红马上，胸前的奖章在光照下一个个闪闪发亮。父亲跨上马的那一刻豪迈得甚至没回头看一眼瓦屋前孱弱得不禁寒风的母亲。父亲的马鞭抽打在枣红马的身上，健壮的马扬蹄疾飞，京跟在马后面奔跑，细长的脖领一晃一晃的，像只欲飞的鸭子。

队伍逶迤消失在媚秀的视线里。兵营变得空荡荡的，一条狗在演兵场上走来走去，这样的岁月，只有狗是清闲的。媚秀一直望着雪地上那条通向远方的路，这条路把她的一颗心也带向了远方。

媚秀手里照着母亲绘的图样刺绣。

母亲绘的图样很简单：一对鹊儿共栖在一枝蜡梅上，相互啄着羽毛，模样很亲昵。梅花开得很艳，花骨朵上还有晶莹的露珠。媚秀对这幅图产生了美好的幻想。她按母亲的图样绣，只在绣好的两只鹊儿的头上加了几根银丝线，题名叫：白头偕老。媚秀照着样子绣了一幅做手帕。媚秀说不清楚这幅帕儿要给谁，她把它偷偷地揣在怀里。空闲的时候她会把手帕拿出来，仔仔细细看着鸟儿想心事。她想，如果这鸟儿是真的就好了，鸟儿飞得高，飞得远，就能够看到父亲和京，她不知道他们到底怎么样了。

日子一天天地挨着过，转眼间队伍走了半年多。

媚秀依旧在绸布上绣着花和鸟，隐隐能听到轰轰的炮声了，媚秀说不明白，仗怎么愈打愈近了呢。媚秀强迫自己认真刺绣，仿佛只有这样才能转移她心里的烦躁。然而愈是这样，心绪愈是不安。京的影子在媚秀眼前晃来晃去，朦朦胧胧中，媚秀似乎又看到了那个飘雪的黄昏京牵着马到池塘边去了。媚秀的刺绣绣得越来越好，明线细腻，暗线生动，绣出来的一幅幅的山水树木、花草鸟虫、仕女人物，栩栩如生。镇子上许多人都说媚秀的刺绣绣得好，丝绸店的老板拿钱回收了她的刺绣在集市上卖上了好价钱。媚秀的绣活开始在小镇上闻名。媚秀也说不清楚她是怎么把刺绣学好练好的，日子要打发，必须要控制自己的胡思乱想。媚秀的母亲自然高兴，她捧着媚秀用刺绣换来的银圆兴奋地说，谁说你绣不好，半年时间你都超过我了。

媚秀用完了所有的丝线和绸布，她决定到镇子上去。

媚秀很长时间没到镇子上去了，她的母亲从来不让她离开阁楼半步。日子一天天过去了，外面没有一点关于父亲和京的消息，媚秀变得很焦躁。

媚秀走在街上，满眼都是裹着纱布的伤兵，伤兵年龄都不大，大部分跟京差不多。媚秀陌生人一样注视着原本熟悉的店铺。前方的战事和蝗虫一样的溃兵使一度兴旺的店铺濒临倒闭。枝叶茂密的槐树荫下是一排肮脏的青瓦房，那些店铺的幌子下面晃动着一张张灰色的面孔和一双双黯淡无光的眼睛。几条柜子木架上横挑着五颜六色的丝线，一束一束地盘下来，阳光下五彩缤纷。彩线作坊的生意也很萧条，店里的伙计围在一起谈论着战事。媚秀听他们说仗就要打到他们这里来了。媚秀的心里怦怦直跳，媚秀已经预感到要有事情发生了。

京就是这一天被抬回来的。

京周身挂彩，殷殷的血染红了遍身的纱布，只有两只黑色闪动的眼睛能证明他还活着。媚秀坐在京的面前，媚秀发现京黑亮的眼睛里流出亮汪汪的眼泪。媚秀无法猜测出京此时的感情。媚秀眼泪汪汪地说，你怎么那样不小心呢。

京说，我也说不清楚。

媚秀的父亲说，没死算你命大。

媚秀看到父亲的目光突然间柔和起来，父亲从来不这样的。父亲的脸向来阴冷而古板，留着刀疤的面孔看起来总是很恐怖。

京没有伤到重要的地方，唯一让京痛苦的是那场梦魇一样的战斗，那种恐惧深深地围绕着他，夜不能寐。京说成群的士兵在漫天飞舞的红苍蝇群里奔跑，红苍蝇锐利的翅膀发出骇人的啸叫，腾起的烟雾棉絮一样升起。京看到枣红马飞一样奔跑，他便也飞一样奔跑。锐利的苍蝇钻到京肚子里，京立马产生了反胃的感觉，京看到殷红鲜艳的血拼命地往外流。京仍拼命地往前跑。京看到没有人跑在他前面了，京嘴里拼命地喊着冲啊，然后便倒下去了。京倒下去的时候才听到马的嘶鸣……

三

媚秀终于又看到勤务兵京牵着父亲的枣红马走在铺满残阳的路上了。

京的胸前也十分荣耀地挂着一枚金灿灿的奖章。这场战斗打得很惨烈，出了许多死了的和活着的英雄。庆功会是在大操场上开的，媚秀在阁楼上看着成排成排的士兵站立着，眼睛注视着站在台上的京。父亲正在讲话，媚秀听父亲念着那些关于京如何勇敢杀敌的话，这些话都不重要，重要的是媚秀看到了京苍白脸上的笑容。

经历了这次战斗之后，媚秀眼里的京已经不是以前的那个京了。媚秀再看他时心里就不由自主地乱跳。

媚秀鼓足勇气去见京是一个晴朗的早晨。阳光铺张地落在马棚里，京一个人低着头铡草。媚秀摸了摸枣红马，马打了个喷嚏，只顾吃草头也没有抬。京几乎无视她的存在，继续不停地铡草。媚秀在京的背后叫了几声，京仿佛没有听到，仍不抬头。媚秀便大声地喂了一声，声音又尖又利。京拿草的手一抖，铡刀便划破了他的手背，银亮的铡刀刃上便涂上了血痕。媚秀被突如其来的场面惊呆了，她最怕见到血。媚秀惊慌失措地在身上摸索着，想寻找东西为京包扎，媚秀摸到了那块绣着双鹊的手帕。京说，没事的，这点血没事的。媚秀还是掏出了那块白绸底绣着蜡梅双鹊的手帕。京接手帕的那一刻，一颗豆大的血珠落在梅枝上，宛若一朵蜡梅花开。

媚秀斜嗔的目光凝滞在京略微有些胡须质朴的脸上，久久不肯散开。

京提议，遛马去！

媚秀很高兴，好！

京牵着马走出了营门。时值初秋，清清的河边绿草繁茂。京放开了枣红马。枣红马悠然地跟在他们后面，他们开始沿着那条潺潺的溪流往前走。

夜月季和一线紫散发出迷人的芳香，太阳垂直地照下来，照在溪流汇集的水潭里，水潭波光粼粼地泛着金光。他们开始感觉有些热。媚秀在池边的石头上坐下来，水面上倒映着她、京和枣红马的影子，水里的景色很和谐。媚秀掬起一捧水在脸上抹了一把说，这儿真美呀，要是能天天这样多好！京不吱声，脸色突然间忧郁起来。

京说，又要打仗了。

京不敢看媚秀。京的思绪又回到了到处飞舞嗜血苍蝇的战场。炮弹一发发在身边爆炸，身边战友的身体被气浪掀起老高，那些身体落在地上，支离破碎，残破的身体被肢解到山坡上、石缝里、树枝上……

媚秀喊着京的名字，京仿佛听不到她的呼唤。他的耳边仍旧是呼啸而来的炮声。京的耳朵有些问题，常常会听到嗡嗡作响的炮声。

枣红马一阵嘶鸣。枣红马已跑上了山顶的断崖，崖阴森森的，有点可怕，说不清楚枣红马为什么一下子就跑到断崖边去了。媚秀觉得枣红马立在断崖的边上是个不祥的征兆。马仰起头，又一声长嘶，那姿势很雄壮，被惊飞的鸟儿弄得满树枝叶乱颤，久久不能平静下来。

京说，仗愈打愈厉害了。

媚秀说，别再不小心。

京说，小心也没用，子弹专找害怕它的人。

媚秀说，要活着回来。

京说，没事，我的命大。

京看看那带血的手帕，抓住媚秀的手说，我会保存好它的。

媚秀说，上面有两只鸟，它们不能分开。

京说，好。

京的目光落在媚秀美丽的脸上，充满了无限的眷恋。

这是媚秀一生中最难忘的时刻，而让媚秀更难忘的事情在以后的日子里接踵而至。

四

媚秀在阁楼里刺绣。

这是媚秀留在阁楼上最后的日子。小镇上的人已经不再议论日本人是如何凶残了，而是目睹了血腥的场面：一颗颗炮弹呼啸而来，掠过青砖灰瓦的房子屋顶，飞落在街面上，房屋着火了，树木也着火了，浓烟滚滚，尸体横街，到处散发着焦糊味。

媚秀走在砖块瓦砾之间，镇子变成了一片废墟。听说父亲的部队在镇子上坚守，媚秀不顾母亲的阻拦飞一样奔跑着往镇子上赶。街道上空荡荡的，没有一个人影，人该跑的都已经跑干净了，来不及逃走的人被掩盖在废墟里。枪声从镇子的东头跑到镇子的西头。媚秀沿着街道一路追着枪声寻找父亲和京的影子。媚秀赶到镇子西头的时候，枪声又向镇子外面很远的地方去了。镇子西头的桥上满是士兵的尸体。媚秀在士兵的尸体中寻找她熟悉的面孔，这些面孔或熟悉或陌生，或扭曲或从容，媚秀没有找到京。媚秀这个时候听到了马的嘶鸣，这是她熟悉的声音，枣红马的叫声。循着马的叫声她寻找过去，马的声音一路飞到了军营。

媚秀是在这个时候听到父亲噩耗的。父亲死了。媚秀没有看到父亲死的惨状。媚秀悲痛中感觉到父亲的血肯定一路流淌着回到了军营。媚秀看到魁梧的父亲被装入漆黑的棺木里，然后被埋到了池塘对面的树林里。父亲的胸前挂满了金质、铜质的奖章，穿着一身笔挺的军装，脸上没有丝毫的犹豫和彷徨。树林遮天蔽日，腐叶发酵的甘烈气息和草菇的清香混在一起，父亲就安详地躺在那里。一抔抔黄土扬起来，漆黑的棺材便掩藏在下面了。媚秀无法面对这样的现实，眼前的父亲就要从这个世界上消失了，可纷纷扬扬的黄土掩盖的的确是父亲。想到父亲永远不会再出现了，媚秀就泪如泉涌。

枣红马的眼睛里充满了悲哀，它站在那块石凿的墓碑前默默地垂下了头。

京一点消息也没有，或许京已经死了。

日本人就要来了。

附近的村庄开始逃离，逃离的人带走了牲畜鸡鸭猫狗等一切有生命的东西，寂静的村庄像是也要死掉了。

媚秀母亲叹息着说，嫁人吧，嫁了人就有依靠了，兵荒马乱的。

媚秀已经不止一次听到母亲这样劝她了。她没吱声。媚秀不想嫁人并不是因为她找不到合适的人家，而是因为她骨子里对京正生长着一种东西，这东西使她有足够的耐心在父亲这片土地上等下去。

母亲又开始劝她,走吧,日本人马上就要来了,你一个女孩子家会出事的。

媚秀说,再等等。她在心里一直念叨着京的名字。京肯定还活着,肯定会在某个黄昏或清晨出现在她的面前。一个日落的黄昏,媚秀送走了母亲。母亲是被父亲的部属用马车接走的,走的时候母亲很伤心。

母亲说,你不能让我一个人活在这个世界上。

媚秀说,我等到京就去找你。

母亲说,媚秀固执得像一块石头。

媚秀在阁楼上刺绣。秋日的阳光苍白无力,树上的叶子一片片地落光了,光秃秃的树枝在秋风中打着呼哨。

日本人进镇了。

五

被打散的部队集结,集结之后接着又被打散了,大批的残兵继续向南退去,留下的是无穷的灾难和难挨的痛苦。京夹杂在溃退的队伍里绕着镇子向南撤去。镇子被日本人占了,兵营被日本人占了。一种愿望驱使着京停下向南溃逃的脚步。部队被打散后,京又到了另外一支部队接着打,结果,仗又打败了。京作战勇敢,部队的长官很喜欢,要京留在部队里东山再起。京坚持留下来,乡村山寨散布着游兵散勇,京说他要跟日本人战斗到剩最后一滴血。

京隐藏在池塘边的树林里已经很多天了。

京看到营房屋顶上的"青天白日"旗帜被太阳旗取代了,营区里传来的是叽里呱啦听不懂的声音。夕阳洒满林子,把东山梁子涂抹得黄腻腻的。林子里埋着媚秀的父亲。黄昏的时候,京坐在墓碑前看着高高的坟茔发呆。京要守着媚秀父亲的坟等待着媚秀的到来。那副绣着蜡梅双鹊的手帕紧贴在京的胸口,每天温暖得像媚秀的一双灵巧的手。如果不是媚秀的父亲十分固执地让他去带兵,他有可能不会死,京会像保护自己父亲一样保护着他。京还知道,这一仗,媚秀的父亲是抱着战死的决心发起冲锋的,京亲眼看到成排的子弹穿透了他的身体。接着，媚秀的父亲就从马上倒下了，穿着皮靴的一只脚还挂在马镫里。新的勤务兵是个刚入伍的新兵，眼睁睁地看着枣红马拖着长官的身体一路飞奔。京知道媚秀的父亲不想让他死，所以才让他当了排长去带兵。媚秀的父亲死了，他却活着，他不知道见了媚秀该说些什么，或许什么也不用说，媚秀都已经知道了。他对不起她。

日子一天天过去了，京在树林子里没有等到媚秀的到来，却等来了一群日本兵。

一队日本人在汉奸丝绸店老板的带领下掘开了媚秀父亲的坟墓，把坟地弄得一片狼藉。白惨惨的尸骨在太阳下发出刺眼的光。日本人黑亮的皮靴踩着白的骨骼咔吧咔吧地走过去。媚秀的父亲如沉沦的土地一样沉默。日本人践踏着一个军人的骨骼，一个军人的尊严，每一根骨头断裂的声响都在京的心底炸响。京几乎按捺不住内心的怒火，他的手里有枪，握枪的手抖了好几抖却没有扣响扳机。怒火在京的心里压着，在京枪膛里的子弹上压着，他相信有一天他会把枪膛里所有的子弹射进这帮豺狼的脑壳。

京不顾一切地行走在血泊和灰烬的废墟中。京满世界寻找着媚秀的影子。

媚秀没有踪影。月亮已升到槐树梢上了，黄嫩黄嫩的，如贴在灰蒙蒙天空中的苞米烙饼。朦胧的月光从残枝败叶间落下来。京的心陡然间如跌入十八层地狱。已经很多天了，京仍然找不到媚秀的影子。媚秀或许已经死了，京很疲惫地蜷缩在断壁残垣的街道一角，京太累了，他需要休息。京闭上了眼睛，眼前晃动着的却都是媚秀的影子。

美丽的媚秀行走在山水间，飘逸的倩影在京的眼前晃来晃去。媚秀抖开绣着"白头偕老"的双鹊闹梅的手帕。媚秀说，你可要小心哟。然后媚秀就消失了，消失得无影无踪。

京就没有了睡意，他站起身来，接着在镇子上寻找。京想，媚秀如果活着，肯定还会在阁楼上。直觉告诉他媚秀会守着阁楼，等着他的归来。

六

媚秀在阁楼上刺绣。

一个身着和服叫美惠子的日本女人在跟她学习刺绣。日本的男人凶狠残暴，日本的女人却很温顺恭谦。日本女人操着不太熟练的中国话说，当我的老师，你是安全的。美惠子是日本军官北仓的女友，北仓是这个军营日军的最高长官。

美惠子来到镇子里的第一眼就被媚秀的刺绣吸引住了，她没想到丝线在丝绸上竟然也能画出如此精美的图画来。她赞叹中国的刺绣艺术之后，就对这门技艺产生了浓厚的兴趣。她问起了这绝美作品的制作者，丝绸店老板就带着日本人来到旧军营。接着，大批的日本人进驻了父亲的军营。

媚秀没想到丝绸店老板竟然是日本人的汉奸。这个人带领着日本人挖了她父亲的坟墓，让一生都视尊严如生命的父亲暴尸荒野，骨骸俱焚。媚秀想，那一双双穿着大头皮鞋的脚踏在父亲骨头上的时候父亲会不会疼。媚秀会疼，媚秀的胸口堵着一块炭火一样的石头，媚秀不停地刺绣，一秒钟也不想停下来，停下来胸口就会疼。媚秀一天天消瘦，一双大眼睛就要凸出来了。

明晃晃的电灯晃得她的眼睛直发蒙。媚秀推开了窗户，下雪了，飘舞的雪花拍打着窗棂，天、地、树和房屋半天工夫就一片雪白了。媚秀抬起头，看着窗外的飞雪，她想，墙角的那些梅花也该开了。

北仓独自一人一边喝着清酒，一边看着美惠子跟媚秀学绣。媚秀刺绣时的姿势很美，飞舞的彩线在她的手上穿梭，美妙精彩的图案很快就呈现在绸布上。相比之下，美惠子的手就显得笨拙。北仓招呼着媚秀让她陪他喝酒。媚秀不抬头，仍旧埋头绣着。媚秀从来不看北仓，她害怕她控制不住自己。

夜已经很深了，屋子里的炉火很旺，很容易让人困倦。

美惠子十分困倦，美惠子睡着了，她趴在自己刺绣的案头睡得很熟。美惠子觉得媚秀教的刺绣越来越难，看来刺绣不是简单的事情，她要有足够的耐心。媚秀不抬头仍在刺绣。媚秀在绣一匹马，枣红色的马在雪地上奔驰。媚秀接着绣那个牵马的人，牵马的人瘦高瘦高的，宽大的衣摆在风中飘舞。牵马人的衣着、举止、神情都活在媚秀的心里。媚秀绣得很快，神情很专注。媚秀想，只要他还活着，就一定会骑着马跑来找她。

北仓喝醉了。他喊了几声媚秀，媚秀不抬头也不看他，接着刺绣。

北仓觉得眼前这个女人漂亮、高傲，从来不拿眼睛看他，这是对他的蔑视。他一步三晃地走向媚秀。这个时候，他觉得整个屋子都在旋转，北仓醉眼蒙眬,他看到媚秀怒睁着双眼,手里那把锋利的剪刀已经刺进了他的喉管,他突然想大叫一声,但声音被一种东西堵回了喉腔。随着美惠子锐利的尖叫声,一股伴着酒精的血液蹿出很高,北仓陡然间明白,那是自己的血。美惠子惊呆了,美惠子看着北仓的血不一会儿都流完了,血顺着阁楼的楼梯往下流,流成了一条河。当美惠子回过神来的时候,已经不见了媚秀的影子。

寂静的夜里传来一阵急促的枪声,一匹马挣断了缰绳,飞跃马厩的栅栏在雪地上飞奔……

七

京在这一刻听到了断崖上传来枣红马的嘶鸣。

果然是那匹枣红马。马立在断崖的边缘引颈长嘶,前面是黑森森的峡谷。马,我的马!我找到我的马了!京在心里拼命地呼喊。京打了个呼哨,他在呼唤着马。可是马站在断崖上一动不动,呆呆地站立着,像一尊雕像。

京没有看到媚秀的影子,京只看到断崖旁的一棵树杈上飘着一片雪白雪白的绸绢。

夜色墨黑,马蹄声顺着狭窄的山路越传越远了。

若干天后,一件惊天动地的事载入了中原的抗战史:1943年5月28日,驻守在玲珑镇的二百多名日军遭受一队骑兵的致命打击。次年,玲珑镇的日本人除一名学绣的日本姑娘外全部被歼,被毙日军尸体个个断足……据载:领导两次战斗的是一个名叫京的年轻人,此人骑着一匹枣红马,双手双枪,弹无虚发,威震敌胆……

又载:1943年2月6日,驻守在玲珑镇据点的日军中队长北仓被教其女友刺绣的中国姑娘刺杀而死,刺绣姑娘媚秀于当日跳崖身亡……

(原载《解放军文艺》1995年第2期)

空　　巢

是这样一个秋日。

当夕阳的最后一抹光润从花奶的旧窗棂上滑落，花奶指着窗棂口的那只手也猝然间如秋风中飘落的树叶垂落于榻沿。窗外秋叶飘零，瑟瑟的落叶翩翩飞舞，在雪白的窗帘上印出斑驳的影子。花奶做了一辈子的医生，临去时依旧白衣白褂，旧窗棂上仍挂着亮如初雪的白窗帘，上面猩红的十字尤为醒目。房子的青瓦棱上有个燕窝，一对燕子正发出呢喃般鸣啾的叫声。

花奶那时是名医花木的独女。花奶在没有做花奶之前有一个美丽的名字，叫花如玉。

其实那时候花奶貌如其名甚至貌胜其名。民国三十四年花奶十九岁，正值花骨朵开放的年龄，加上花如玉这个名字叫起来顺耳耐听，花奶便是镇上所有富贵人家淑女的标准。花奶十岁留辫子，头发黑亮粗实，留到妙龄花季头发已经垂到了脚后跟，散开如一团飘逸的黑云，确实醉过不少年轻后生的心。

每日，丫鬟小秋专门为花奶梳头。红枣木的梳子磨得油光闪亮的，妆台上放着一只青花瓷的小碗，里面盛上清水，加上上等的花粉、植物油，小秋就用木梳子蘸着碗里的汁液慢慢地自上梳下来，花奶的头发于是便变得乌黑油亮且散发着花香味。

古老的小镇上，医生花木的医术远近闻名，人们提及花木的时候自然就会提及他美丽如花的女儿花如玉。医生花木是祖上传的中医，女儿花如玉学的却是西医。花如玉上过洋学堂，啃过洋面包，这样的妙龄女子依旧保持着古典美女的模样实属不易。西医治表，中医治本，标本兼治，花家的诊所终日人满为患。

很多年轻的豪门公子都喜欢来诊所看病，更多的时候是想目睹一下花家小姐的芳容。提亲的更是踏破了门槛。花奶的标准很高，至于高在哪里，连花奶自己也说不清楚。

花木医生也很着急，就问女儿，你到底想找个什么样的？

花奶说，没遇上，遇上就嫁了。

平常的时候，一老一少两个花医生是从来不出诊的，可偏偏邻县的县长得了重病，来了一辆车，就把花木拉走了，家中就剩下了花奶。年轻美貌的花奶决定关了诊所的门，这两天歇诊。

这日，小秋刚刚梳好一条辫子，花奶远远看见从大门外走来一个庄户人打扮的后生。后生径直朝阁楼走来，走得很急，风风火火。后生走到天井的时候，花奶竟然毫不掩饰地多看了他几眼，那人高高的个儿，面容清秀，花奶觉得自己好像在哪儿见过他但又一时记不起来。

后生消失在天井里，不一会儿竟然闯进了她的闺房，大声地叫着小秋的名字。

花奶看到了那人的脸盘长得很像小秋，而小秋的嘴巴又像他的。小秋把他拉到一边不停地责怪着他的冒失，回过头来不停地跟花奶解释道歉说，这是我的哥哥，有了急事，一时间太莽撞了。

那人的脸红红的，不停地在搓着手，跺着脚，竟然连一句道歉的话都没有说。花奶不知道小秋有这样一个哥哥，而且发现了他是个见了女人就脸红木讷的后生。

后生焦急地问小秋，花家的医生谁会接生。

小秋说，这会儿只有俺家小姐是医生，老爷出诊了，其余的人都去进药了。

后生这才拿眼看花奶。花奶没想到后生看了她一会儿，没说一句话拉着她便跑。花奶更没想到自己也糊里糊涂地跟着后生出了屋门。花奶远远地听见小秋在她后面喊，小姐，梳头。花奶才想起来自己只盘了一条辫子，另一条辫子还散着。

后生拉着花奶的手沿着街道一路奔跑，花奶披散着头发跌跌撞撞，她只知道奔跑，根本没有顾及街道两边的行人和那一双双诧异的眼睛。花木医生家美丽动人的小姐披头散发地跟着一个男人走了，男人在前面牵着她的手，她低着头小媳妇一样跟着男人走了。

花奶到死也说不清楚她为什么会跟着这个陌生的后生走了从来没有走过的远路。

花奶说，这是永远说不清楚的。

那是幢旧房子，青瓦棱上有个燕子窝。花奶说燕子窝给她留下了很深的印象。产妇是个美丽的女人，学生头剪得短齐。她拼命地撕扯着床单，汗水浸透了她斜对襟的小褂。

"是你的？"花奶斜嗔了后生一眼。

"不……不是！"后生憋得满脸通红。

花奶给产妇检查的时候发现女人的腿上有伤，乌黑的伤口已经化脓渗出黑血。花奶的目光从那张惨白而美丽的脸滑到女人隆起的腹部，然后再到黑洞似的伤口。花奶惊愕地睁大了眼睛，她的心开始发颤发抖。这是怎样坚强的一个母亲啊，尽管自己的生命奄奄一息，却仍旧在为腹中的孩子做最后的努力。女人挣扎着冲她微笑，用目光表示着谢意。腹部的伤口随着女人一次次努力生产不断地流着血。花奶从十岁起就开始跟父亲学医，各种各样的伤都治过，她知道这是红伤，里面还存留着子弹或者铁片。

"没你的事儿了，出去！"花奶推了一把后生，关上了门。

一声尖锐的啼哭淹没了屋内的呻吟。

女人是个好样的女人，孩子是个好样的孩子，哭声号角一样嘹亮。是个男孩。花奶看着胖嘟嘟的孩子和自己沾满鲜血的手舒心地笑了。很长时间没有这样笑过了。战争让她蜷缩在自家诊所的阁楼里，她只能看到天井里的一片阳光。产妇也舒心地笑了，在笑容中疲惫地合上了眼睑。花奶轻轻地抱起了孩子，这时候她发现，孩子的褴褓上有颗用红线绣成的五角星。

第二天黎明的时候，女人死了。她流干了血，死得平平静静，一只手环拥着孩子如同一个摇篮。孩子睡得也很安静，嘴里含着女人的乳头，他不知道在这个世界上生他的母亲已经离他远去了，他甚至没有来得及发出一声伤痛的啼哭。

花奶奇怪的是，空荡荡的屋子里突然间站满了默哀的人。他们缠着满是血污的绷带相互搀扶着，眼睛里涌着泪水。屋子里一点声音也没有。后生十分粗鲁地叫了一声："卫生员！"这时竹帘子盖住的洞口探出一张稚嫩的脸。十六七岁的女兵头上戴着一顶帽子，扎着绑腿走进来。女兵挤到床榻前抱住了女人，"范大姐范大姐"地叫着，花奶才知道这个女人姓范，真是一个了不起的女人。

女人是日本人攻打县城时，在部队撤离战斗中被敌人的机枪击中的。女人打仗很勇敢，受伤后一直坚持到大部队完全撤离。她是侧躺在地上，一点一点从死人堆里爬出来的，为了她肚里的孩子，她坚持到了生命的最后时刻。

花奶不知道打仗是个什么样子。她的记忆里先是日本人占领了县城杀人放火，然后是八路军打下了县城惩治了汉奸伪军，再后来县城又被日本人夺了回去。战火尚没有蔓延到花奶居住的古镇。花奶的父亲只顾看病不问其他。花奶也是这样，花奶只觉得闺房的日子空落，想出去走走，外面又兵荒马乱的。

范大姐埋在了山谷里。荒草疯长的山谷到处都是新堆起的坟丘。范大姐的坟很小，在众多的坟丘中是那么不起眼。花奶却觉得范大姐的坟在她心中很雄伟，很高大，花奶说那是人格的魅力。

从坟地回来，花奶紧紧地跟在后生后面。后生把她又领回了那间屋子。

屋子后面有一个地窖。地窖里阴暗潮湿。打开地窖口便有一股腐烂的气味扑面而来，这气味来自伤员化脓的伤口。

花奶结识了那个后生，那个粗壮精明的男人，小秋的哥哥。他把她引向了这个阴暗而又悲惨的地窖里。花奶目睹了自己从未见过的一幕，做惯了医生的花奶痛苦地闭上了眼睛。

"你能来吗？"后生在她的身后问。片刻，后生又自言自语地说："你不能来。"

花奶低下了头。

花奶说不清楚后生为什么突然间占据了她的心，使她有了走出花家阁楼的决心。花奶说不清楚当时离家出走的真正原因，是为了这个似曾相识的男人，还是目睹了在死亡线上挣扎的伤员。她的心情十分复杂，花奶心想，管他呢，反正她不能再像往常一样憋闷在家里了。

花奶加入了八路军的救护队。

花奶出走那天依旧梳了头,并将那两根大辫子巧妙地盘了起来。花奶跟在后生后面,如同他的女人。乡下的姑娘是从来不盘头发的,除非跟了人。花奶在心中把自己嫁出去了,她没有征得父亲的同意就跟了这个后生。

邻县也被日本人占了,父亲没有回来,也没法回来。花奶给父亲留了一封信。她能想象得到当父亲看到这封信的时候会是怎么样的一个情景。父亲会发疯的。她从小就没有了母亲,是奶奶把她养大的,后来奶奶也死了,她跟父亲相依为命。她是父亲生命中最重要的组成部分。可是她一声不吭地就跟着一个男人走了。

她羞羞答答地低着头走路,偶尔用一双眸子惊喜地打量着苍翠的原野和蓝天白云。后生走得很快,不时会在前面不远的地方等着她。他和她始终都保持着一段距离,一路上他不说话,她也不说话,只是用眼睛彼此地望来望去。

林子里的鸟群和徐徐的秋风使花奶的心里滋生了许多惬意。越往里面走林子越密,巨伞一样的树冠遮住了天光,后生几乎是拖着花奶在草木凌乱的树林里穿行。

林子很静,花奶回头望望已经看不到家了。

花奶想或许以后再也没有那个家了,心里便有些难过,鼻子有些酸酸的。

花奶这个时候仍旧没有想好,她的出走是为了前面走着的男人,还是不能眼睁睁地看着那么多伤员在伤痛中死去。

出门的时候花奶拿光了诊所里所有的西药,这些珍贵的西药用碎花布包裹着,由后生抱在怀里。后生小心翼翼地抱着这些西药,像抱着自己的孩子。他知道,这些药是很多人的命。后来,花奶的父亲听镇子的人传说,一个男人把她拐跑了,男人的怀里还抱着他们的孩子。于是,花奶就成了父亲心中乃至整个古镇男人心中厌恶的女人。

渐渐地,古镇的男人们就忘记了那个梳着两条长辫子、美貌如花的花如玉。

救护队里只有花奶和那个叫小凤子的女兵。

当花奶得知女兵也是同她一样逃出家门的,便对她产生了一种特别的亲近感。

凤子说她家住在一个很远的城市,父母把她许配给了痴呆的表哥,她就毫不犹豫地跑了出来。花奶想知道打仗是个什么样子。凤子说，除了死人，你看不出有个什么样子，看到身边的人死去了你就会毫不犹豫地拿起枪向敌人射击。几天前那一仗打得真惨，撤下来的时候十五个女兵只剩下我和范大姐。凤子说打仗死人并不可怕，那时候就顾不上害怕了，要忙着运一批批的伤员，包扎、抢救或到战场上背受伤的战士。凤子说，天上飞舞的子弹就像过年放的烟花爆竹呀什么的。遇到打炮弹，那声音真响，有点像年三十半夜放的雷子，耳朵都快给震碎了。

凤子说话的时候很天真，稚嫩的脸上透着一股孩子气。

凤子说她亲眼看见一串火红的东西击中了她的同伴，那个姑娘倒下去的时候头发突然散开，像一朵黑云落在了地上。

凤子说有一次她背了一个叫阳子的男兵，他战前曾对她开玩笑说，这一仗下来如果我死不了我要娶你。凤子说，没准我还看不上你呢。一仗打下来，他伤得很厉害。凤子一边跑一边扭着头对他说，你会好起来的，你会好起来的，我还等着你娶我呢。他却不吱声。凤子说她放下他的时候发现他已经死了……

战争的脚步依旧没有停留的迹象。战斗连续不断，好了的伤员走上战场，新的伤员又被抬下来。转眼间花奶已经是个经历许多战斗的老战士了。

这个黄昏，日本人包围了花奶所在的部队，赶来救援的兄弟部队又包围了日军，增援的日军又进行了反包围。战斗处于胶着状态，你中有我，我中有你，天色越来越暗，战斗从黄昏一直打到黎明。漫天飞舞的子弹如同一只只寻找肉体嗜血的苍蝇。黑夜里的子弹是盲目的，弹头碰到山上的岩石金星四溅。

根据上级命令，部队决定撤离战场，为了救护伤员，花奶和小凤子必须最后一批撤离。一串串带着火球飞舞的子弹打在身边的土埂上，松软的土地发出噗噗的声响。密集的枪声过后，一串火蛇追上了小凤子，小凤子倒下了。小凤子受伤了。子弹从右胸打进来，穿过她单薄的身子，洞穿了她的身体。

花奶终于明白了小凤子说过的话，看着身边的人死去就会毫不犹豫地拿起枪射击。花奶端起枪瞄准了一个敌人，枪响后又瞄向了另外一个敌人。她杀人了，她用拿手术刀的那只手扣响了扳机，而且一下子就杀死了两个人。然后，她背起小凤子不停地奔跑。

花奶说，她那时跑得很快，她也不知道当时怎么那么能跑，在她身后嗷嗷乱叫的鬼子和飞蝗一样的子弹竟然没能追赶上她。小凤子在她身上流着血，血顺着花奶的脖子流到了她的身上，烫热烫热的。她只知道，小凤子的血如果不及时止住，很快就会在路上流干净。

日本人封锁了药物和粮食，日子越来越难熬。花奶带来的药品很快用完了，她只能带着战士们挖草药配好了给伤员们煎服。阳光好的日子里，伤员开始走动了，但几个重伤员却奄奄一息了，其中就有那个叫小凤子的女兵。

花奶怎么也没有想到，她一生中幸福而辉煌的日子便在这最艰苦的时期到来了。

一个清晨，花奶同后生一起爬上了那座大山。时值初秋，茅草没膝一样深。暖暖的阳光普照在山坡上，连风里都透着成熟果实的气息。起初，两个人在茂密的丛林里采药，后来就觉得山谷里出奇地闷热，心里也像着了火。

花奶说，歇吧。

后生说，累了就歇。

两个人就躺在软绵绵的草地上歇。山谷里静静的，连鸟儿似乎也歇了。花奶麦芒般的目光盯得后生发窘。后生仰头看看天说天气真好。花奶就咯咯地笑。花奶在笑的时候没有看后生。花奶恰好看见了生长在峭崖的刺丛里有几簇山菊花。后生在花奶的笑声还没有止住的时候，就把山菊花掐在了手中。后生双手捧着野菊花站在山谷中的情景融入了花奶不朽的记忆。

上过洋学堂，啃过洋面包的花奶，传统的骨子里融入许多浪漫。这样生死未卜、生活艰苦的岁月里，这点战地的浪漫是多么难得啊。

暮年的花奶画过许多张这个场景的油画，后生捧着一束山菊花站在她的面前，山菊的清香蔓延了她整个一生。

少女时代的花奶是用颤抖的双手接过那束山菊花的。花奶发现后生的手上扎了刺，接花的手便在他的伤口上抚摸了一下。后生的手开始往后缩，花奶却一把抓住了他的手。花奶用嘴含上了后生的手指，然后把唾沫在他手上均匀地抹开，拔下头上的簪子挑刺。挑着挑着，花奶发现后生的呼吸变粗了。她停下来，看见后生憋红了脸，目光直坦坦的。花奶觉得自己的身子不由自主地在向他移动，移动……花奶闻到了美丽灿烂绽放的山菊花散发出来的诱人馨香。蓝天上白云在飘，她觉得她和后生此刻置身于白云之间，心旷神怡。

花奶和后生的事情发生得偶然，偶然得她自己都没来得及细想。

这就像那一天他突然闯进她的闺房，那一天他突然拉着她的手说让她跟他走。如果不是偶然，那就是冥冥中的上天注定。

黄昏的时候，花奶和后生从山里走了出来。花奶把羞红的脸紧埋在后生的胸前，黑缎子般的头发散开去，盖住了她的羞涩与不安。后生用手指给她捋顺了。

后生说，我真混。

花奶说，我不怪你。

花奶说这话的时候手里紧握着山菊花，心里反复琢磨事情怎么会是这样。

花奶对后生说，你牵着我的手，我一辈子都跟你走。

后生说，好，我牵着你的手，一辈子都不会松开。

第二天，女兵小凤子的窗台上多了几朵金黄色的小花。当她醒来的时候看到窗前的景致，焦黄的脸上竟笑出两个美丽的酒窝来。当天夜里，小凤子说了许多胡话。花奶后来才听懂她在反反复复地喊着范大姐的名字，喊着阳子的名字。

小凤子说，我想跟阳子结婚，像范大姐那样生一个孩子，我不能死，我想好好地活着。

花奶说，女人干吗非要嫁人生孩子，范大姐若不生孩子也不会死。

小凤子把嘴贴近花奶的耳朵断断续续地说，范大姐说了，女人生了孩子便不是一般的女人了，她没有白来这个世界一趟。

女兵小凤子在未知的梦里再也没有醒来。

花奶当上救护队队长是在一个晴朗的日子里。伤员康复后又来了大批的队伍。齐刷刷的队伍开进了山谷，嘹亮的歌声响彻云霄。穿上灰色军装的花奶同挎着双把盒子枪的后生照了一张合影，照片上的后生威武高大，照片上的花奶英姿飒爽。部队进行了短暂的休整，当上了营长之后的后生急匆匆赶来完婚。集体婚礼在露天舞台上举行，一对对新人披红挂彩被人推上了舞台。后生冲她伸出手，花奶不由自主地也伸出了手。后生拉着她走上了婚姻的舞台。新婚夜晚，花奶伏在后生的肩膀上突然间哭了起来。

后生问，你哭什么？

花奶说，看到那么多人结婚，我突然间想起了小凤子，想起了她临死说的那些话，小凤子要是也能够活着，也能够结婚，那该有多好啊。

后生听了花奶的话沉默了许久，然后长叹一口气说，比起他们来，我们是幸运的，就让我们珍惜这幸运的每一天吧。

部队不断在壮大，一天，后生领来了一群年轻的女孩子，说是救护队刚刚招来的新兵。看着这些脸上还带着孩子气的姑娘们，花奶就又想起了小凤子，对她们更是百般呵护。花奶在短时间里教会了她们包扎、救护、配药等一些简单的医务知识。

要打仗的时候，花奶的身体发生了变化。花奶如大病了一场，腹部开始慢慢地隆起，牛皮带从最里面的一个眼儿换到最后一个眼儿，最后只好不用了。花奶对自己身体的变化又惊又喜，她知道自己怀上孩子了，而且孩子在一天一天健康地成长。怀上了孩子，她就不再是一般的女人了。后生此时是部队尖刀营的营长，正在进行攻城训练，终日忙得不可开交。她瞅准机会把这件事情告诉了他。他先是一阵惊喜，然后是沉默。花奶不知道此时的营长已是攻城的敢死队队长了。这样的大仗，敢死队队长九死一生。营长的目光不敢看她，两个人的目光远远地落在了旧瓦棱的那个燕窝上。这个时候燕窝还是空的。

"那窝为啥是空的呢？"

"秋天了，燕子要到南方去！"

"那它是个空家呀？"

"空家也是家呀！"

"生孩子的时候，我想让你拉着我的手！"

"好，我就拉着你的手！"

"你要不在怎么办？"

"你在心里想着，我在拉着你的手！"

两个人的目光又碰在了一起，花奶说，我有点怕。

花奶上战场的申请没有被批准，尽管她坚持自己的意见。她是救护队队长，并且是所有医护人员中业务最好的一个。

队伍开始出去的头一天晚上。花奶对营长说，你给我梳头吧。花奶拿出了她离家时唯一带的东西———一把木梳。营长粗糙有力的手在她光滑乌黑的头发上抚来抚去。营长给她梳头。他把她的头发梳得一团糟，然后又一根根地捋直了。营长开始给她编发辫，他认为这是极难做的事情，做得特别努力细心。就在他为她编好第一条发辫的时候，山谷里吹响了集合号。营长走了，花奶的另一半头发仍然披散着，花奶禁不住想起了那天初见营长时的情景。

很多事情都在重复着过去的版本，营长的样子铭刻在她的心里，一辈子都不会改变。

花奶坐在那间屋里等着营长归来。

她的腹部一日日地凸出来，渐渐地，她行走开始艰难，很难出屋了。

一个血色的清晨，太阳照在血似的云彩上，天空也被染得鲜红。花奶隐隐约约听到了远方传来的炮声和枪声。攻城的战斗开始了。花奶的目光透过破旧的窗棂，望着一步步升高的太阳痴痴地想象。花奶的思绪被那个人的手拉着，一路飞跑奔向了战场。跑啊跑啊，很快就把花奶跑迷糊了。仗打得很凶，成批的伤员运到这里来，花奶没有看到营长。花奶后来一直后悔没上战场，这是她此生最大的遗憾。

花奶这个时候感觉到腹部刀绞一样疼痛。

花奶此时正在给一位伤员做手术。年轻的伤员从昏迷中醒来，目光落在她痛苦的脸上和凸起的腹部上说，你就要生了，然后他就闭上了眼睛。年轻的伤员死了，花奶看到他毛茸茸的嘴唇间还带着一丝笑容，这样的笑容憨憨的，有点傻气，很像当年营长的样子。

花奶的脑袋更迷糊了，她晕倒了。花奶的一只发辫散开去铺在她身后，朦胧中她听见有人在赞叹说好美丽的头发。

花奶觉得自己就要死了，一阵阵疼痛折磨着她。这个时候她真的需要那只手，那只拉着她不停朝前走的手。花奶的思绪里就有了营长攻城时的雄姿，恍惚中花奶发现自己置身于城楼断垣的边沿，她拼命地向上爬，身体就要悬于空中。营长突然出现在城楼上，他说我帮你。营长伸出了那只手，那只流着鲜血、伤痕累累的手。当她艰难地爬上城墙的时候，一发炮弹打过来，那只手突然间不见了，她眼前一片黑暗，她拼命地去寻找去摸索，却再也没有找到那只手。她开始哭喊，开始绝望，开始窒息，她几乎耗尽了力气。黑暗中，她听到了冲锋的号角，她捡起了营长遗落在地上的枪，她仿佛听到了小凤子在她耳边说，当亲眼看到身边的同伴倒下的时候，你唯一要做的就是捡起地上的枪，把最后一颗子弹打出去。花奶拼尽了全身的力气扣响了枪。

冲锋号响了，她听到了号角般尖锐锋利的哭声。

花奶有了自己的女儿。

花奶醒来的时候发现自己躺在手术台上，成群的伤病员背过身去结成了人墙，他们都听见了哭声。

人们都说花奶生了个极其美丽的女孩。

营长死了。据说营长死得悲壮，几乎是粉身碎骨。他没有看到花奶最后辉煌的时刻，也没有听到女儿的哭声。听到营长牺牲的消息，花奶没有哭，她默默地坐着，她觉得营长还活着。来报告消息的营通信员说，营长是被炮弹炸飞的，收拾遗体的时候只剩下一只完整的手。花奶哇的一声大哭起来，花奶哭着说，那是他拉着我的那只手，那是他拉着我的那只手。

花奶一直守在那间屋子里。人们再也看不到她那飘如飞云流瀑的黑发了，只知道她有一个美丽的女儿和一间破旧的药房。花奶守着那间药房做了一辈子的医生，直到生命最后的时刻。

苍茫的秋日，花奶站在窗棂下面一边画着油画，一边看着孩子在门前的空地上跑，看着旧瓦棱上的燕窝一代一代地换着主人，看着孩子一天一天长大。花奶的油画画了一张又一张，画面上只有一个内容，一个穿军装的年轻后生手捧着一束山菊花，后生的眼睛明亮亮的，仿佛一眼就能看明白你的心思。

天冷了，燕窝就空了。

"那窝为啥空了呢？"女儿问。

"秋天了，燕子要到南方去。"

"那它是个空家？"

"嗯，空家也是家呀。"

"燕子爸爸还会回来吗？"

"会的，他的家在这里。"

花奶再也没有了她又黑又粗系着彩头绳的发辫。人们只知道山上多了一堆新坟。若干个月后发了一场洪水淹没了新坟，有人看见黄浊的水里两条黑黑的发辫顺水漂向了远方。

一双燕子停在窗棂上，唤来了一个明媚的春天。

花奶去后，燕子仍旧在旧屋的青瓦棱上生活着。

(原载《解放军文艺》1993年第10期)

天　　灯

那疙瘩子土丘本没有美丽的故事。

有人说那曾是点天灯烧活人的地方，泥土浆红如芹寡妇浸血的红绫子。

是一个黄昏。夕阳的余晖洒满山川和原野。一支队伍走出黑马柳村，顺着窄窄的山道上了西山梁。队伍后面远远地跟着两个人。汉子光头裸背气喘吁吁地跑着，女人撵在汉子后面。汉子和队伍之间有一段距离，女人和汉子之间也保持着距离，追啊追就是追不上。汉子走得很急，女人也走得很急，几缕黑发贴在饱满的额头上，汗水打湿了青布碎花的衣衫，女人生得好看的地方都好看了。

日头掉进山沟里的时候，汉子终于在山梁上追上了队伍。女人也追上了汉子。

满脸络腮胡子的队长回过头来盯了汉子一会儿，又望望冲这边赶得很急的女人笑了笑说：

"朱老四，成个家不易，她可是个好女人，安心过日子吧。"

朱老四满脸通红，想说什么但被队长摆手制止了。胡队长走了，队伍在山梁上逶迤，由长变短。朱老四蹲下来放声痛哭了一场。粗粗壮壮、眉目俊朗的朱老四哭得很伤心，委屈的模样像一个被父母抛弃了的孩子。女人静静地站在他身后，脸上映出复杂的表情，想要张开的嘴却又闭上了。她不知道该说些什么，有点不知所措。

天空宽广而湛蓝，雁阵飞过之后，一只孤雁在后面嘶哑地叫着。女人扯着碎花小衫的衣角，又低头看了看地上的男人，陪着他默默流了几颗既喜亦忧的眼泪。队伍渐渐地走远，朱老四还呆呆站着。直到夜幕降临，星光在山头闪耀，朱老四才往村子里走，女人依旧跟在他的后面，怯怯的，一句话也不说。

外乡人朱老四留在了黑马柳村，成为芹寡妇招赘的男人。

谷子熟了。

沉甸甸的谷穗压弯了谷秆，在秋风中摇摆，金黄的谷浪一波波很快从这头漾到那头。女人弓腰割谷，汉子也弓腰割谷。收成好，金黄的谷子割也割不完，从清晨割到黄昏。女人说歇吧。他说歇。女人递给他白洋布手巾说，擦擦汗我去打水，村边的地头上有口井，离这儿很近。井是口老井，生着青绿的苔藓，一棵柳树垂下长长的枝条就要探到水里去了。女人打水的姿势很优美，用根绳子系了黑瓦罐，黑瓦罐上用红绸布条做成的提手在水里只那么轻轻几摆，便听到咕咚咕咚的声音了。

朱老四想起夏日里他第一次进村时芹寡妇打水也是这种姿势。

燥热的晌午，太阳火辣辣地吊悬在村口，天地间一片耀眼的光。灼热的阳光下，队伍浩浩荡荡地开往黑马柳。一路腾起的灰尘粘在兵们汗湿的脸上、身上，空气干燥得让人差点窒息。朱老四感到五脏六腑都被烘干，焦渴难熬。

芹寡妇那天站在井台边，手中挥着粉红色的手帕冲人喊，喝口水吧，凉得很哩。朱老四是最先喝到水的一个。待他抬起头来，他看到了一双女人柔软的手，指甲用指甲草染得猩红。女人在冲他笑，妩媚的眼神如一汪清澈的泉水。女人用来盛水的瓦罐黑黑的，瓦罐沿上钻了小孔系着红绸布条做成的提手。红绸布条被水浸湿了，有种滑腻的感觉。朱老四喝干了一罐水。女人咯咯地笑着，又弓腰打水。女人的衬衣口敞开着，朱老四看见女人胸前缠着一段鲜红的绫子。红绫子的亮光在夏日里百倍红艳，使朱老四眩晕。女人斜睨了他一眼，玉质的脸上陡然间涂上了一层浓艳的胭脂，笑里多了一份成熟的羞涩。

这里只有未婚的姑娘才戴红绫子，姑娘直到结婚才肯解下来。女人们把它视作贞操，隐藏得很秘密。

芹寡妇的红绫子从此留在了朱老四的脑海里。

村里开始为抗日队伍捐粮捐物，芹寡妇捐了两担谷。黑胡子队长让朱老四去挑,他便去了。真是两担上好的谷子,颗粒饱满,金灿灿的,直晃人的眼睛。女人撅着屁股往布袋里倒粮食,俏丽的模样和剜人心肝的目光让朱老四无法躲藏。

芹寡妇说去年跑老日,很多人都跑进了山里,唯独她的男人跑到半路又跑回来了。他放心不下藏在家里的这几担谷子。粮食是庄户人的命,她的男人就为了几担谷子丢了命。日本人不但要了他的粮食,还要了他的命。日本人走后,芹寡妇一进家门就看到自己的男人抱着半袋子谷子倒在院子里,脊梁上几个血窟窿把浑身的血流了个精光。男人死的时候还拼命地拽着布袋口,硬是把半袋谷子留在了家里。女人说,真是个憨人哩,他就不知道,粮食没了可以向地里的庄稼要,命没了可咋向阎王要去哩。一个小脚女人侍弄几亩薄田,打些粮食不容易。女人执意要捐粮食,就是不听劝阻。这一带的群众对抗日的队伍很爱护,宁肯自己饿肚子,也要让打仗的队伍吃细粮。

想着女人捐了仅有的谷子,黑胡子队长想了又想,还是决定让朱老四送五块银圆给她。

月上树梢头,天空中繁星点点。黑黢黢的大山和丘陵包容着稀稀落落散布在山谷里的几家昏暗灯火。

芹寡妇的窗口亮着灯,粉红的窗纸映出了她俏丽的身影。这样的身影,他只在皮影艺人唱戏的时候见过。"细白的脖子,俊俏的脸,翘翘的腰身,凸凸凹凹地显……"这是戏文里骚包男人的唱词。戏里唱的女人就是这般模样。窗纸上的图案线条圆润细腻,看了让人心动。女人在窗纸上脱着衣服,朱老四又看见了红绫子。红绫子飘荡在窗棂上。红绫子在勾引着他的脚步,让他一步一步地靠近了那扇窗户。

"是谁?"女人问。

"是……是我,队……队伍上的。"男人很慌乱。

女人的影子离开了窗户。朱老四正准备离开,女人披着衣服开门叫住了他。

如果不迈进那间屋子就好了。

后来,朱老四一直在自己心里十分后悔地想。可他还是不由自主地迈进了芹寡妇的门。朱老四抓着那五块银圆塞进了女人的手里,扭头就要走。女人的动作很敏捷,很快拦住了他。

女人说，这钱我不能要，粮食说好了是捐，捐的东西怎么能要钱呢。

朱老四说，这钱你必须收下，这是我们的纪律。

两个人就你来我往地开始了拉扯。这时候女人披着的衣服掉在了地上，露出了光裸的肩膀和那条红得耀眼、令人炫目的红绫子。一股热从脚底下一直蹿到脑门子顶上，朱老四有点迷糊，两只手不由自主地开始了寻找……

朱老四十岁死了爹妈，跟着胡子队长出生入死打了多少仗他记不清了，他渴望有个可以栖息的家。

这一夜朱老四第一次有了家。

这一夜朱老四第一次触犯了部队纪律。

朱老四就想看看那红绫子，他只是很好奇，本能地想看看红绫子里面到底隐藏着什么样的秘密。

他没想到芹寡妇会叫，尖锐的叫声刺破了寂静的夜空，把一个村子的人都惊动了。队伍上跑来的人看到了女人光裸的肩膀和旁边木呆呆站着的朱老四。

朱老四被人绑着推到了黑胡子队长的面前，有点像父亲一样的胡子队长狠狠地扇了他一记耳光。然后，大胡子队长低着头冲押着他的士兵挥了挥手。朱老四知道等着他的是一颗原本要射向敌人的子弹。朱老四开始在心里骂自己混蛋，炮弹在他身边一颗连着一颗地爆炸，他没有死；子弹雨点一样擦着他的身子飞来飞去，他没有死；敌人的刺刀一下子捅进了自己的肚子，他也没有死，现在竟然就这样窝窝囊囊地死掉了。朱老四觉得自己死得窝囊，可他没办法跟胡子队长申辩。纪律是铁，纪律是钢，谁违反了这样的纪律都要挨枪子。

朱老四被推出了院子，耳边是胡子队长哗啦啦枪上膛的声音。胡子队长的枪法准，一枪就完，他不会受罪。

这个时候芹寡妇出现在他的身边。芹寡妇说，出这样的事情跟朱老四没关系，是我勾引他的，要枪毙你们就枪毙我吧。

枪没有响。

朱老四没有死。朱老四被开除出了队伍。

"喝水呀。"女人推他。

喝完水，两个人继续割谷子，身后的谷垛堆如绵亘起伏的小山丘。星星开始在高远的天上亮起盏盏小灯，朱老四感觉到日子平静而幸福。两个人靠得那么近，目光在来回相碰。朱老四的声音开始颤抖起来。

女人说，你咋啦。

朱老四说，我想看看红绫子，只想看看红绫子。

女人说，别，收完谷子我会嫁给你，咱红红火火地办一场。

朱老四渴望拜堂。

女人一身红火，阳光里光彩照人。蒙头巾是红的，轿帘子也是红的，枣红马红鞍红辔头，铃铛上也系着红缨穗。他骑马在前面走，女人坐在轿子里。轿子悠悠地晃动着，如跳动的火焰；吹鼓手扯长了脖子奏欢曲，从清晨一直吹到日暮西山。

朱老四给人敬酒。酒是自酿的黄谷小米酒，不火不淡散发着谷子的芳醇。五邻八村的人都来祝贺朱老四，大碗大碗地喝酒。朱老四直喝得整个院落摇摇晃晃如坐在轿子里。

女人坐在红纱帐里，红衣红裤像团火。

女人向他走来，两颊绯红如桃花瓣。女人解下红绫子交给他，娇艳地笑。

女人说，红绫子是你的了，这家也是你的了。

朱老四望着女人好看的胸，捧着红绫子，泪水顺着脸流下来。朱老四的嘴里不停地呢喃着什么。

女人如火如血。

朱老四守着青翠的田园，守着美丽的女人过平静如水的生活。

朱老四知道这样平静的生活只是暂时的，战争随时会卷土重来。

翻地、耕种、收获，日出日落重复交替。日子由新鲜开始变得陈旧。

平淡的日子，朱老四有时候会坐在日头快要落山的西山梁看风景。朱老四看风景的时候，芹寡妇也不打搅他，芹寡妇知道朱老四在想啥。她问他，他不答。他在想着自己的队伍，也不知道他们走到哪儿了，仗打得怎么样。偶尔朱老四会问她，当时你为啥会救我，胡子队长子弹都已经上膛了。女人总是笑着回答说，我只有这样才能留住你啊。女人绝顶聪明。那天晚上拼命地叫喊，事后又拼命地救他，女人想永久地留住他。女人知道那天晚上要是悄悄地依了他，第二天这男人就会走，他的心在部队上。朱老四明白了女人的用心之后一连几天不高兴。女人仿佛也能看出他的不高兴，就越发下心思地伺候他。女人做得一手好菜，腊肉、熏鱼、酱菜，四季都有存货。响午和晚上总能弄上几个硬菜让男人下酒。有心事的时候男人就爱喝酒，醉了就睡，醉了就没有了心事，醒来就会一连几天面带笑容。每一回醉酒醒来，男人总在女人粉嘟嘟的嫩腮上轻轻地拧一下说，你就是只狐狸精，一下子就钻进我的肚子里了，娘的，老子这辈子算交代给你了。女人说，我就是诸葛亮，能掐会算，真的想要离开，你就告诉我，我决不拦你。男人仿佛被看穿了似的低着头红着脸说，谁说我要离开。女人越是这样，男人越下不了狠心。

屋后的山坡上种满了红山楂树。成熟的红山楂在带刺的枝头上猩亮如珍珠。女人把山楂果摘下来，用结实的线穿了挂在门前、墙上或槐树的枝头上，任凭风刮日晒。她把晒干的山楂切成碎片，酿成颜色纯红、味道芳甜的山楂酒。然后，她把酿好的山楂酒装入黑瓦罐，瓦罐口上系着红绸布条。女人封了罐口把酒放到地窖里。这样的山楂酒不醉人，色鲜味醇。

女人喜欢喝山楂酒，朱老四不爱喝。朱老四爱喝小米酿的烈酒。第一糟酒酿下来，盛在碗里，见火噌的一下就冒火头。一杯酒下肚，满身都透着火热，这样的酒喝起来过瘾、得劲。

女人喝酒从不贪杯，每天晚上一杯，暖身开胃。日子就如这酒窖里喝不完的酒，少喝多酿，越喝越有。

这天黑夜，女人照例炒好了菜，点燃了红蜡烛。然后，她到地窖里抱酒。地窖里放着山楂酒和黄谷酒，她放得极有次序，闭上眼睛也能辨出哪是哪来。这天她想抱罐山楂酒，可总出错，抱了三次竟然都是黄谷酒。她点燃了蜡烛，烛焰在地窖里飘忽不定，欲熄又燃。她心里有点慌，乱乱的。

朱老四边喝酒边看着女人，兴致极高。女人的心里出现了前所未有的烦躁，汗湿的头发贴在前额和脸上，嘴角也贴了一缕。朱老四看见女人解扣子时手在不停地颤抖，解了许久没解开，猛一使劲扣子竟然被扯了下来，露出了醒目的红绫子和玉质的肌肤。她睁着两只黑眼睛看他。朱老四笑了，满满地倒了一大碗山楂酒。

"陪我喝碗酒。"

"不，我怕醉。"

"山楂酒不醉人，喝一碗。"

"是酒都醉人。"

女人接过碗望着艳红的山楂酒发呆。

"醉就醉吧。"男人说,"醉了睡个安稳觉。"

女人把酒碗放在嘴边迟疑了一会儿,突然又放在桌子上,目光凝视着酒。

"这酒像种东西。"

"啥?"

"血!"

朱老四一愣,说她犯神经。朱老四喝干了满满的一碗山楂酒,对着女人咂了下嘴。女人抿了一小口,小心地品尝着。朱老四每喝完一大碗,女人便抿一小口。朱老四醉成了一摊泥。女人也醉成了一摊泥。女人把头埋在朱老四的胸前静静地睡。

这场酒男人和女人都怀着各自的心思喝。女人知道男人是想把她灌醉了,然后悄悄地离开去找队伍。听从外面回来的人说,他在山外几十里的地方见到了胡子队长的队伍。

到底是聪慧的女人,她这几天就感到了男人的不对劲。男人仿佛有用不完的劲儿,东山头的两亩山地三天不到就拾掇利索了,收了谷子就种豌豆。河滩地耕了两遍,晒着土垡子,只等小雨一下,耙两遍就可以下种种小麦。院子里的院墙加固了加高了,地窖挖了三口新的,又深又宽绰。秋季收的粮食都屯在里面。有一口地窖挖得很隐蔽,日本人来的时候好藏人。柴火劈得也多,高高地码在西山墙下面,牲口的草料也备齐了,草料库里堆得满满的,男人把大半年的活儿都干完了。他原本想把女人灌醉了悄悄地离开。可他没想到,女人在山楂酒里掺了黄谷酒,喝着喝着,男人就醉了。女人是男人的腿,想留住他就能留住他。

起风了。山楂林子发出哗哗的声响。林子深处一只夜鸟咕咕咕咕地叫得甚急,叫了几十声后重重地咕了一声,声音拖得很长,然后戛然而止。夜鸟的叫声停下来后,夜变得更静了,静得让人透不过气来。

忽然,东山梁上猝然间响起了稀稀落落的枪声。枪声越来越近,并越来越稠密。村庄热闹起来,鸡飞狗叫。山梁子上一路火把朝黑马柳村奔来。人们开始拼命地往山里跑。村里人听见了叽里呱啦的声音和极少听见过的汽车马达声。

有人敲门。芹寡妇醒了,惊恐地睁大了眼睛。她推了推朱老四,朱老四睡得很死。女人用颤颤抖抖的手打开门,一股血腥味直扑进来。朱老四醒了，密集的枪声使他一跃而起。两个战士架着浑身是血的胡子队长闯了进来。胡子队长脸色蜡黄，裸露的身体如没枝没叶的树干一样没有了生气。队伍在山里遭了日本人的伏击，在朱老四眼里跟日本人常战常胜的胡子队长竟然打了败仗。小战士流着泪说，这一仗死了许多战友，日本人把伤员连同他们的尸体堆在一起焚烧。火光把山谷都照亮了。胡子队长说他原本是想把日本人引开的，可腿不行了，子弹打穿了他的双腿，血顺着他的裤管往下流。

又是敲门声，其间还夹杂了日本人叽里呱啦的叫骂和汉奸的吆喝。日本人开始踹门了。女人慌里慌张地推着他们说，你们快躲起来吧。朱老四也让女人躲起来。女人刚要往窗棂下谷窖里躲的时候，门被踹开了。日本军官用笨拙的中国话问女人刚进来的人躲在哪里。女人惊恐万状地摆着手。日本军官用雪亮的马刀对准了沉默不语的女人，马刀在半空中划了个闪亮的弧落在了女人的胸前，刀刃接触亮红的绫子时发出刺啦的声响。朱老四在这刺啦声中，心底爆发了不可抑制的冲动和愤怒。朱老四挡开了日本人的马刀，一拍挺起的胸膛说，我是。朱老四回答得干脆利落，日本人看到了一双圆睁的怒目。

日本人没有搜出其他人。四个日本兵推着朱老四走出了小院。

女人的叫喊声在朱老四身后嘶哑了。她一路追在朱老四和日本人后面，甩着小脚飞快地追赶。女人一边跑一边嘟囔着说，老四你喝醉酒了说胡话，老四你真傻，你真的不是，你不是啊。朱老四一路雄赳赳地高昂着头朝前走，四个日本鬼子跟翻译官几乎都跟不上他的步子。

"点天灯喽！"汉奸的铜锣在黑马柳村的上空响起。

大谷场，高高的木架搭了起来。黑马柳村未来得及逃跑的男女老少都被赶到了谷场。如昼的火把亮光照亮了谷场周围人们惊恐的脸。谷场中央放着几十具日本人的尸体，尸体上盖着膏药旗。

决定朱老四命运的时刻终于到了。

朱老四被五花大绑地架上了谷场，日本人要以点天灯的方式祭奠亡灵。朱老四周身被浇上了汽油。汽油渗入了他的肌肤和骨骼，渗入了他流动不止的血流。朱老四觉得他的身体开始飘升，他看见翠绿的村庄上空，青淡的炊烟正顺着瓦屋顶袅袅地散开。天是蓝的，湛蓝湛蓝，一缕火焰般的红绫子在天空中飘动，缓缓移动着。朱老四没有了最初的恐惧。他觉得自己的脚步很轻很轻地跟着慢慢飘起的红绫子在移动。他想伸手去抓住红绫子，却总也抓不住，他在地上奔跑，在空中奔跑，红绫子牵引着他一直上升上升……

　　黎明前最黑的时刻，朱老四面前呈现出了芹寡妇姣好的面容，妩媚的眼神，玉脂红润的肌肤和猩红的唇。女人笑了起来，脸上漾开一片山楂酒般的颜色。女人对他说，老四你别走，我给你生一大群儿女；芹寡妇站在老柳树下的古井边，低下头打水的时候胸前鲜红鲜红的红绫子亮得刺眼，打完水端着黑陶瓦罐迎着他说，老四啊，喝口水吧，凉得很哩；芹寡妇站在一望无际的谷子地里，谷子熟了压弯了谷秆，芹寡妇说，老四歇啊，今年收成好哩，悠着点干，千万莫累坏了身子；芹寡妇在酒作坊里酿酒，腾腾的蒸气中女人的身子飘柔轻盈，酒漏子滴着鲜红的汁液，女人盛出一大碗冲他喊，老四快来喝呀，这第一碗酒给你喝，好男天天喝好酒，快活日子天天有；朱老四站在热气腾腾的酒作坊里喝酒，他顷刻间感到身上热辣辣地难受，女人说，老四啊，好酒好肉好女人，过不够的好日子啊。红绫子开始漫天飞舞，到处都是鲜红的颜色。女人的面容离他是那么近。女人只是那么轻轻莞尔一笑，朱老四心里便颤悠悠荡漾着醉意了。

　　女人坐在帐子里掀开帐子一角对他说，你进来吧。

　　女人红衣红裤像团火。朱老四感觉到帐子和女人都特别烫，大叫一声烧死我了。

　　谷场上开始弥散着强烈的焦糊味，人们闭上了眼睛。芹寡妇被两名日本兵押着站在谷场边上，披散着头发拼命地推着日本人的枪托。

　　火光照亮了黑马柳村的上空，暗夜亮如白昼。朱老四的思绪就停在了芹寡妇那张俏丽的脸上。烈火烧着了女人美丽的笑靥和红绫子缠住的丰满胴体。幸福的回味使朱老四的雄性之血也同样燃烧起来，他拼命地挣扎。终于，随着人们一声惊呼，一个硕大的火球直扑向了狰狞狂笑的日本军官。火球在高高的天灯台上化作一条长长的弧线，宛若一只金色的凤凰向人们翻然飞来。随着灵光的闪耀，灵魂涅槃。朱老四化作最后一缕青烟飘荡荡飞上了天空。

　　黎明前的暗夜里火堆的亮光变得越来越黯淡。朱老四黑黑的躯体仍在蠕动，肌肉脱离了骨骼，白惨惨的头骨滚到日本军官的马靴脚下，一排排尖锐的牙齿使日本军官倒抽了一口冷气。他用雪亮的军刀去挑朱老四的头颅,女人冲开了日本兵的阻拦直奔向日本军官,奔向那雪亮亮锐利的刀锋,军刀刺透了女人丰满的胸,血珠子溅到了她如玉的脖颈上。她手里握着那段被马刀划破的红绫子缓缓地倒在了朱老四抽缩成团的黑黑的躯体旁。

天亮了。天灯台仍高高地立在谷场上,被火烧破的红绫子如一角旗在风中飘摆。空气中弥漫着汽油味、焦煳味,女人娇柔的躯体环拥着那团黑物,殷红的血洇湿了一大片泥土。

黑马柳村静静的,老槐树的枝梢或旧屋的瓦棱上飘动着姑娘、年轻媳妇的红绫子,远远看去和漫天朝霞混成一色。

东山梁上,一轮红日正冉冉升起。

(原载《解放军文艺》1993年第10期)

炸　　窑

　　蝗虫、旱涝灾害过后，窑镇出现了一段怪怪的光景。年初，翠绿的麦野盖了一场雪，日暖雪融，麦子疯也似的猛长，二三月里便抽穗扬花，又密又稠没腰深。繁密的麦苗盖住了田埂和小路，整个村庄上空弥漫着醉酒般浓浓的甜香。庄户人落得这样的好光景，纷纷掏出积蓄修房盖屋，窑镇的砖瓦窑便恢复了往日的烟火，烟火直冲上云霄。

　　窑四爷在窑火的映照中看清了物体。窑四爷的窑靠河，红通通的窑火照得河水格外欢跃。红通通的火光倒映在河水里，淼淼的流水流走一片火红。高大的汉子挑水，破旧的棉袄在微寒的风中敞开，黑黝黝的胸肌袒露在一片红光里。

　　这是个热闹的黄昏。西北边黑压压一片人拼命地向窑镇这边涌来，几十里外的县城里传来轰隆的炮声。后面有追赶的枪声、呼喊声，乱糟糟一片。汉子低头挑水的一刻听见河对岸有人对他高声喊："跑老日啦！"河对岸满是骚动的人群，嘈杂混乱。

　　窑四爷想，我烧我的窑，跑不跑老日关我鸟事。窑四爷看着刚燃起的窑火，没动。

　　窑四爷看见窑河上游漂下来一个黑黑的东西。河水上游宽而平缓，没腰一样深，黑黑的物体顺水而下平平稳稳。

　　是个紫红的柜子。

　　河水再往下流开始湍急变浅，柜子打了个旋儿，在岸边靠了下来。

紫红色的柜子做得相当考究，柜面上雕龙刻凤，图案精美。柜盖子开始慢慢松动，半开的柜子露出一双美丽的眼睛和一头黑发。借着窑火光，窑四爷看到了一张俊俏而又苍白的脸。女人生得圆润细腻，粉瓷色的脸渗透着露珠般的灵气，宽宽的额头正中生着颗黑痣，如白玉上镶了颗黑珍珠。女人像是哭过，满脸泪痕，拿畏畏缩缩目光看他。

女人坐在窑四爷的窑里不停地哭，汉子用灶钩烧了个地瓜递给她。

"吃吧，城里安静点就送你回家。"

火光中的女人战战兢兢地望着他，眼睛低垂着，不时地望着窑洞外河对岸一片片烈火焚烧的村庄。女人说，俺没有家了。

女人望着熊熊燃烧的窑火咬了咬牙，俺家里人叫日本人杀光了。

窑四爷默默地卷烟。他剥了烟叶抽了烟筋扎烟卷，粗粗的手指总在抖动。他的目光在暗夜里摸索着。河对岸的吵闹哭喊声久久不息。女人说，她叫花嘟嘟，是窑镇米行花老板的女儿。日本人攻占古镇的时候，他们一家三口赶着驴车一路从窑镇跑出来的。日本人一路追到了河边，开始朝着奔跑的人群开枪。人群如秋日里镰刀撂倒的高粱，呼啦啦一大片，血流成河，尸横遍野……

花嘟嘟听到了对岸女人凄厉的叫喊声，身子抖若风雨中飘摆的叶子。面对这个温暖的窑洞，她如漂流中抓到了一根草木不敢松手。

她对沉默的汉子说，你别撵我走，千万别。她说父亲把装在箱子里的衣服和金银都掏了出来，把箱子放在了河里，喊着她的名字让她快点钻进箱子里；她说她亲眼看见面目狰狞的军曹把雪亮的马刀捅入了她父亲干瘪的胸膛，鲜红的血柱喷射出来；她说她的母亲跑到河边大声说你走吧，快点走吧孩子，女人到哪儿都是家；她说她在河对岸听到了几声清脆的枪声和母亲的叫声；她说她的父母亲为了她都已经死了，母亲临死时要她一定好好活着；她说她离开这里只有一个字，那就是死，她要活着，一定要活着……

汉子说，这不行，窑上的规矩，留不得女人。

女人说，你不留我，出门我就投进河里。

女人说得很坚决。

汉子点了点头。

窑镇的炮楼子开修是在一个晴朗的日子。大队的日本人进驻窑镇，齐整作响的皮靴踏得乡间土路一片尘埃。日本人在开阔的平原上建起来了一座座高高的炮楼子，几十家窑和环村的流水给日本人建据点提供了天然条件。

花嘟嘟躲在窑洞里久久没出来。

窑四爷常常边干活边唱："一马一人一杆枪，二郎担山撑阳，三人哭死了紫云树，四人投唐的小秦王，伍子胥兵困禅云寺，大战边关的杨六郎……"

花嘟嘟牢牢记住了人物，然后就用窑四爷摔砖用的砖泥捏出小泥人来。她的手灵活乖巧，一个个泥人、动物捏出来活人似的，涂上颜色放在砖窑里烧出来。女人最喜欢捏那些骑着马挥舞着刀枪的武将。骏马扬蹄，武将威武，一排排、一队队地排列在砖坯上，如摆开的战场。这些人马色泽鲜艳，外表光滑圆润，形态各异，栩栩如生，于是日子便平添了几分乐趣。渐渐地，女人的脸上也开始有了笑意。

在窑镇，几十座砖窑中唯有窑四爷的模斗子是个宝。其实，最初的窑镇并不烧砖，而是烧黑陶瓷。

后来土质不行了，烧出来的瓷器都结成块，砸也砸不破，烧瓷的窑工穷得草棚子也住不上。这时便有人想法做了个模斗子烧砖。于是，窑镇人烧窑便和建筑联系到了一块。那个人便是因炸窑而粉身碎骨的窑三爷。窑三爷是窑四爷的师傅。

说到窑三爷的炸窑，窑镇有好几个版本。

版本一说，窑上有规矩，在烧窑的七天里，窑洞里是留不得女人的。偏偏一个月朗星稀的夜晚，窑河上走出来一位美丽的女子。这女子貌似天仙，形似貂蝉，三句话没说完，窑三爷就被说得心软了。当晚，两人就在窑洞里成了亲，入了洞房。半夜时分，窑三爷醒来，不见了女子，窑洞的门却被堵死了。天快亮的时候，一声惊天动地，窑就炸了。传说，那女子本是河中因溺水而死的女鬼，需找人替死方能超生，贪色的窑三爷便成了替死之鬼。

版本二说，窑三爷天生喜欢吃酒，壮年喜欢女色。附近村子里有一位姿色出众的寡妇，想要三爷为她免费烧一窑青砖绿瓦。于是寡妇夜夜提酒来会，喝着喝着就醉了酒，忘记了湮窑，窑的温度到了限度，又忘记掀开天窗放气，一声惊雷，窑就炸了。寡妇和三爷粉身碎骨，灰飞烟灭。

版本三说，窑三爷喜欢捏泥人，尤其是女人，捏得漂亮，形似真人。

在烧窑的时候，窑三爷总是捏一些女人放在窑里面一块烧。三爷是个光棍，喜欢女人无可厚非，可偏偏他不够专一，窑里的泥人争风吃醋，半夜里就把三爷一同拉进炉灶里，窑就炸了，如此云云。

　　面对这些传说，窑四爷一句话不说，脸色铁青，怒目圆睁，模样凶得仿佛要杀人。师傅已经死了，留给他一身摔砖烧砖的手艺，至于师傅怎么死的他不想，也不愿意想。

　　窑四爷从师傅手里接过了模斗子。

　　模斗子是檀木做的，里面刻着他和师傅的名字。窑四爷的砖坯脱出来整齐耐用而有光泽，做的绿瓦青色均匀，尺寸规整，屋脊上的龙砖龙瓦形象逼真，豪门富户修房盖楼大多用他的砖。由此他便落了个"窑镇窑"的美称。

　　窑四爷每每弓腰打砖时，屁股总是撅得老高，而这时水坯亮晶晶的光润使他看到了炮楼子坚固的根基。

　　一天，花嘟嘟从窑里走出来。女人走路的姿势很规矩，上身保持平板，不扭不晃的样子很沉稳，她不低头不哈腰，一只手提着竹篮，走过来如翩然刮过的一阵风。

　　"你怎么出来了？"

　　"我捋点槐花。"

　　五月槐花满树，花瓣纷纷扬扬如下雪。窑四爷突然想起来，已经五月了。流水无声，岁月无痕。不知不觉，他已经跟这个美丽如花的女人生活了好几个月。

　　花嘟嘟瘦了些，眼圈上自然生起了淡青的眼影。窑村人每交一窑砖才能从日本人那里换回一斗米来，而一窑砖最少要烧三天湮三天。若在太平年间，一窑砖能值五亩良田的价。日本人在翻译官的带领下来找窑四爷。日本人伸出大拇指叽里呱啦地对他赞许一阵。

　　翻译官说，窑老四，皇军说你的砖烧得大大地好，皇军要奖赏你，每窑砖给你十斗米外加一只羊。皇军要你快快地烧砖，每个月要烧四窑砖，皇军准备给你颁发奖状，让你成为这里良民的榜样。

　　窑四爷拒绝了日本人。

　　窑四爷说，我的窑每月只能烧一窑砖，否者要炸窑的，炸了窑连一窑也没有。

日本鬼子很生气，翻译也很生气。

翻译说，太君很生气，后果很严重。

窑四爷说，要不你让他也杀了我。

翻译说，不能杀你，只有你的砖能做炮楼的根基。

女人用铁钩子钩着槐枝捋槐花。这东西甜，蒸熟了甜味便没了，和玉米面混拌在一起加上盐更好吃。女人从来不吃日本人送来的米。

女人说，她宁愿饿死，也不吃日本人送来的米。

真好吃，窑四爷用舌头舔了舔干裂的唇，鼻涕又下来了，像是着凉了。

女人的目光明朗美好，可窑四爷觉得这明朗后面有朦朦胧胧说不清的某种东西。

这种感觉一直如初燃的窑火，在窑四爷内心深处产生了某种冲动，窑四爷常为这种冲动暗骂自己。

女人笑起来依然美丽，牙齿洁亮如玉。

偶然的机会，窑四爷发现女人有个秘密，女人藏得很深的秘密。

女人在用砖泥捏他的像，偷偷地捏。那是个酷似他的泥人，面孔、鼻子都捏得光滑精美，唯独没捏眼睛。窑四爷不知道她为什么不给他捏眼睛。花嘟嘟把那像当作宝物藏了起来，甚至放到柜子里去。

窑四爷心里一直想着花嘟嘟心里的秘密，想着花嘟嘟的秘密他的心里就会很甜美，整个身体乃至毛孔都很舒坦很惬意，于是浑身就有用不完的力气。师傅在世的时候曾经告诉他，窑上的规矩不能破，破了规矩是要遭报应的。他知道，关于师傅的传说很多时候或多或少是有些影子的。师傅爱喝酒，爱女人，爱大烟，把用手艺挣来的万贯家业都挥霍得一干二净。师傅是告诫他，让他不要走他的老路。

可女人真美，他突然觉得他心里已经放不下这个美丽的女人了。

北边的仗仍然在打，不时有稀稀落落的枪声骚扰，这是游击队的几杆破枪，丝毫撼动不了日本的汽车大炮。鬼子的大队人马经常耀武扬威地开进窑村，要砖，要粮，要女人。

村庄宁静得让人感到无力，河水红颤颤地流。许多年轻男人被抓去盖炮楼子。炮楼子里也抓去了许多女人。人们夜夜能听到炮楼子里女人的哭声，这哭声很刺耳，扎得男人们的耳鼓膜生疼。进了炮楼子的女人没有好着回来的。

黄昏的乡村路上，飞驰的汽车拉来了花枝招展叽里呱啦乱叫唱着日本歌曲的日本女子，日本人丝毫没有要走的迹象。

日本人要常驻。

这日子没法过了。

炮楼子仍在修。附近的村庄几乎没有了年轻的女人。附近的村庄里到处都是眼睛里充满了血丝的男人。

夜色朦胧。闪动的窑火照亮了两人的脸。女人背靠墙壁，坐在床边看着窑四爷。女人的脸蛋在火光里格外秀气。汉子无语，抽烟。汉子年轻而健康的脸上映着愁思的影子。

砖刚出窑，散发着腾腾热气。窑四爷用手抚摸着那砖。又是两万块上等的青砖，砖在窑场上摆成了四四方方的砖垛。他清楚这些砖的命运。河对岸朦胧中耸立着一个突兀的东西。他心里清楚那是炮楼子。

女人躲在他的窑洞旁边的土洞里，很长时间见不到阳光。女人不能见到阳光。窑的周围到处是充满仇恨的目光。村庄里的男人们把对炮楼的恨转化为对砖的恨，把对砖的恨转化为对窑的恨，最后，仇恨聚焦到了窑四爷的身上。

炮楼子在不分昼夜一砖一砖地长，砖和砖相碰时发出清脆而纯正的声响，那声响唯独他的窑里烧出来的砖才有。每块砖都闪着青蓝的光。

日本人的炮楼子又高了几尺。女人在他身后像是自言自语，声音有点发颤。

女人说，希望炮楼子别长。

她说，炮楼子上有吃人的枪。

晌午，日本人拉走了窑场所有的砖。是第几次？他说不清了，望着空空的窑场，窑四爷显得苍老而颓唐。窑场的黄土丘在变小，如山的煤炭只剩下堆堆碎末。这期间河那边仗打得很凶。可窑村人依然平平静静地打坯烧窑。窑村人不得不摔坯烧砖，日本人把刺刀顶在了胸膛。

翻译官说，窑老四，我知道你的窑上有女人，如果不想让你的女人伺候皇军，你就乖乖地烧窑，只要你一天不停止烧窑，我向你保证，就没有人敢碰你的女人。

窑四爷在心里狠狠地骂着汉奸，可他不能不接着烧窑，这样他觉得他自己也是汉奸了。

麦子微黄，苍茫一片，小袄子也终于甩掉了。

炮楼子越来越高。窑镇土窑的炭烟日日直冲云霄。土窑逐渐在减少，在不到几个月的时间里，窑四爷便听到过几次如雷般震耳的轰响。

炸窑了。

红红的砖坯四散飞迸如满天的星，炸窑是窑镇最可怕的事情，窑四爷的师傅便是在炸窑中死的，粉身碎骨，面目全非。窑村的窑一个个地炸了，是窑村人自个儿把窑炸了。炸窑的时候村子里死了很多人，把身体投在红通通的窑里，生命就化作了一股气体，直入青天。

日本人拉走砖后的几天里，窑四爷大病了一场，浑身一点力气也没有。他不再打砖坯，不再码砖垛，不再烧火和挑水了，而是一个人蒙头大睡，任花嘟嘟使劲喊仍然一动不动不吃不喝。

一个晴朗的清晨。天蒙蒙亮，花嘟嘟就看见汉子光着背出去了。汉子先在水缸里舀了一瓢水仰天畅饮。花嘟嘟叫他，他也不应答。他一个人吭哧吭哧地举着镐头刨土、挑水、和泥。他光着脚板在大泥堆里踩着，砖坯黏黏的，粘住了腿。

女人惊喜地出来帮他，她在汉子脸上找到了数日里没有的笑容。两个人在泥堆里踩泥，踩着踩着，便碰到一块去了。女人把裤管挽得很高，玉脂似的腿在泥里动着。

女人气喘吁吁地说，我没劲儿了，你帮帮我。

女人把手交给了他，他抓住了她的手拉她。

女人说，我还走不动。

窑四爷拦腰把她抱了起来，女人就红了脸让他撒手。他把她抱出了泥堆。

他说，你用泥捏我，没眼咋看路。

女人的秘密被揭穿了。汉子的目光直直地看着她，明亮的眼睛仿佛一下子看到了她的心底。女人更是羞，羞得头低垂在他的怀里。

接下来一连几日好晴天，窑四爷干活很卖力。砖坯子打了一垛垛，然后装窑。窑四爷这次装窑时叫上花嘟嘟，手把手地教她二十几种装法。

夜黑得伸手不见五指。窑火开始旺旺地燃，映得窑内一片红。

女人的眼睛黑成两粒黑葡萄。女人坐在炕上无语地盯着窑火，长发披散在肩上，她以五指代梳，一下下地梳理着头发。男人的脸上有某种复杂的情感。女人说，我让你看件东西。她掀开了柜子，拿出一个绸布包裹来，她把东西放在炕上，慢慢地解开，映入眼帘的是两个相偎相依的小泥人。

两人是赤裸着的，浑然一体地连接在一起，像是一个人。他看见了像他的那个泥人两颗眼睛是用黑白相间的玛瑙做成的，闪着晶莹透明的光泽。女像捏得很美，窑四爷看到女人的样子很羞。女人的目光如水一样淙淙地流入他眼里。

窑四爷心里开始有了某种渴望。这渴望像熊熊的炉火从他的心底升腾，很快蔓延到浑身的每一个地方。

女人开始脱自己的衣服，脱衣服的动作很缓慢，静静的，她身上的衣服如一片片云彩在红通通的暖光里飘去。光洁的肌肤在炉火的映照下笼罩着一层红晕。他抓住了女人一双纤柔的手。女人的目光开始飘若蓝天游云，荡荡无所归处。窑火映在室内，火焰在红光里跳动着。恍惚中女人看到了一棵枝叶茂密如伞的树，枝上的鸟巢里飞动着一只美丽的金丝鸟，一夜之间树上开满了五彩缤纷的花朵。

终于静了下来，除了呼呼作响的火焰声，一切变得都很静。花嘟嘟看到窑四爷额上亮着晶莹的汗珠。

女人说，我再给你捏个儿子。

这一夜女人睡得很安稳。男人睡得也很安稳，呼噜声一阵高过一阵。男人嘿嘿地笑着说梦话，朦胧中女人听见男人自言自语说，权当日本人给我盖座楼。

半夜里窑四爷醒了，他仔细端详着女人宽宽的额头上那颗黑亮的痣，她的睡姿很好看。女人有一种毫不掩饰的美丽。

窑四爷走出了窑洞。

窑四爷要到日本人的炮楼子里去看一看。听人说，炮楼子旁边装满了炸药。日本士兵常常拿炸药到河里炸鱼。

窑四爷趴在满是泥泞的土丘背后，看着明晃晃的电灯泡下踱来踱去的日本兵。

日本兵终于踱累了，把枪放在墙上解开牛皮腰带放水，那日本兵边尿边闭着眼睛哼着日本歌曲，样子舒服得要死。

窑四爷跑了上去，那兵来不及回过神就被抔住了喉咙，死死地抔。直到那日本兵翻了白眼，窑四爷的手也没舍得放开。眨眼的工夫，窑四爷便蹿上了炮楼子，炮楼子里的日本人都在睡觉，整个炮楼子静得出奇。

这样的夜晚死一样寂静。

谁家的狗偶尔发出几声咬叫，只有一只狗，或许是一只没家的野狗。狗早就让日本人拿枪打光了。狗叫的声音很微弱，丝毫唤不醒女人的美梦。

这一夜，女人做了好几个梦。

她先是梦到自己的爹自己的娘，梦到了自己家的米行里雪白雪白的大米。接着她又梦到了窑四爷骑着高头大马，披红挂彩地来娶她。窑四爷从高头大马上跳下来，一下子就把她抱在了怀里。后来她又梦到了一望无际的砖瓦整齐地码在空地上，窑四爷在这头，她在那头，她在望不到边的青砖绿瓦之间寻找他，找啊找啊，就是找不到。她只听到男人在高亢地唱着梆子戏："一马一人一杆枪，二郎担山撑阳，三人哭死了紫云树，四人投唐的小秦王，伍子胥兵困禅云寺，大战边关的杨六郎……"末了，她听到男人唱到了高音："八百战将出窑门，银刀金枪杀东洋……"声似霹雳，荡气回肠。

女人在梦里听见他说，我走了，你要给我生个儿子。

女人在梦里痴痴地笑着说，好，我给你生一大群儿子。

黎明的时候，窑镇所有的人都听到了窑河岸上一声天塌地裂的声响，日本人的炮楼子如烧炽闷炸的砖窑，火红的砖块直飞上云霄，整个窑河水被照得血一样红。

炸窑了，又炸窑了。

村庄里一阵骚动。

美丽的女人醒了，她疯狂地奔向了炮楼子。

窑四爷没了音讯。女人也没了音讯。

多少年后的一个晌午，一个叫垚的小伙子在窑四爷的窑前站了很久。

砖窑已经坍塌，上面生满了蒿草。

叫垚的小伙子就在那儿盖了个大轮窑，有十几间房子那么大。

窑河水仍静静地流，收获的季节，成熟的麦浪荡漾，散发出丰收的香气。窑镇人烧砖发了家，盖炮楼子的地方住上了许多人家。

活着的人，日子仍要过。

（原载《解放军文艺》1993年第10期）

窑　　声

一

　　周五湖被毫无休止的梦魇纠缠着。
　　"我一定要抓住你。"无边的黑暗里这句话像从隧道里传出来一样，一下子就钻进了他的脑子。接着一群光着屁股，浑身煤黑，露着白白牙齿的汉子在四周一片漆黑的矿洞里追逐他，他拼命地跑啊跑却永远无法摆脱汉子们的追逐。周五湖被汉子们围在装煤的缆车里，一个汉子拿着镐头在敲击着缆车的车皮，火星子在暗夜里亮光闪闪。梦魇无边。周五湖梦到他正和钱茉莉结婚，他西装笔挺，钱茉莉一袭白纱。婚礼在庄重的音乐声中进行，他挽着钱茉莉的手走在红地毯上。红地毯突然变成了黑暗中流向洞口的血河，在血河的另一尽头，挖煤的汉子们光裸着身体在笑，笑声很恐怖，像从很深的洞里传出来，发出嗡嗡的回音。一个个血葫芦一样的脑袋在血河里快速地游走、追逐。一个被岩石挤瘪的脑袋突然张开嘴咬住了钱茉莉的裙裾，洁白的裙裾一下子就被那张嘴里喷出来的鲜血涂染了，喷洒的血像一朵朵鲜艳的桃花在钱茉莉的婚纱上盛开。这脑袋是他小舅子朱春生的。两只小眼睛瞪得溜圆，酒糟鼻子鼻孔向上，五官已经扭曲挪位了。周五湖拉着钱茉莉的手疯狂地朝着有光亮的地方跑，跑着跑着，钱茉莉挣脱了他的手向相反的方向跑去。钱茉莉喊着小舅子朱春生的名字，她一边喊一边跑得飞快。朱春生是钱茉莉的未婚夫，他们快要结婚的时候，钱茉莉却赤身裸体地出现在他的床上。那天晚上,方顶子煤矿安全科长朱春生喝了许多酒,半夜里,煤矿就发生了瓦斯爆炸……周五湖追着新娘钱茉莉,这个女人像飞起来一样上下跳跃,他抓也抓不到。这时候,他的老婆朱大曼披头散发地出现在他面前。朱大曼晃动着面包一样的胸脯山一样向他压来。朱大曼说,朱四海,别以为老娘就找不到你了,你他娘的就是跑到天涯海角也跑不出老娘的手心,你是孙悟空,老娘就是如来佛。朱大曼伸出了粗大的手,五指果然像山一样黑压压地盖过来。周五湖有点窒息了,他大叫一声:"憋死我了!"一下子就从床上滚下来了。

周五湖躺在大都市十九层高楼的豪华房间里,再次被这样的噩梦惊醒。虽然屋内的空调呼呼地吹着热风,他却嗖嗖地满身直冒着冷汗。

周五湖就是十年前的朱四海,是方顶子煤矿矿难之前实际上的矿长。那个名义上的矿长,他的岳父朱墨斗作为法人至今还在监狱里荒度他垂死的悲凉晚年。

二十年前,他和老婆朱大曼的新婚之夜,听着肥胖女人惊天动地的呼噜声他就暗暗发誓,老子就叫周五湖,娶了一个肥猪一样的女人,还把祖宗留给的姓名全改了,有朝一日老子要全改回来,老子不叫朱四海,老子叫周五湖。那时候周五湖就发誓有一天他要到城市去,做城市人,住十几层的高楼,开最好的轿车,睡最好的女人。他的梦想都成为现实,而噩梦却这样无边。他的心焦灼得像一群热锅上逃命的蚂蚁,得不到一丝的安慰和宁静。记忆的闸门一旦打开,汹涌不断的记忆就会洪水般狂奔不止,无法控制,真的无法控制。

他从地上爬起来,拉开灯,蹲在墙角点燃了一支香烟。烟雾缭绕在钱茉莉白皙俊俏的脸上,她睡得很甜。苗条的身子在床上躺成一幅风景。她穿着一身纯丝绸的高档睡衣,睡衣的胸口开得很低,掩盖不住胸前旖旎的风光,一双修长光滑的双腿从睡裙的裙摆处伸了出来。女人天生就是城市里的贵族。钱茉莉的身体越长越充满诱惑,细腻丰腴,腰细臀丰,秀美的面孔整过容,像雕琢过的玉器,俏丽高贵,浑身上下透着光芒四射的魅力。

这个女人太适应城市的生活了,美容、瘦身、流行时装、化妆品,车子换了一辆又一辆,挥金如土,纸醉金迷。从偏远荒芜的矿区到金碧辉煌的都市,这个女人如同从浅滩游进深海里的一条鱼,在城市无边的海洋里游弋自如。

她现在才二十八岁，原本应该是他小舅子朱春生的女人，他老婆朱大曼的弟媳妇。可这十年里她一直乖乖地依附在他的身下猫一样狗一样地幸福地呢喃。

他的手指顺着钱茉莉的腿在她睡衣里游走，很快她的睡衣荡然无存。

一具年轻丰盈的身体在灯光下熠熠生辉。一股力量从他的心底升腾起来，聚集到他的小腹之下。他覆上了她的身体。他一下子就穿了进去，像一根乌金钻头在深邃的巷道里挖掘起来。一次比一次深入，他的身体和内心充满力量，像年轻时在煤井里那样挖掘着快乐。她的身体很柔软，那里有很多水，仿佛任何时候都是湿润的。二十几岁的女人是水做的，他喜欢给水的女人。尽管是在迷糊的状态之中，女人对这事情仍然是积极的，她不断蠕动的身体紧紧地包裹着他，让他感觉到他的身体是在巷道里沐浴，像升井之后的一次酣畅沐浴，快乐一点一点升腾起来。她也很快乐，随着年龄的增长，她对这样的事情乐此不疲。

每一次只有这样才能平静他内心的恐惧。每一次只有这样他的内心才能坚硬起来。

女人在睡梦中遭遇入侵。她没有睁开眼睛，只是在他耳边轻轻地嗔怪他说，梦结束了吧？天快亮了。她开始在他身下扭动着身体，两只长长的细腿蛇一样缠住了他的腰。仍然没睁开眼睛，双腿或高举或在他的背上缠绕，剧烈抖动，她开始在睡梦中欢快地叫了。

她很多天没有这样叫过了。她需要的时候，他柔软得像一条醉酒的泥鳅。

时间很长，他尽量把时间控制得很长。生理的快乐暂时平息了内心的恐惧，女人在他身下兴奋地抖动着自己的身体。

终于，他高昂亢奋的头颅倒在了她丰满的胸前。疲惫让他睡着了，内心出奇安静。

黑夜带着梦魇渐渐远去了，温暖的阳光照射进来。高楼上的阳光很刺眼。他醒来。钱茉莉坐在阳台上做着瑜伽。会是新的一天。他伸了伸懒腰，吃饭，更衣，开始新的一天。

朱四海变成了周五湖，平原市五湖房产集团公司的董事长，一个拥有五家控股公司的房产大亨。他西装革履，开着宝马，住着别墅，终日过着醉生梦死的生活。可深夜里他总是深度战栗，梦魇潮水般蔓延。

岳父朱墨斗曾经不止一次地对他说，朱四海，你这个人优点是很聪明，缺点就是太聪明，聪明的人想的事情太多，所以痛苦就多。

他不知道，如今深陷牢狱的岳父朱墨斗是不是在想事情，是不是也很痛苦。

朱四海之所以变成了现在的周五湖，那是因为曾经发生过很多意想不到的事情。耻辱的童年、悲哀的爱情、金钱的诱惑、空前的矿难……太多太多的事情重叠交错，周五湖的脑子一下子就乱了。此刻，周五湖差不多已经忘记自己曾经是朱四海了，但许许多多的事情却无法从他记忆中消失。随着时光的流逝，事情却更加清晰起来，一桩桩，一件件，如大潮退却后的鹅卵石，都被遗落在记忆的沙滩上。

二

在周五湖的心里，方顶子煤矿一直是个令他伤心仇恨的地方。

当然，仇恨这个地方的原因是因为仇恨人。这个地方煤黑，人心更黑。方顶子煤矿矿长朱墨斗说过，心不黑，手不狠，就别在这个地方待。

朱墨斗把周五湖变成了朱四海。

周五湖的父亲周老根是矿上外来的挖煤工。朱墨斗和周老根的关系很好。他们之所以关系很好的原因是周老根的女人于慧芳很漂亮。有一年，于慧芳带着五岁的儿子周五湖来矿上看周老根，朱墨斗一眼就把她瞄上了。这样高挑白皙的女人在整个矿区都少见。女人干净利落，儿子粉白聪慧。于慧芳来矿上的那些日子，朱墨斗几乎天天来周老根家的窝棚里喝酒。矿长到自家窝棚里喝酒，周老根会觉得周围的一切都因此而焕发光芒。喝酒的时候，朱墨斗的目光总喜欢在女人和孩子身上瞟来瞟去，然后，朱墨斗冲着周老根嘻嘻哈哈地开着玩笑，说，你个屌老周，咋怎会生儿子，真他娘的让我眼馋！

周老根唯唯诺诺地说，矿长如果愿意，给你当儿子算了！

朱墨斗哈哈地笑了，你个屌老周，真会说话，我咋能抢你的儿子哩。这样吧，我先认他做干儿子，我有个闺女叫大曼，长大后给我当女婿吧！

周老根就开始亲家亲家地叫着敬酒。年幼的周五湖心里就有些想吐，朱墨斗的闺女朱大曼从小就长得很难看，肥胖的脸盘，眼睛鼓起来像一只充了气的蛤蟆，鼻涕整天在嘴边晃荡。朱大曼老爱用粗短的五指擤鼻涕，有时候能扯出尺把长。

周五湖说，我不给别人当儿子，我也不要朱大曼，太丑，像只蛤蟆。

朱墨斗的脸一下子就阴云密布了。那时候朱墨斗还没有儿子朱春生，蛤蟆一样的朱大曼是朱墨斗的宝贝。

周老根照着周五湖的屁股就是一巴掌，接着就是一脚，然后赔着笑脸对朱墨斗说，矿长，小孩子不懂事，揍一顿就老实了。

于慧芳赶紧也端起一杯酒说，他干爸，只要你不嫌弃，咱们这亲家算是结定了，孩子的事情还不是大人说了算。亲家，我敬你一杯！

朱墨斗脸一下子又变晴朗了，哈哈地笑着说，这孩子，我喜欢，还不想当我儿子，这辈子他还非当不成。老周两口子，周五湖这名字不太好听，我给他起个名字，叫朱四海怎么样，多大气。

周老根说，朱四海好，朱四海好，在我家他叫周五湖，在你家他叫朱四海，就这么定了，来喝酒！

那年月，能听到矿长对他说这样的话，周老根激动得简直要趴在地上啃朱墨斗的脚丫子。在周五湖的记忆里，父亲周老根真贱。周老根面对朱墨斗的那模样、那神情，就像一只摇着尾巴等待主人丢骨头的狗。

朱墨斗走后，周五湖说，我不姓朱，我姓周，我也不娶蛤蟆朱大曼。

周老根说，你小孩子家家懂个屁，那可是一只金蛤蟆，叫声一响，黄金万两。

周老根的命贱。他刚刚说服了老婆于慧芳从老家到矿上做饭，自己就被煤矿给活埋了。满脸悲哀的母子俩站在煤矿口大声地哭喊，嗓子都喊出了血也不见周老根从小煤窑里爬出来。矿工们免不了声声叹息，狗日的周老根，自己给朱墨斗卖命，死了也就算了，还把那么漂亮的老婆和那么聪明的儿子拱手送给了那头猪。可怜了于慧芳这棵大白菜了，白白地就让一头黑猪给拱了。周五湖的母亲于慧芳那时候确实很漂亮，身材高挑，体形匀称，皮肤白皙，水灵得真像一棵白菜。可朱墨斗粗壮短矬，五官丑陋，浑身上下肤色黝黑，真的像一头看见漂亮女人就发疯的公猪。

在少年周五湖的脑海里，朱墨斗这头肮脏的黑猪是那么令人厌恶、仇恨、呕吐。

父亲周老根被埋了，尸首都没有扒出来。朱墨斗把于慧芳和周五湖叫到自己的办公室里说，尸体就不要扒了，扒出来太费事了，老周是我的朋友，这样吧，多给你们娘俩一万块钱，从明天起就搬进矿上的房子。

于慧芳红着眼睛说，他干爸，或许孩子他爸还有救，朱四海，给你干爸跪下，求求他救救你的爸爸吧。

朱墨斗的脸色就开始不好看了。

朱墨斗说，于慧芳，你这个女人懂个屁，老周是我的亲家，能救我不救吗？

而事实是，那时候，周老根和十三个矿工在井下才被埋了三天，如果还活着的话，去救或许真能够救活。朱墨斗不让去救，矿上死几个人就像死几只蚂蚁。

父亲周老根死了，周五湖跟着母亲搬进了矿上的楼房。搬家的那天晚上，于慧芳就成了朱墨斗的女人。孤儿寡母的日子难过，于慧芳成为朱墨斗的女人水到渠成。当然于慧芳只是朱墨斗许多女人中的一个。周五湖十岁的时候，朱墨斗又有了一个更年轻、更漂亮的女人，这个女人给朱墨斗生了个儿子，取名叫朱春生。

在没有朱春生的时候，朱墨斗是喜欢周五湖的。

朱墨斗喜欢聪明人。他自己就是个聪明人，虽然矿工们都暗地里叫他猪，可他说做猪也得是头聪明的猪，否则你就无法指挥更多的猪。

周五湖从小脑袋就出奇地好使，上小学的时候就已经开始给矿上算账、记账，笔笔账都算得明明白白，记得清清楚楚。周五湖人长得眉清目秀，身材匀称，是个标准的美男子。矿上的人看着周五湖一天天地长大，就不得不佩服朱墨斗的眼光独到。他跟周老根搞关系不仅仅是想占了他的女人，他还想要他聪明伶俐的儿子。

方顶子矿上最好的东西都是他朱墨斗的，煤矿、女人、孩子……

朱大曼上小学的时候就喜欢在周五湖的面前晃来晃去。周五湖是父亲朱墨斗赐给她的奴仆。她十分喜欢冲着周五湖叫喊，朱四海你给我拿着书包；朱四海你把树上的那朵花给我摘下来；朱四海我要河里的鱼……周五湖总是默默地去做。因为他知道，他要想坐在课堂上读书，没有朱大曼家的钱是不行的。周五湖总是远远地跟在朱大曼的后面，拿仇恨的眼睛看着她。朱大曼说，朱四海我让你干什么，你就要给我干什么，我让你一辈子都跟着我。

可是，随着年龄的增长，朱大曼越来越觉得自己对周五湖没有信心。朱大曼十分清楚自己的容貌和自己的智商。朱大曼不是上学的料，她的眼睛只盯着周五湖。若干年前，她的父亲朱墨斗就告诉她，周五湖就是你的将来。你今后要想过好日子，就要学会控制周五湖。

那个艳阳高照的夏天对朱大曼来说是暗无天日的深渊。满脑子都是周五湖的朱大曼在中考时考得一塌糊涂。朱大曼预料到自己要落榜了，可她还是早早地就约了周五湖去看公布的分数。她要看看周五湖考得怎么样。

朱大曼决定陪着周五湖去看成绩是鼓了很大勇气的。

朱大曼一大早换上了漂亮的衣服，早早地在玲珑镇东的小桥上等着周五湖。周五湖也穿了一件崭新的衬衣，模样有点不自然。印象中周五湖是没有穿过新衣服的。朱大曼知道自己考试考得不好。周五湖也知道她考得不好，所以一路上尽量不谈论考试的事情。很长一段路，两个人不说话，默默地骑着自行车朝着县城的方向走。

朱大曼落榜了。周五湖却是方顶子矿区第一个考入煤矿学校的中专生。

千军万马走独木桥，周五湖胜利地走到了彼岸。朱大曼却被挤进了河里。

回来的路上两个人依旧不说话。走到矿区要分手的时候，朱大曼轻轻地对周五湖说，你不会上了中专就把我忘了吧。周五湖说，你好好复习，明年再考，说不定我们还能在一起上学呢。周五湖知道，朱大曼考不上中专，朱大曼的智商比她的容貌还要糟糕。

得知周五湖考上煤矿学校之后，朱墨斗很高兴，拿来了两万块钱给于慧芳。

周五湖拿着朱墨斗的钱，逃离般地离开了矿区，直奔他早就向往的城市生活去了。

可他没有想到，到学校报到还不到一天，朱大曼就出现在了他的面前。朱大曼借助父亲的关系在省城的一家财会中专就读了。很多人都知道那是奔着周五湖去的，照她后来的话说，周五湖，今生今世，你都别想从我的视线里消失。

三

周五湖这段时间一直觉得背后有一个影子在跟踪着他。

虽然他知道他现在居住的城市距离方顶子煤矿有三千多公里的路程，他和钱茉莉已经从方顶子煤矿众多人的视线里蒸发掉了，就像一股空气或者一阵风，无人知晓。

朱四海已经不存在了，他现在是周五湖。他跟朱大曼结婚的时候，派出所的户籍登记上他已经不叫周五湖而叫朱四海。朱墨斗狠毒，早早地疏通关系就把他的户籍给改了。朱墨斗要在他的脑门上盖上一个印戳，他要让他明白他生是朱家的人，死是朱家的鬼。

他又做那些噩梦了。这一次不是黑夜而是在白天。这次不是在他的家里而是在办公室里。

这段日子他的睡眠一直很不好，精神有些恍惚。他没想到一下子就在老板椅上睡着了。刚刚合上眼睛，他的耳畔就响起了那句话："我一定会抓到你！"接着又是那些重复了无数遍的梦。噩梦无边，找不到回头的岸。

他已经跟许多人许多事情发生了诸多联系，这些人这些事就鬼一样躲在他心里，时不时就会站在记忆的大门口，想摆脱，除非他死了。

从家里到办公室的时候，他就觉得背后有个男人一直跟着他。这个男人隐藏在高高低低的建筑群里，随时随地都会出现在他恍惚的世界里。他惊奇地发现，这个男人的身材、长相很像一个人，像被叫作朱四海的自己。朱四海年轻帅气，跟踪者也年轻帅气，只是那双小小的眼睛很讨厌，那是死鬼朱春生的，瞅人的时候像两颗钉子，一下子就能嵌到心脏的最深处。

跟踪他的男人行走的速度很快，忽地一下出现了，忽地一下又消失了，然后就像影子一样追逐着他。有时候他甚至怀疑就是他自己的影子，可直觉告诉他，这又是一个实实在在的人。这个影子随时会出现在他出现的场合，公司、街道、喝茶的会所、桑拿洗浴中心，像个依附在他身上阴魂不散的鬼。

他开始焦躁不安，越发地不喜欢在家里待着，而是在公司的办公室里没完没了地发愣。他没想到大白天也会做噩梦。他开始不停地在自己公司的各个部门转,高大的办公楼里有他几百号的员工,走在他们中间,心里才会得到短暂的安宁。

日子一天天过去了,他还是没有办法从心里抹掉那个人的影子。那个人的影子会依附在许许多多人的身上,他的年轻秘书、部门主管、普通的员工……有一天他看到走廊里一个送矿泉水的工人,他一下子就认准了这个工人就是整天跟踪他令他昼夜不得安宁的影子。送水的工人走得也很快,一下子就钻进了电梯,他拼命地朝着电梯的方向追去,一边追一边打着手机,他命令门口的保安拦住那个送水的工人。几个保安真的就摁住了送水的工人。他拨开看热闹的人群,看到的却是年轻送水工一张陌生又充满无辜的脸。他向那位送水工不停地道歉,然后,就让他走了。看着送水工人委屈离开的背影,周五湖呆呆地站着,一句话也说不出来。他开始不相信自己的眼睛了,他清清楚楚地看到了那个跟踪他的人,可就在一瞬间,那个人从这个世界上蒸发了。

他开始觉得自己的精神已经有些不太正常了。

这个正午,他开车匆匆地从公司跑回家里。钱茉莉穿着一身红色的裙子坐在电脑前面,一边浏览服装和化妆品的网站,一边在长长的指甲上涂抹着粉红色的指甲油。这段时间她十分喜欢鲜红色的衣服。红色一下子激起了他的斗志,他甩掉公文包和西服上衣,一下子就把钱茉莉扑倒了。他开始拼命地折腾钱茉莉,从床上到地上,从卫生间到阳台上。他觉得只有这样才能平息他心中的不安。他光裸着身体覆盖在钱茉莉身上的时候,看到他的小舅子朱春生就站在他对面的墙角鄙视地看着他。小舅子唇角露出的轻蔑很具有挑战意味,那个意思很明显地告诉他,你现在用的是我曾经用过的女人。

周五湖就不行了。他一下子从钱茉莉的身上滚下来,尽管钱茉莉像蛇一样缠绕着他,抚摸着他,用一切手段为他做着努力,他还是不行。

阳光透过窗帘的缝隙飘飘忽忽,朱春生的影子在窗口电影画面一样一晃一晃的。

白天他不行。他曾经试验过很多次。就像很多年前他俩的关系,一直都是在黑暗中进行。钱茉莉被他弄得十分不舒服,她就开始抱怨,开始怀疑。钱茉莉说他肯定有了别的女人了。

他失望地摇了摇头,除了老婆朱大曼和钱茉莉,他真的没有第三个女人。

四

　　小舅子朱春生第一次把钱茉莉领到自己面前的时候，周五湖的眼睛就直了。

　　女人才十八岁，花骨朵一样的年龄。钱茉莉从小练过芭蕾舞，脖子很长，后背始终保持着笔直的状态，胸脯饱满上翘，肌肤光滑细腻，白里透红，精巧耐看的脸上还长着细细的绒毛。周五湖在心里就想，到底是城里女人，有点像给儿子过生日买的奶油蛋糕。可这蛋糕是小舅子朱春生的。这样的好蛋糕就要被猪吃了，或许已经被猪吃过了。小舅子朱春生虽然不像他父亲那样矬粗短胖，但不太规范的五官和小小的眼睛使得那副容貌确实令人不敢恭维。但这丝毫妨碍不了他的身边美女如云。有钱的青年哪怕长成一泡牛粪，也能引来百花盛开。

　　那时候，被叫了近二十年朱四海的周五湖实际上已经是方顶子煤矿的掌控人了。朱墨斗负责掌大盘，面上的具体事情都由他朱四海说了算。朱墨斗叫来了周五湖，让他看着给钱茉莉安排一个稍好一些的位置。但真实的情况是，朱春生带着钱茉莉见了朱墨斗。朱墨斗看中了她，要她做儿媳妇，让她管着钱袋子。

　　朱春生要把她安排在财务科里主管财务。

　　周五湖盯着钱茉莉说，财务这摊子很复杂，就是不知道你能不能受得了这个累。

　　钱茉莉仰着天鹅一样长长的脖子满脸自信地冲他说，我中专学的就是财会，绝对没问题。

　　年轻女人说话的时候用眼睛斜视了一下他。周五湖就被这个蔑视自己的女人给弄恼火了。女人很骄傲，骄傲得还真把自己当成了天鹅。这样骄傲的女人能看上朱春生，心甘情愿地跟着他从热闹繁华的城市来到西北风呼呼，卷着煤尘，整天看不到太阳的矿区，她的爱情动机就一定不那么单纯。女人有欲望，有欲望的女人最容易被击溃。

　　后来周五湖想，作为女人，如花似玉的钱茉莉在爱情上远远没有朱大曼可怕。朱大曼只爱他周五湖，这样的女人就是一根吊在一棵树上的青藤，直到死也不肯离开他。

周五湖很快就十分令人满意地让钱茉莉坐上了财务主管的位子。

小舅子在煤矿大学混了三年，毕业回来，朱墨斗就让他做了安全科长。安全是煤矿的命。随着国家法律法规和安全条例的不断完善，很多煤矿说完就完了。朱墨斗是方顶子矿区最大的煤老板，靠着庞大的家族和刀枪棍棒把持着七家煤矿的生产权。一座座煤山从地表之下被翻腾到地面上，一车车煤炭运出大山就变成了一捆捆钞票、一坨坨金子。周五湖明白朱墨斗的意思，他想让自己的亲生儿子快点成熟起来。他周五湖是很能干，可归根结底还是周老根的儿子，虽然是女婿，一个女婿半个儿，但跟整个儿子相比较，他周五湖就要靠边站。让钱茉莉主管财务肯定是朱墨斗的主意。周五湖清楚自己的位置，他只不过是个过渡产品。如果不是后来发生了惊天动地的大矿难，方顶子煤矿的管理权和财务权慢慢就会发生过渡。当然，这个过渡需要时间，周五湖充分地利用了这段时间。

朱春生没有抓住机会，他过渡的时间长了一些，让他周五湖有机可乘。朱春生上了三年煤矿大学，没从书本里弄明白多少知识，却在一个又一个女孩子身上获得了对付女人的经验。他毫无保留地继承了朱墨斗贪婪的占有欲望。他虽然带回了钱茉莉，两个人订了婚，但这并不能阻止他对其他女人的追逐。在金钱滋养下，情欲不断膨胀的朱春生如同一只发情的公狗到处寻找攻击的对象。在方顶子煤矿，他就是新的皇帝。他对煤矿的生产管理、设备情况、井下安全知之甚少，却十分武断地命令分矿的矿长完全按照他的意图行事。他开始带着一群留着黄毛的年轻人对不臣服他的矿工、班组长进行武力征服，克扣矿工的工资，武力驱赶讨要工资的工人，他命令矿工冒险作业，无休止地加班，无休止地采挖。他称那些挖煤的农村汉子们为贱人贱命的"猪猡"，是这个世界上的垃圾。对于这些，朱墨斗似乎很欣赏，甚至有些放纵。朱墨斗说，这才是他未来的接班人，在黑金王国里，心黑手狠是必备的条件。

朱春生的张扬让周五湖仿佛看到了中年时代的朱墨斗，冷漠、蛮横、霸道、无情。看着朱春生这副模样，周五湖就想起了被埋在矿洞里的周老根。偏偏儿子朱英武喜欢跟这个舅舅待在一起。那时候，他的儿子也是五岁，白胖胖的，嫩光光像个小冬瓜。朱春生常常拧着朱英武的脸说，你真是我们朱家的小白脸啊。朱家没有一个白皮肤，个个黑得像炭。儿子没生下来就取好了名字，叫朱英武，朱家早早把他的周姓从他头上抹掉了。朱家像压在他心底的一块石头，常常让他喘不过气来。

伽利略说过，给他一个支点就可以撬动地球。

周五湖在时刻寻找撬掉心头那块石头的支点。这个时候，钱茉莉来了。

那时候，煤炭行业现金交易，周五湖把钱茉莉带到了金库。当钱茉莉看到成麻袋堆满仓库的票子时，惊讶到了极点，那种兴奋、快乐、疯狂把她无止境的金钱欲望暴露无遗。女人疯狂地数钱，一天，两天，三天……昼夜不息，她被花花绿绿的票子包围着，幸福无边。

钱茉莉的幸福感很快被周五湖击得粉碎。

当一捆捆钱打包、装箱、装车开进银行，成堆的钱变成了账本上叠加上升的数字。账本经过周五湖的审核，拿给朱墨斗过目，最后盖上朱墨斗的章子。这些数字就开始姓朱了，跟别人没有任何关系了。从银行回来的路上，周五湖看到了钱茉莉的失落。

周五湖说，在我的权力范围内你可以买东西，买任何东西。

钱茉莉的眼前闪过一丝亮光，但瞬间的工夫亮光熄灭了。理论上她是朱墨斗派来监视他的，她是他的敌人。可利益面前没有绝对的敌人，事情很快就发生了转机。

周五湖说，在我的权力范围内，暂时可以为你买一辆汽车。

周五湖真的就给钱茉莉买了一辆汽车，一辆红色的夏利轿车。那时候红色夏利在街面上很少有。

买车之前，周五湖找到朱墨斗说，钱茉莉应该有一辆自己的车，否则春生在城里的一些朋友面前会很没面子。

朱墨斗答应得很爽快。

朱墨斗说，女人就是男人的衣服、男人的脸面，有身份的女人应该光鲜，你能这样做，你兄弟春生很有脸面，我很高兴，这说明你心里肯为你兄弟操心。我总会有老的一天，春生处事毛躁，你给他掌舵我就放心了，记住，这是你们兄弟的天下。

周五湖听出了老东西话里面的话，这里将来是朱春生的天下。

朱春生很高兴。朱春生很早就答应为钱茉莉买一辆车，但他害怕他的父亲。他早想让周五湖替他出面跟父亲说，没想到周五湖这么快就把车给买了，这说明周五湖很看重他。

钱茉莉更是高兴。朱墨斗抠门，钱只进不出。买车的事情她跟朱春生闹过好几次了，朱春生嘴上答应着却迟迟不见行动。周五湖一句话，说买就给买了。开上红色夏利的钱茉莉再看周五湖的时候目光就温顺多了。她开始真正审视眼前的周五湖了。那时候周五湖身材高大，眉目俊朗，浑身散发着成熟男人的魅力，钱茉莉看周五湖的目光开始有些迷离。

周五湖找到了让朱墨斗黑金帝国崩溃的蚁穴。

周五湖开始让朱大曼陪钱茉莉买东西。对买东西，年轻漂亮的钱茉莉欲望无穷。朱大曼说钱茉莉花钱像散票子，她看着都心疼。她对这个未过门就挥霍无度的弟媳十分不满意，可钱茉莉管着出纳，周五湖只负责批钱，从来不往小家里拿钱，朱大曼和儿子朱英武花钱的时候要经过她的手。那时候，在对待钱上，周五湖从不多拿一分，这一点让他在朱家口碑极好。

钱茉莉每次买来昂贵的时装都要在周五湖面前转上一圈问他怎么样。周五湖总能从时尚的角度评价一番，还能向她提出很多更漂亮的建议。钱在茉莉的眼里，周五湖博学、稳重、儒雅，同时还十分浪漫。

周五湖曾经对钱茉莉说，你想买什么东西就买什么东西，不要心疼钱，这些钱将来都是你和春生的，不管你怎样花，几辈子都花不完。

钱茉莉高傲的天鹅脖子开始低向周五湖。

后来，事情发生得突然。钱茉莉和朱春生就要结婚的前几天，钱茉莉突然哭着跑来找周五湖说，她要回家，她不想在矿上待着了。

周五湖说，你跟春生不是快要结婚了吗，怎么想着要回去？

钱茉莉说，朱春生是个骗子，他又有新的女人了。朱春生去了一趟省城，又带回来一个女孩子。

周五湖说，你了解春生，他跟那女孩子不过是玩玩而已。

钱茉莉说，我把我的一切都给了他，就要结婚了，他还这样，以后我还能指望他给我想要的生活吗？

周五湖说，他对你是最认真的就行。

钱茉莉哭着说，道理是这样，可我心里就是转不过弯来。

周五湖说，走，我陪你去喝酒，喝醉了，一觉醒来，一切都想开了。当年我跟朱大曼结婚的时候就是这个样子。

钱茉莉说，好，我们就去喝酒。

两个人就去了酒店喝酒。酒喝了很多，满脑子都是火辣辣的，天地间一片混沌。

钱茉莉醉眼迷离地看着周五湖说，周五湖，我知道你有点看不起我。你认为我是冲着朱春生家里的钱来的，没错，我只认识钱，我认为有了钱就会有好生活。可现在我懂了，钱就是魔鬼，是它蒙蔽了我的眼睛，我不敢相信，我跟朱春生结婚了会有好生活。一分钟都不会好，他现在正搂着别的女孩子，你说，会好吗？

钱茉莉说着用饱满柔软的乳房顶着他的胸膛。火焰就在一瞬间被点燃了，理智一刹那就被烧成了齑粉。

周五湖搂住钱茉莉说，我们两个都是一样的人，没有谁看不起谁，我跟朱大曼结婚快十年了，我过到好日子了吗？你说，我过到好日子了吗？每天晚上听着朱大曼的呼噜声我就会失眠。

钱茉莉咯咯地笑了。酒精在她白皙的脸上涂抹出桃花般的红润。

钱茉莉开玩笑一样说，周五湖，干脆咱们两个在一起算了！

周五湖说，我是你姐夫，别开玩笑。

钱茉莉说，你是男人，我知道你心里的秘密，你早想和我在一起了，怎么样，敢不敢？

周五湖说，你敢我就敢。

事情就顺理成章地发生了。

他把她推进了房间里，一只手开始像耙搂一样梳理着她渐渐变得温顺柔软的身体。他迅速地脱掉了她的衣服。年轻的身体真好，光滑而结实，白皙、细腻、匀称、新鲜。她的身体修长，细细的腰，平滑的髋骨，尤其是美妙的大腿，没有一根绒毛的小腿，特别地诱人。他覆盖在她的身上，闻着她肉体的芳香，吸着她轻轻喘出的气味，这种只有少女才有的气味让他眩晕。潮水一样的快感漫过不停抖动的身体，每一秒钟都很舒畅，直到筋疲力尽，这样的感觉还不肯退去……

从那天起，他开始迷醉她的身体，光滑的小腹，纤细的腰肢，丰腴的臀部，圆润而结实的乳房……更重要的还是征服的感觉，钱茉莉每次见到他不再高昂着细长的脖子了，而是羞涩地低着头，没人的时候她还轻轻地在他耳边说，你真棒。这个时候，他也会把手伸进她的上衣、她的裤子，紧紧握住他渴望握住的部位，感受那种让人发疯的深度战栗。

这感觉真好，他感觉自己年轻了许多，每一天都活得很自信。

刚开始的一段时间，他还常常提醒自己，不能当真，钱茉莉只是他的一个棋子，可是年轻的女人是诱人的毒品，他一下子就不能自拔了。

钱茉莉也发疯了。一次完事之后，她咬住周五湖的耳朵说，完了，周五湖，我离不开你了，离开你我会死。

五

周五湖带着钱茉莉去参加一个子公司的揭牌仪式。

他喜欢这样的仪式。他喜欢人多的地方，台下黑压压一片人群，潮水般的掌声一阵高过一阵。这样的地方没有危险和恐惧。钱茉莉说她也喜欢参加这样的仪式。钱茉莉穿着艳丽华贵的时装，裸露着白皙修长的双腿和成熟丰腴的胸脯，穿梭在男人们中间，像一条充满诱惑的美人鱼。

揭牌仪式刚刚开始，周五湖就觉得有点不对劲，那个追踪他的人就在人群里。他很年轻，身材瘦高，眉目俊朗，西装革履。年轻人的面孔在人群里晃来晃去。那张脸上的神情很像若干年前他自己的表情，倔强、孤傲、冷漠、鄙视一切。此刻，这张脸在鄙视着他，仿佛在说，我要揭穿你，抓住你。这张脸是来复仇的。周五湖终于按捺不住自己的情绪，他从主席台上飞快地走下来，去寻找那张面孔，可那张面孔隐没在了人海里，到处是晃动的人头。主席台下一片哗然，整个揭牌仪式都被他弄糟了。周五湖的脸色很苍白，浑身没有一点力气。他所有的精神好像都被那张消失的面孔带走了。

凌晨三点，钱茉莉也没有了睡意。

最近一段时间，周五湖总是在深夜或者黎明袭击她。刚开始她还觉得挺刺激，可随着时间的推移，新鲜感就没有了，搞得她很疲惫。周五湖赤裸着身体覆盖在她身上的时间越来越长，可距离她渴望的那种状态越来越远。有很多次他十分焦急地想找到那种感觉，注意力却总是集中不到那个点上。他的力量是发散的，思维也是发散的，心底深处一盘散沙。

钱茉莉十分烦躁地推开覆盖在她身上山一样的周五湖说，今天你是怎么了，来参加揭牌的可都是有头有脸的人，仪式全让你给毁了。

周五湖仰着脸望着灯光朦胧的屋顶，叹了口气说，我也不知道，我发现了一个人，想去寻找他，可这个人突然间又消失了。

钱茉莉说，你现在总是恍恍惚惚的，是不是病了？

周五湖说，我也不知道，最近老做噩梦。

钱茉莉说，是方顶子矿上的事情？

周五湖说，有的是，有的不是。

钱茉莉说，我也总在做梦，这些天我还梦见了朱春生，这个死鬼老在梦里纠缠我。

周五湖说，有些事情该了了。

钱茉莉说，怎么了？

周五湖说，我也不知道。

焦躁、困乏、疲倦、无力、混沌，可他又不敢闭上眼睛。

周五湖很无奈地把自己蜷缩在钱茉莉的怀里。此刻周五湖像一个无助的孩子，面对前方来历不明的危险就往母亲的怀里缩。钱茉莉的胸膛很暖和，很像他的母亲于慧芳。

周五湖说，我老听到煤窑里传来那些声音。

周五湖说话的声音像从梦里传来的一样，咕咕噜噜说不清楚。钱茉莉不想理他了，钱茉莉说这些天梦到死鬼朱春生都是周五湖的梦给传染的。她说，都已经十年了，她差不多已经完全忘记了那片煤尘飞扬、遮天蔽日的肮脏地方，忘记了那对丑陋、卑鄙、粗野而又充满无止境欲望的朱家父子。现在周五湖一下子又把那些最脏、最乱、最想忘记的东西给勾起来了。

钱茉莉说，给我开支票，明天我要花钱，拼命地花钱。

周五湖说，对，我们去花钱。

说到花钱，钱茉莉就兴奋了。钱是这个女人兴奋的沸点，一下子就把她的激情升华了。女人的身体开始缠绕他。女人的身体是柔软的，柔软得让人觉得不真实，好像他置身于另外一个世界。面对柔软，他也柔软起来。

女人睡了。

女人的神经还不算脆弱，梦到朱春生她居然还能睡得着。

梦到朱春生周五湖睡不着。朱春生老在煤窑里的巷道口晃着被石块挤压得畸形的脑袋喊，狗日的朱四海，我一定要抓到你。

周五湖睁着一双大大的眼睛，又开始做梦了。

很多人不能睁着眼睛做梦，周五湖的梦就浮现在他的眼前，他的目光穿过时光的隧道，在生活的另一个天地里一片漆黑。

他从煤矿中专回来就开始在煤窑里挖煤了。周五湖在井下待了将近五年,他跟朱大曼结婚后,朱大曼就不允许他再下煤矿了。他还是愿意和那些挖煤工人在一起,每天三班倒,回到家里倒头睡。他对朱大曼的身体不感兴趣,他要研究煤矿,想知道发生那样的情况,父亲周老根到底能不能救出来。

　　周五湖想到漆黑的煤井里寻找父亲。瓦斯爆炸后,方顶子煤矿的一号矿就被当地政府封掉了,要想找到父亲就必须开启一号矿。周五湖从技术员那儿调来了一号矿的图纸,花了三个月认真进行了研究,然后拿着一整套的整改方案去找了朱墨斗。他要恢复一号矿的生产。朱墨斗看了整改方案和图纸十分高兴,这个矿煤储量惊人,是他的聚宝盆,他没有理由不高兴。朱墨斗拿着方案开着后备厢装满钞票的桑塔纳一溜烟儿地去了省城。

　　一天之后,眉飞色舞的朱墨斗拍着他肩膀说,四海好儿,你这学没白上,你给我们朱家立了一大功,一号矿明天启封。

　　周五湖向朱墨斗请缨,他要把一号矿改造成整个矿区乃至全省的标准煤矿。

　　朱墨斗答应了,当场批了他一百二十万整改费。他不知道周五湖心里想的是什么,他只知道煤矿一旦打开,真金白银就会洪水一样涌进朱家的大门。

　　周五湖要破解父亲的死亡秘密。

　　果然,周五湖把一号煤矿建成了全省安全生产的标杆煤矿。地区、县里、乡镇分管安全生产的领导在方顶子山开了一次现场观摩会。朱墨斗一下子名声大震,借着东风一口气又挖了三口新煤窑。

　　朱墨斗很满意。周五湖给他带来了财富。他常常自诩他的目光独到,他看人三岁看到老,一眼就看到了周五湖是坨闪闪发光的金子。

　　朱墨斗一高兴就让周五湖当上了一号煤矿的矿长。

　　当上矿长后的周五湖仍然跟一帮工人下井挖煤。煤矿改造的时候,他没有找到父亲周老根的遗骨。所以,他要挖,不停地向下、向左、向右、向前挖。

　　周老根的遗骨是在岔道口的通风处找到的。硕大的头颅紧贴着风口,白骨呈匍匐状。可以推测,周老根在瓦斯爆炸后根本没有死。他是在黑暗里的等待之中饿死的。这个在井下挖了二十年煤的老工人经历了太多的生死劫难。

周老根成功地躲过了一劫，可没有人来救他。看到父亲周老根遗骨的那一刻，周五湖的心就开始坚硬了起来。

就在一号煤矿里的煤快要挖完的时候，一场更大的矿难突如其来。就是这场矿难给他带来了无边的梦魇。他不想发生这场灾难，他原本能够用其他方式阻止这一事件的发生，可他没有，别人的生命在他的整个财富计划里一文不值。

六

梦里，他在挖煤。无边的煤窑里，巷道一片漆黑。青春给他最多的记忆就是黑色，黑色已经融入了他的身体并且填满了他的心灵。来到城市之后，周五湖总喜欢洗澡，大城市新兴的桑拿浴、芬兰浴、土耳其浴他都去过，他还喜欢搓澡，搓了一遍又一遍。他认为那黑色的尘粒已经进入了他的肌肤，进入了他的细胞，他生命的每一个组成部分都是黑色。他的所有噩梦都是黑色的，但每一个梦的内容却是清晰的，就好像在煤窑里看到的那些龇着白白牙齿的一张张嘴，这些牙齿都是他的噩梦，说不定什么时候就能撕碎他。

出事那天他没在井下。

自从小舅子朱春生当了安全科长，他已经很长时间没有到井下了，他预计井下会出现问题，但没想到问题这么快就来了。

小舅子朱春生太年轻了。年轻最容易犯错误，而这一次错误是致命的。井下的挖煤工人曾经不止一次告诉他，瓦斯已经严重超标了。周五湖也决定停止开采，进行技术处理，但朱春生听不得别人的劝告，硬是逼着四十九个挖煤工人下了井。

那天天空灰蒙蒙的，井口老槐树上的乌鸦不停地叫。

周五湖亲自驱车赶到井口，阻止这次冒险的生产。朱春生不屑一顾地讥讽他胆小如鼠。

朱春生也亲自下到了井底。他对那些畏缩不前的工人说，我用我的命向你们保证，煤矿不会出问题。朱春生的命价值十几个亿，民工们的命跟他比起来轻如鸿毛。于是大家都乖乖地跟着他下了井。朱春生说，挖煤就像打仗，畏缩不前者应该枪毙。朱春生没有枪，但对付这些穷棒子他有的是手段。

望着一群人消失在井口的背影，周五湖在心底嘿嘿地笑了。

一连串惊天动地的巨响，朱春生和四十九个民工深埋于方顶子煤矿。

从小舅子朱春生回到矿上，周五湖就想到会有这么一天。高傲偏执的小舅子朱春生直到死也没弄明白这其实是个阴谋，他的死直接导致了方顶子煤矿的覆灭。

这个煤矿早就该覆灭了。这里面埋着很多无辜的冤魂，还有他的父亲周老根。

法律上周五湖没有任何责任，他不是煤矿的法人，而且曾经无数次提出过停止开采，进行安全整顿，为此他还跟自己的岳父闹翻了，可没有人听他的。而事实上，这是他的计谋，那个时候，朱春生似乎已经知道他吃了钱茉莉这块蛋糕。虽然朱春生觉得钱茉莉这块蛋糕已经不新鲜了，可毕竟是他的蛋糕。

朱春生想找周五湖的麻烦，可周五湖不给他证据。两个人的关系就很僵。

周五湖和钱茉莉绝对是一对偷情的高手，尽管朱春生像一条嗅觉十分灵敏的猎狗，可他们每一次总能找到合适的时间、合适的地点、合适的借口。更让朱春生气恼的是，自从跟周五湖有了那种关系之后，钱茉莉就不愿意跟他在一起睡觉了。即便是朱春生强迫跟她睡在一起，她也不愿意配合。床上的事情开始变成两个人的战争。很多次，朱春生用强硬的手段得逞，钱茉莉遍体鳞伤。

我真想杀了他。每次跟周五湖在一起，钱茉莉总是咬着牙齿恨恨地说。

我受不了了，肯定会疯。钱茉莉总是把脸紧紧地贴在周五湖的脖子上，颤抖着身子不停地哭泣。原本还摇摆不定的周五湖，那一刻下定了决心。

周五湖抚摸着钱茉莉光滑脊背上青一片紫一片的牙齿痕迹，冷冷地笑着说，快了，这个畜生快活到头了。

周五湖向朱墨斗提出了方顶子煤矿安全整改方案，洋洋洒洒几万字的方案科学配套。如果这套方案能够实施，方顶子煤矿安全生产可以达到全国一流水平。方案里提到了整个矿区三千万元的生产改造资金。他知道这个方案在朱墨斗和朱春生那儿就是十几张废纸。朱墨斗把钱看成自己的命,而朱春生正在跟他斗气。他一次次地提出停产更新设备。他心里清楚,他越是这样提,朱春生向相反的方向就越走越远。整顿方案和更新设备的提议被无限期搁置,直到有一天方顶子煤矿天崩地裂,他的方案还在朱春生的办公桌里锁着。

他的方案上级部门看过,高度赞扬。朱墨斗也看过,方案他十分满意,如果按照这个方案整治,方顶子煤矿肯定能再火一把。他对三千万很不满意,煤矿资源越来越少,他要争分夺秒地和山对面的煤矿抢时间。花出去的是真金白银,停下来的也是真金白银,里绞外缠就是更多的真金白银。

煤矿整改就此宣告流产。这是周五湖渴望得到的结果。

前后做得天衣无缝,这场灾难理论上跟他没有任何关系。可无辜的是那四十九个矿工。四十九条生命在一瞬间灰飞烟灭。这些矿工里一半以上是跟他在一起挖了很多年煤的兄弟。很长一段时间,那一个个鲜活的面容常常出现在他的梦里。

孝服、纱帐、挽联在高高的煤山下黑白分明。

呼喊、哀号、哭泣、咒骂,空气中凝固着麻木的情感。

方顶子煤矿塌了,这几十个家全塌了。这些挖煤的人都是家里的顶梁柱。这是他亲手导演的悲剧,虽然这跟法律无关。

朱春生死了,方顶子煤矿没了。大量的钞票通过银行无声的信息流向了城市。朱墨斗是聪明的,在警车开向他住处的时候,他一个电话掐断了流向城市的资金链条,他不想在他深陷牢狱之灾的同时成为穷光蛋一个。

矿上的部分存款已经转到他大城市银行的账户上了,在这里他不叫朱四海,他叫周五湖。距离方顶子煤矿三千多公里的大都市里,周五湖堂而皇之地成为其中的一名合法居民。

钱是一部分一部分从朱墨斗的名下转出来的。按照朱墨斗的话说,他周五湖是个大老鼠,他在不声不响中偷走了朱家的大半家业。钱是朱墨斗的命,偷了他的钱,就是偷了他的命。周五湖想,这些年朱墨斗在监狱里肯定是咬着仇恨的牙齿度过的。

周五湖向朱墨斗说他在省城看中了一个生产铝合金的项目,很能赚钱。朱墨斗也意识到了要到城里发展,煤矿总有挖完的那一天,可赚钱的事情一天都不能停止。朱墨斗就来省城实地考察周五湖所说的赚钱的项目。项目确实是个好项目，城市的建筑业日新月异，高高的楼房像雨后的春笋，一片片拔地而起。铝合金是城市最流行的装修材料。

周五湖在城市的新区看好了一片地，协商好了设备。白天朱墨斗看得很兴奋，更令他兴奋的还是城市的夜生活。夜晚是属于城市的。夜晚的城市就是灯光的海洋，霓虹灯一闪一闪的，很令人兴奋。白天钱茉莉陪着朱墨斗看项目，夜晚周五湖陪着朱墨斗去享受。

城市的饭也好，场面也大。为了招待好他，周五湖还请来了省城的副市长。除了他朱墨斗是陌生的，其他人看起来都很熟悉。什么张老板、王老板、李老板，都开着名牌的好车，不用说都是些有钱人。朱墨斗心里很激动，这些人西装革履，但好像都对他这个土老帽很尊重。朱墨斗当然知道其中的原因，这是因为他比他们更有钱。

城市是有钱人的天堂，在这里有钱你就可以买到你想要的一切。

晚宴，当然很丰盛。酒也是好酒，外国酒，挺冲。大家喝得天昏地暗、热火朝天。省城的副市长还单独敬了他一杯酒。省城的副市长比他们那座城市市长的官大，但此刻还主动向他敬酒。朱墨斗想起家乡那地方的镇长、县长们，那些人只想当他的爷爷，吃他的，喝他的，拿他的，每年在他们身上用的钱是全年收入的三分之一。这里的市长真好。

喝着市长敬的酒，朱墨斗一下子找到了感觉。

朱墨斗那天喝得太多了，迷迷糊糊地跟周五湖把这些客人送走了。

接着，周五湖就带着朱墨斗上了楼。

朱墨斗问，干啥？

周五湖说，洗澡。

朱墨斗说，澡有什么好洗的，我要回去睡觉。

周五湖说，这里洗澡跟矿上洗澡不一样。

周五湖就把朱墨斗领进了桑拿房。朱墨斗这一次洗澡改变了他的方向。热气腾腾的桑拿包厢里，三个亭亭玉立的城市姑娘在冲他招手。

大城市真好，这样的女人在方顶子煤矿他见都没见过，娇嫩、白皙，浑身散发着清新的水汽。三个姑娘笑吟吟地扭着小腰走向朱墨斗。

朱墨斗喊着朱四海的名字说，这是怎么回事。

周五湖清楚朱墨斗当然知道这是怎么回事，他只是有些不自在。听不到周五湖的回答，他就开始自在了，三个女人咯咯的笑声和沉醉般的呻吟一夜间弄酥了朱墨斗的骨头。

周五湖就笑着离开了。桑拿包间里传来了姑娘们放荡的笑声，这些姑娘太漂亮了，漂亮得肯定让朱墨斗不知道应该怎么办了。三个女子都不过二十岁，身材丰满，皮肤光滑。很快，四个人在浴池里搞得风生水起。女子在笑，朱墨斗也在笑，都很惬意。

周五湖眼前浮现出朱墨斗满脸的横肉和笑起来看不见眼珠的那副样子，心里一阵好笑，这世上还有女婿给丈人拉皮条的。

这次来省城考察，朱墨斗很满意。

朱墨斗离开省城时说，城市生活太好了，什么都好。

钱茉莉听了这话拿眼睛直瞟周五湖。钱茉莉的心里也在笑，这只狐狸上套了。

周五湖说，这里生活好就来这里养老，我已经给您看好了房子，靠公园的高层别墅。

朱墨斗说，好生活是靠钱来支撑的，你们先把项目搞好，我再等等。

周五湖知道，朱墨斗暂时还舍不得离开方顶子煤矿，在那里，他是皇帝。

现在想起来，如果不是小舅子朱春生的年轻、固执、霸道和自负，就不会加速他周五湖的成功。朱墨斗是个守财奴，一双眼睛把他的钱看得死死的。钱茉莉每半个月都要拿着账本去向他汇报。钱茉莉说，每次向这个老家伙汇报的时候总是胆战心惊，她害怕得要死。现在看来，俘虏了钱茉莉是对的。那时候，他和钱茉莉的关系已经是如胶似漆了。他们抽出所有的空余时间待在一起，像是着魔了，几乎每天都有欲望。床上的事情三十多岁的周五湖经验丰富，钱茉莉被调教得十分听话。这个刚来时高傲得天鹅一样的美妙女子被他紧紧地攥在了手心里。

周五湖来省城谈项目，钱茉莉被朱墨斗派到这里来担任财务总监。

这就给他们提供了夜夜狂欢的机会。他们一边在三十几层大厦顶楼的总统套房里狂欢，一边指挥着银行窃取朱家的钞票。

一亿九千万，这已经足够了。省城根本没有所谓的项目，他把资金转向了另外一个城市。他做好了蒸发的准备，即便朱春生没有死，他也要从这无边的黑海里登陆。他在另外一个城市里已经选好了项目，他要实现他的梦想盖高楼，盖城市最高的楼。

只是当时他不知道该不该带上钱茉莉。现在看来，他带上钱茉莉是对的，最起码在漫长的十年里他不是孤独的。钱茉莉跟他出来的时候才十九岁，年轻、光亮，给了他出逃旅途中的欢乐。更何况，钱茉莉掌握着他许多的秘密，每一笔钱都是通过他的签字，由钱茉莉经手转出来的。这些年来，一亿九千万是他的肥沃土地，这片土地真是高产，短短的几年，生出的钱翻了几番。他有了更多的钱，他现在有多少钱，钱茉莉根本不知道。他聘请了六十多岁的金融专家老胡做他的财务总监。老胡来公司前是一家省级国有银行的副行长，是个正直古板的老头儿，规定职权范围内的用钱，没有他周五湖的签字，谁也别想从他手里抠出一分钱来。

钱茉莉只有花钱的权利，没有了管钱的权利。

在周五湖眼里，钱茉莉是金钱的奴隶，她永远也做不了金钱的主人。钱茉莉做了金钱的主人，会十分可怕。这女人在他身边躺了十年，为他做了很多事情，可是他还是不敢相信她。

周五湖狠狠地抽着烟，再次摇了摇头自言自语说，不能再想下去了。

周五湖知道再想下去同样找不到出口，出口在方顶子煤矿矿难之后就没有了。他置身于黑漆漆一片的窑洞里，无边的梦让他头疼。

就像坐上了一列失控的火车，一路呼啸着往前赶，无论前面是什么，他只能朝前走。

周五湖把脑袋靠向了钱茉莉，他在想，明天该给她开多少钱的支票。

七

阳光从阳台上照射进来的时候，钱茉莉正在客厅里练习着瑜伽。这个女人始终保持着少女般的身材和光鲜的身体。为了保持美丽的容颜，她曾经背着他和吴总的女人一起去澳大利亚打人体胎盘素。她把自己打扮得仍然像十七八岁的少女，浑身却透着挥霍不尽的精力和欲望。

周五湖觉得眼前这个把身体要折叠起来的女人已经不是当年那个十八岁的女孩子了。她不再提结婚的事情了。在过去的十年里，这是他们每次谈话的主题，最近她突然间不提了，反而让他觉得很不适应。女人突然变得很神秘，总是没完没了地打电话，一边打着电话一边还花枝乱颤地咯咯地笑。她打电话的时候十分愉悦，也很投入，常常忽视他的存在。

就在昨天，她开始提出担任公司的副总，并要求把公司百分之三十的股份归到她的名下。

她是在那种事情结束之后半开玩笑地对他提的要求。

她满面桃花般地仰着脸对他说，我这样的要求不算过分吧？

他没有回答她，只是在鼻子里哼了一声。她表面上也没有生气，但他知道，她心里有鬼了。他们是一类人，灵魂深处藏着无数个鬼。

女人开始有秘密了，有秘密的女人不太让人喜欢。他突然怀念起朱大曼的执着和单纯来，他不知道那个一根筋爱着他的女人带着他的儿子和母亲到底跑到了哪里。那个丑陋的女人很笨，却有一颗善良执着的心。世界上的事情就是这样，总是无法完美。

他和钱茉莉卷了钱从方顶子山出来，两年没有跟家里联系。两年后他悄悄回去的时候，朱大曼却带着母亲于慧芳和儿子朱英武从人间蒸发了。

朱大曼也有很多钱。朱春生死后，她是朱墨斗唯一的继承人。她的钱可以富足三生。周五湖知道这些钱朱大曼不会花，她只喜欢平常的生活。

在朱大曼眼里，钱和爱恨情仇根本就是两码事。

他现在也有很多钱，但永远没有朱大曼那么淡定自如，他的内心惶恐得很。

他又给钱茉莉买了一辆新车，红色的法拉利跑车。

她笑着说，十年前你用一辆红色夏利打倒了我，现在是用一辆红色法拉利，我在你心里是什么，是个爱慕虚荣的女人。周五湖你太知道我心里想要什么了，周五湖你真的很可怕。

钱茉莉开始开着红色法拉利跑车在城市的繁华深处游弋，花钱如流水。花钱成了她生活中唯一的快乐。她曾经跟吴总的老婆说，一个人既然控制不了整个河流，那么就让河的口子开得大一些，流到田里的水都是钱。

他开始决定跟踪钱茉莉。他曾经打听过城市有专门跟踪人的侦探公司，他亲自去咨询过，后来他还是决定亲自跟踪她。他购买了高科技的微型窃听器、高倍红外望远镜和针孔摄像机，他要捉住钱茉莉心里的鬼。他不信任她。她在他身子底下被压了十年，他还是不信任她。她有前车之鉴，他就是她的前车。

周五湖躲在丰田车里慢慢地跟在钱茉莉红色法拉利车的后面。这辆丰田是他刚刚从汽车贸易中心提出来的，钱茉莉根本不知道他就躲在这辆车里。他像那个人跟踪他一样跟踪着钱茉莉。他想看看钱茉莉到底能不能发现他的跟踪。一个人走在街头,他会时不时不自觉地往后看。他是在跟踪着别人,却仍然习惯性地往后看,他在这个世界上已经完全没有了安全感,往后看已经成为一种习惯。钱茉莉没有往后看的习惯,所以很多天她根本就没有发现他的跟踪。他时而隐没在人群中,时而躲藏在建筑物的拐角,他的隐没和躲藏十分自然,没有人发现他的诡异。

整整一天,周五湖都没有放弃对钱茉莉的跟踪。钱茉莉先是到银行取了一摞票子,然后就去了商场,从商场出来后去了西餐厅,午饭她是跟一个身材苗条的少妇一起吃的,然后两个人去了美容院。

他给钱茉莉打了个电话,他说他跟老胡一起去香港谈项目,可能要一周的时间。

钱茉莉发嗲地在电话中说,去香港你也不带着我,那你可要注意好自己的身体,老公你可千万不要忘了给我买礼物哟。

从美容院出来已经是黄昏了,两个漂亮的女人踩着夕阳散落在街道上的碎片走出来,然后进了一家经营各类米粥的饭店,再出来的时候已经灯火阑珊了。

夜幕来临的时候,钱茉莉去了酒吧。酒吧的名字叫"深度战栗"。周五湖不知道老板怎么取了这样一个令人颤抖的名字。

酒吧是个狂欢的世界,果然让人战栗,摇晃的灯光,摇晃的人影,震耳欲聋的音乐,舞台上摇摆不停的舞女身姿。领舞的两个女人很漂亮,腿很长,穿着也裸露性感,两根带子托着的溜圆乳房兔子一样不停地跳跃,仿佛一不小心就会掉到地上。

这地方周五湖没有来过,老听钱茉莉说这地方好。

周五湖选择了一个十分不起眼的地方坐下来,透过缥缈柔和的灯光,周五湖可以看到钱茉莉的一举一动。两个年轻的男人走到钱茉莉和那个苗条的女人面前,其中一个男人把嘴巴贴在钱茉莉的耳边小声地嘀咕着,钱茉莉就夸张地笑了……

那个苗条的女人跟着一个年轻的男人走了,留下另外一个年轻的男人跟钱茉莉交谈,两个人谈得似乎很开心。两个人头对头说话,钱茉莉不停地笑。

一根烟的工夫,另外一个年轻的男人搂着苗条的女人回来了,钱茉莉的脸贴在女人的脸上说了一阵话，女人拿拳头打了一下钱茉莉，两个女人都笑了。

钱茉莉跟着那个年轻的男人走了。男人很年轻，大概也就十八九岁，个子跟周五湖差不多高。这个年轻的男人他很熟悉，没错，就是这些日子一直跟踪着他的那个混蛋。灯光很暗淡，周五湖看不清那个人的脸，他一定要看清那个人的脸。

周五湖跟在两个人后面，沿着酒吧装饰怪异的走廊往里走。酒吧就像一个迷宫，来回交错的拐角差一点就要把周五湖给搞糊涂了。钱茉莉被年轻男人搂着腰，一路上说说笑笑地朝前走，前面有一扇门，门前站着两个身材高大的年轻男人。钱茉莉肯定是这里的常客，两个守门的男人十分熟悉地跟她打着招呼，钱茉莉就进去了。

周五湖没有能够进去。周五湖料定自己根本就进不去，房间里肯定有秘密，两个凶神恶煞般的男人要守住房间里的秘密。周五湖在另一个拐角处盯着这扇门。

钱茉莉进去的时间很长，周五湖站得腿有些酸。一个小时后，钱茉莉出来了。钱茉莉似乎很兴奋，一脸迷醉的样子。钱茉莉穿得很性感，扭动的屁股像吃了春药一样在行走中摇摆。

那个年轻的男人搂着钱茉莉的腰肢，脸竟然贴在钱茉莉的脸上，不时地亲吻。

年轻的男人充满了激情，钱茉莉浑身都在颤抖。两个人十分亲昵地调情，根本没有发现拐角处周五湖的存在。

周五湖看到一张年轻的脸，摇曳的蓝紫色灯光中，这张脸竟然酷似自己年轻时候的模样。

周五湖差点叫出声来，是他，就是他，这些天来他一直在寻找着他。

直觉告诉他，这个人很有可能就是他自己的儿子。按照年龄推算，他跟朱大曼的儿子应该也有十八岁了。刺激、兴奋、发抖、战栗，周五湖差点喊出声来。来了，该来的终于来了。圈套？阴谋？复仇？危险正一步步靠近自己。周五湖产生了扑上去按倒他的念头，可理智瞬间控制了冲动，如果那个年轻男人真的是他的儿子会怎么样？跟踪的结果令周五湖很悲哀，这就是钱茉莉现在的生活，奢靡、腐烂、放荡、沉沦……

周五湖一路步行着走回了自己的家。

开门，换鞋，然后径直朝着洗澡间的方向走。钱茉莉已经到家了，卧室里灯调得很暗。周五湖冲了一个澡，十分轻松地走出来。钱茉莉已经躺在床上了，床头柜上放着她脱的衣服，遗憾的是，床头柜上放的不是晚上她穿的那身性感十足的衣服。衣服上放着她镂空的红色三角裤。他断定她已经赤身裸体了，她不是刚刚从兴奋中回来吗，他不知道她心里在想些什么。

他没有动她。关了灯，在黑暗中挨着她躺下来。

她又来纠缠他，是讨好，还是心存愧疚？

他没有理会她。他对她已经产生了厌恶。她是个水性杨花的女人。

他心里也有鬼，藏着一群浑身黝黑、亮着白白牙齿的厉鬼。

女人接着纠缠他。他无动于衷。

他突然问她，那个年轻的男人好吗？

女人一下子愣住了，说，哪一个年轻男人？

他说，你有几个年轻男人？

女人羞怒了，说，你神经了，我哪来的男人！

周五湖不说话了，他不想跟她废话。他突然间很困倦，想睡觉了。想睡觉是个好兆头，他已经很长时间没有这样的感觉了。

钱茉莉不让他睡觉，她让他说清楚她到底跟哪一个年轻男人了。

周五湖说，我跟踪你了。

钱茉莉迟疑了一会儿说，你在哪里看到我跟年轻男人了？

周五湖摇着头苦笑着说，在酒吧里，我告诉你，那个年轻的男人可能就是我的儿子。

黑暗中，钱茉莉惊愕地瞪大了一双眼睛，继而发疯一样跳下床，大声咒骂说，周五湖，你真是疯了，灵魂出窍了。

周五湖打开床灯，用困倦的目光看着她，冷冷地说，你也疯了，你的灵魂也出窍了，那个小子是冲着我们来的，是复仇来的！看着吧，他会把我们都弄疯！

钱茉莉指着周五湖说，我真的不能跟你过下去了，这样下去我真的会疯掉的。然后，她冲进客厅里拎起包跑了。

八

　　这个世界或许根本不存在绝对的秘密。秘密像个容易破碎的卵，放在翼下呵护着，可一根脆弱的羽毛就可以把它捅破。钱茉莉跟那个叫东子的年轻小伙儿交往已经一年多了。这个谜一样的年轻男孩是钱茉莉情欲的毒品，她已经欲罢不能。

　　这次，钱茉莉天鹅一样的脖子没有低下来。她说，我要过我想要的生活。

　　他认为她想要的生活他已经给了她。别墅、跑车、珠宝、首饰和华贵的时装，当然还有不太糟糕的性生活。她还想要什么样的生活？

　　脸皮撕破之后，钱茉莉就搬出了家。周五湖也不在家里面住了，他住在办公室的休息室里，门口和每层楼上都有保安，大楼里铁壁铜墙，可他还是得不到安全感。

　　很长一段时间里，周五湖派人跟踪钱茉莉，可那个年轻的男人在一夜间消失得无影无踪，钱茉莉也失踪了。像当年他们从方顶子煤矿，从他们家乡蒸发了一样。

　　周五湖坐在办公室的老板桌前，手指点击着从私家调查所传来的那个男孩子的资料。这个叫东子的韩国F4赛艇手远看上去确实很像跟踪他的那个男人，仔细看却跟自己的长相相差太远。除了一双酷似死鬼朱春生的单眼皮、小眼睛外，在他的脸上找不到自己年轻时候的影子。走路的姿态却很像，背影也很像，说话时嘴角向上翘着，桀骜不驯的样子更像。

　　钱茉莉是个偷情的高手，当年他们曾经在死鬼朱春生眼皮子底下肆无忌惮地寻欢作乐。当他在寻找她的时候，这个女人肯定在和那个年轻的男人偷情。他的眼前常常能浮现出她欢悦时意乱情迷的神情，陶醉，忘情，浑身颤抖，河蚌一样的身体不停包裹，不停蠕动……

　　现在要找到那个年轻男人，无论他在哪里，一定要找到他。

　　周五湖想起儿子朱英武。他离开方顶子煤矿的时候儿子才八岁。

　　儿子随他，英俊、聪明、乖巧。这是他跟朱大曼十年婚姻生活中他唯一值得留恋的情感。朱家的人也十分喜欢他，尤其是死了的朱春生。每次出去吃饭、游玩，他总把外甥架在自己的脖子上，亲得像自己的儿子。

矿难发生之后，一下子震惊了全国。朱墨斗花了很多钱，找了很多人也无法摆平。停产、封矿、查账、赔款、安抚亡人家属，骄横霸道的朱墨斗一下子走上了穷途末路。

周五湖帮助他处理了许多烦琐的事情，配合政府组织救援，协助调查组勘查现场，了解受灾情况，接待安抚遇难家属，遇难矿工的赔款他给的标准最高，每一笔钱都毫厘不差地补到了家属的手里。家属们不再闹了，政府也很满意。

一切都跟预演过一样，每件事情他都办得井井有条。

朱春生的葬礼办得也隆重。他从省城找来一名蜡像师，按照朱春生的身高、胖瘦复制了一个新的朱春生。周五湖还亲自为他穿上几千块的西服，戴上上万块的金表，然后煞有介事地用车拉到了殡仪馆，在火葬场烧了，葬在后山的松树林里。

他甚至还要求钱茉莉披麻戴孝为朱春生守了一夜亡灵。他和朱大曼、钱茉莉，还有自己八岁的儿子朱英武守着那个蜡人度过了难熬的一夜。他的内心充满了惶恐，只有他知道是怎么一回事，如果这世界上真的有鬼，那个鬼此刻就深藏在他的心里。

有一件事他做得更好，那就是把朱墨斗顺顺利利地送进监狱，然后让他在监狱里待的时间越长越好。方顶子煤矿的整改通知一年前就下达了，朱墨斗舍不得那三千万，朱春生又固执得像块石头。这场天灾就不能称之为天灾，上面认定这件事情就是人祸。

朱墨斗作为矿区的法人被判刑十三年。

周五湖已经在省城为他买好了别墅，房产者证上写了朱墨斗的名字，可他已经没有机会去住了。省城建铝合金厂的那块地皮很快被周五湖卖掉了，所谓的铝合金厂不过是他和钱茉莉讲给朱墨斗的一个遥远的神话。朱墨斗明白的时候已在深牢大狱了。

周五湖当时只有一个念头，就是逃离那个四处漆黑的地方。仿佛是在深井里寻找光明的出口，他没想到现在陷入了更深的黑暗，梦魇无边，他根本找不到心灵的出口。

那个很像他儿子的年轻男人昙花一现，接着又从他的生活中消失了。他还无法确定那个年轻的男人是不是他的儿子。按照正常的推理，应该是他的儿子。年轻的男人跟踪了他很长一段时间却没有害他，这符合他母亲朱大曼的做事规矩。这个外表丑陋的女人，除了有一些富裕人家的优越感之外，善良得像个菩萨。

那年，他曾经悄悄回到方顶子煤矿一趟。那地方的煤已经采空了，只剩下满目疮痍的几座破山，像女人干瘪的乳房，四处一片狼藉。传说朱大曼把所有的山脉都买了下来，在组织人种树。那时候他对朱大曼的举止嗤之以鼻，这个面容糟糕的女人脑子愚蠢得更不敢恭维，几个亿的资产投到春笋般拼命拔节的新兴城市会产生原子弹爆炸般的增值。她却买了几座破山，每年花很多票子引水修渠，刨土挖坑，在煤灰污染严重、山石碎砾遍布、寸草不生的山上种树。

没有人能劝得动她。朱家人顽固得像一块磐石。朱大曼更是一个乌金钻头也别想打开缝隙的死心眼。这当然包括她的爱情。仔细想想，朱大曼是爱他的，屏弃一切情仇地爱他。这些年，她没有找过他的麻烦，一次都没有找过。只是和他断绝了一切联系。她通过别人传话说，她只当那次矿难把她爱着的朱四海砸死了，她爱着的朱四海和她爱着的弟弟就埋在方顶子山上。至于周五湖，他是另外一个人，这个人已经跟她没有任何关系了。她甚至不仇恨他窃取了朱家的一亿九千万。

钱跟爱恨情仇没任何关系，朱大曼是个纯粹的人，一个脱离了金钱味道的人。

朱大曼还真种成了树，十年树成林，据说房顶子煤矿已经满山翠绿。朱大曼还养大了他的儿子朱英武，按照时间推算，这个孩子已经十八岁了。

他和朱大曼十年多婚姻生活可圈可点的是那个胖嘟嘟、粉白粉白的儿子。儿子是他的精品。可爱的孩子没有人不喜欢多看两眼，儿子一生下来就继承了他的所有优点，嘴巴、鼻子、眉毛，还有那一双招风耳。唯独有一点他不大喜欢，就是那双单眼皮的小眼睛，眯起来的样子有点像朱春生，外甥仿舅。儿子的这点遗传让他有些不爽，那是朱家的符号，像烙在他身上的那个叫朱四海的名字。

钱茉莉也喜欢这孩子。就在要离开方顶子煤矿的前一个月，有一次聚会，朱大曼去洗手间，屋子里只剩下他俩和儿子朱英武。钱茉莉还爱惜地拧着八岁朱英武白嫩可爱的小脸说，你这个小可爱哟，长大后不知道要醉死多少个小美女啊，要有多少女人在你手里遭殃哟。

钱茉莉说完还在朱英武脸上陶醉地亲了一口，朱英武把脸紧贴着钱茉莉的脸悄悄说了一句话，把她高兴得抱着小男孩转了好几圈。那一天，她从皮包里掏出一大把鲜红的票子给朱英武。然后她就呆呆地坐着，用眼睛祈求地看着他。

周五湖明白钱茉莉的眼神。每次鱼水之欢后，钱茉莉总会在他耳边轻轻说，我想要个孩子，要一个和朱英武一样的孩子，眼睛再大一些，鼻梁再挺一些。

以后漫长的日子钱茉莉把这样的情景复制了上百次。钱茉莉还无数次十分坚信地说，我们生的孩子肯定会更优秀。

夜里周五湖问钱茉莉饭桌上怎么回事，钱茉莉趴在他身上说，你帅气的儿子悄悄对我说，小舅妈，你等着我，长大了我就会娶你做老婆。我问他为什么要娶我做老婆，你儿子说，我就是他的小美女。

佛说，万物皆在因果。钱茉莉身在因果。

九

周五湖找到钱茉莉的时候，她正在一家戒毒所里接受强制性治疗。跟她一起来这里的还有吴总的太太韩婷婷。她们是在一家高级俱乐部里集体吸毒被抓进来的。

钱茉莉还被查出来怀上了孩子。他们待在一起十年都没有孩子。在漫长的三千六百多天里，有很多日子，结婚和生孩子一直是他和钱茉莉之间争论的话题。

偏偏就在钱茉莉不再提结婚和生孩子的时候，就有了孩子。钱茉莉二十八岁了，她想要个孩子。他不知道这孩子是谁的，他曾经做过无数次假设，如果那个长得很像他的小子是他的儿子，如果钱茉莉肚子里的孩子是那小子的，那么孩子生下来该叫他什么呢，爸爸？爷爷？

朱英武在跟他开玩笑。一个轻蔑、嘲讽的玩笑。

看来，朱英武身上得了他周五湖心性的全部遗传，很强烈的报复心理，很聪明的报复手段。他是来复仇的，他也找到了撬起地球的支点，那就是钱茉莉。

钱茉莉曾经对八岁的朱英武说过，他长大后会有很多美女遭殃。她注定会被害得更惨。现在钱茉莉坐在戒毒所的病床上，一身病号服衬得那张脸很苍白。

她在忍受着妊娠期和毒品的折磨，生不如死。

正午的阳光从窗户上射下来，很晃眼。钱茉莉就坐在窗前的海绵垫子上，盘着腿，闭着眼睛，做着瑜伽开始前的准备动作。周五湖站在窗前看着钱茉莉周围斑驳的阳光，悲悯之情从内心油然而生。这是个可怜的女人，她的悲惨命运从十八岁甚至更早的时候就已经开始了，这样的苦难还遥遥无期。很多时候他给予她的温暖和关怀少得可怜。刚进入城市的时候，他天天忙于项目运作、施工和房产的销售，资金的流转，人脉关系的构筑和畅通，他几乎忽视了她的存在，她像他的女佣或性用品。

那时候她应该是爱他的，像一只依恋着巢穴的小鸟那样每天等待着他的归来，她没有怨言，每天会给他放好洗澡水，在卫生间里一边为他打着泡沫，一边按摩着他疲惫的肩膀。她的青春就是在这座高楼林立、节奏飞快的城市里迅速流失的。恍然之间，她已经二十八岁了。

他不知道钱茉莉是在什么时候不爱他的。他甚至也不清楚自己什么时候爱过她。他没有爱过朱大曼，好像也没有在心里真正意义上地爱过她。她曾经是朱春生的女人，她身体深处打着朱春生的记号，他甚至觉得朱春生就在她身体的深处，每次他拼命地在她身体深处挖掘，就是想把那个愚蠢的家伙挖出来，可她充满活力的身体没有尽头，他没有足够的力量达到她年轻身体的尽头。她的身体越美丽，朱春生埋得就越深邃，越让他不能忘记。

这或许也是他这么多年不准她生孩子，也不愿意和她结婚的理由。

戒毒所里的女医生说，她的身体很糟糕，那个孩子很有可能要保不住，但似乎那个孩子对她很重要，她是在为她肚里的孩子坚持。孩子是她的精神支柱。

那个女医生十分沉重地对他说，钱茉莉还患有轻微的抑郁症，内心敏感脆弱得很。

周五湖问女医生，有没有一个十八九岁的男孩子来看过她？

女医生说，没有，你至今是来看望她的第一个人。

在这座陌生的城市里，钱茉莉除了吴太太没有很要好的朋友。吴总的太太韩婷婷也进来了，据说她的毒瘾更大，进来的第三天就一头扎进卫生间的坐便器里淹死了。

　　吴总谈起这件事情总苦苦地笑着说，妈的，坐便器里的那一点水也能淹死人，她是在作死，谁也没办法。

　　吴总还说，她活着还好，没人争老婆的位置，这下可好，那帮女人我都不知道怎么排座次。

　　吴总身后有一大批女人，正在为谁能跟他再婚打得不可开交。

　　周五湖从皮包里扯出一张支票对负责为钱茉莉治疗的女医生说，先给你们五十万，我想让她快一点好。

　　女医生鄙夷地看了他一眼说，有钱就可以解决一切问题吗？这些年轻女子都是你们这些有钱人害的。

　　女医生说完不理会他自己就走了。

　　他站在玻璃窗外看着里面的钱茉莉在做瑜伽。她的腰杆、脖子挺得笔直，双手放在腹部，轻轻地抚摸，深深地呼吸。她似乎还在拍打着腹部自言自语，好像在跟肚子里的孩子说话，不停地说话。医生说她还有严重的心理问题，她抑郁了。

　　一定要捉住藏在黑夜深处的那个小子。可那个迷雾中的男孩像风一样从钱茉莉的生活中消失了。周五湖决定跟钱茉莉谈谈，他早应该同她谈谈。

　　钱茉莉终于睁开了眼睛，她向他瞟了一眼接着深呼吸。她不想跟他说话，甚至不想见到他。她觉得他是来这里耻笑她的，这就是自甘堕落的结果，她十九岁那年就开始堕落了，而造成这样结果的就是他和朱春生。她以为跟着周五湖，他会好好地待她，真心地爱她，可是他没有，在爱情上他甚至比不上花花公子朱春生。他会满足她物欲，但情欲上他的表现很差，除了床上在她身体里机械地出出进进，根本没主动进入过她的内心。她就是他手上的一个工具，床上的一个工具。他从来不找别的女人，十年里就这样看着她的青春在岁月中磨损。

　　一年前，韩国首尔的一家女子会所。韩婷婷把那个叫东子的长发男孩叫到钱茉莉面前的时候，她的眼睛亮了一下。这个十七八岁的男孩子肤色古铜，浑身散发出来的雄性魅力让她着迷。

　　韩婷婷拍着男孩性感的屁股说，这是东子，韩国帅哥。

　　东子用韩语问了声好就离开了。钱茉莉还盯着男孩的背影看，他的背影确实像一个人，一个翻版的年轻时候的周五湖。可正面的面孔又不像，周五湖的鼻梁没有他高，脸型也没有东子帅。

韩婷婷在她耳边悄声说，着迷了吧？一个F4的赛艇手，浑身是劲儿，干起那事情来像头非洲狮子，怎么样，要不要试试？

诱惑，绝对是好奇心的诱惑，不掺杂任何性欲望。

后来，他们就开始交往了。这座城市有一家赛车培训中心，这个年轻的男孩常常在韩国和这座城市之间飞来飞去。他来的时候，她会为他订好宾馆。夏天的时候，他在市郊租了一栋别墅，常常搞一些朋友聚会。她和韩婷婷是那里的常客。

偶尔，她会仔细地看他，男孩的一双眼睛很特别，单眼皮的眼睛很像死去的男友朱春生。她原本以为他会跟周五湖和朱春生有着必然联系。可很遗憾，没有。他是土生土长的韩国人，生在釜山，长在首尔，中国话说得磕磕巴巴的。

好奇害死猫。他们还是发生了不应该发生的事情。

想着这些事情，钱茉莉的心就扑通扑通地跳。真没想到，那个夏天的夜晚一下子就把她以前的情爱颠覆了。男孩身上的肌肉像铁，浑身都散发着金属的光芒。她眼前浮现出一层淡淡的雾霭，她和韩婷婷都吸了烟，烟雾中一个男孩把韩婷婷抱走了，只剩下她和朦胧中的男孩子。

她是个熟透了的女性，内心的渴望火一样燃烧。男孩开始脱衣服了，光滑的皮肤和裸露的小腹确实令人着迷。真的不一样，像在梦中的河流里漂浮，男孩子的手像长在她身上的羽毛，让身体的每一根汗毛都竖立了起来，战栗，浑身不停地战栗。他将她紧紧地环抱在怀里，抱得那么紧，紧得仿佛彼此的肌肉都嵌进了对方的骨头。她的身体是舒展的，柔韧的，像个可以包裹一切的容器承载着他的身体，大脑里没有任何的思维，只有欢悦和兴奋。

她的身体像平铺在地板上的一片天鹅绒的地毯，一会儿被那双有力的大手卷起来，一会儿又舒展开，身体被深深地楔入，他在寻找着尽头，这一刻，她根本就没有尽头。他焦急地在她耳边用笨拙的汉语高呼着，给我，给我，把一切都给我。她那一刻没有丝毫的羞愧，像一朵花儿那样一会儿花瓣舒展，一会儿又花蕾般合璧。爱，居然还能这样。一直到黎明，聚会的男女都走了，他们还没有结束。

后来，她知道自己吸食了毒品。韩婷婷根本没有告诉她，她们抽的烟是毒品。知道的时候，快乐已经让她不可自拔了。

她一头扎进了这潭充满无尽欢乐的水。每天天还不亮她就有了这种渴望。除了必要的应酬之外，她就会发了疯似的开着车往市郊的别墅跑。那个男孩总是笑眯眯地站在别墅二楼的阳台上冲她招手。她会疯一样跑上楼去，野兽一样把他扑倒……

这样的日子云彩一样飘走了。

当一群警察冲进别墅的时候，那个叫东子的男孩早就逃得无影无踪。随着时间的推移，她好像一下子明白了事情的始末，这就是一个圈套，事实上这个圈套在若干年前就已经编织好了。

当年那个小孩子趴在她耳边悄声说，小舅妈，你等着我，长大了我就娶你。那个毛茸茸的八岁男孩子已经长大了，难道这就是冥冥之中预知的结果，这就是命运？

钱茉莉长吁一口气，什么都不重要了，重要的是她怀孕了。

现在，周五湖站在她的面前。透过铁丝网，钱茉莉看到高傲的周五湖很沮丧。命运很会开玩笑。这玩笑开得足以让他崩溃。

钱茉莉说，你走吧，我不想看到你。

周五湖强压着内心的愤怒，他也不想看到她。可他不能遗弃她，如果他再遗弃她，钱茉莉也会变成他心里的鬼。他心里装不了那么多鬼了，这些鬼闹腾得他就要崩溃了。

周五湖沮丧地告诉她，那个十恶不赦的混蛋就是自己的儿子朱英武。他先用身体勾引她，然后用毒品控制了她。他们想用控制钱茉莉的办法来达到控制他周五湖的目的。可是，他还没有来得及控制周五湖就出事了。

想到下一个倒霉的人会是他自己，周五湖就不寒而栗。

控制人是朱墨斗的手段。朱大曼曾经告诉过周五湖，她的父亲朱墨斗告诉她，周五湖就是你的将来。你今后要想过好日子，就要学会控制周五湖。命运就像两辆毫无规矩行驶的汽车，一下子就撞到了一起，车上的人不小心就被撞得头破血流。世界由此变得很混乱，这混乱的罪魁祸首是欲望。

周五湖想起了母亲于慧芳的一句话，欲望有多大，罪孽就有多深；仇恨有多深，灾难就有多重。母亲于慧芳善读佛法，那场矿难过后，她就削发为尼了，长跪在方顶子山上为那些亡灵祷告。

十

周五湖要去找朱英武。负责这件案子的警察说,那个叫东子的韩国赛艇手回国后就消失了,韩国警方手上没有提供任何关于东子的信息。这小子像空气中的一滴水,蒸发了,和他当年离开他们,离开方顶子山那样无法寻找。但有一点可以肯定,如果那个东子是朱英武,他的命运就会更糟糕,他由此会背上贩卖毒品或提供毒品的罪名。甚至,他可能会因此而死。

那天晚上他做了一个梦。梦里他看到一把上了子弹的枪正对着儿子白嫩的脑门,砰的一声响,血光四溢,箭镞一样的鲜血在阳光中飞起来。

在梦里,朱英武死了。

周五湖决定再回一趟方顶子山。该面对的必须面对。他必须面对朱墨斗、于慧芳、朱大曼、朱英武,还有埋葬在大山深处那些跟他一起同生死共患难的兄弟,然后把心里的鬼全部放出来。如果不这样,他真的会崩溃。

他卖掉了几处正在兴建的楼盘和一片刚刚拍到的商业用地。买主都是他的朋友吴总。

财务总监老胡疑惑地望着他说,城市的商业用地在紧缩,这些楼盘和那片地一直都在增值,卖掉了再去买恐怕难了。

老胡还想再说什么,他摆摆手对老胡说,卖吧,我有些累了。

老胡看了看他,摇着头朝门外走,他突然不经意地问了一句说,老胡,你说罪孽会不会也能增值。

老胡怔了一下,继而安慰他说,有些事情过去了,就不要再去想它了,人总得往前走,只要有一线光,就得朝前走,千万别往身后看,身后是万丈深渊。

老胡为他倒了一杯水说,任何一个白手起家的成功商人,最初的财富积累都是一部血泪史,这点我能理解你。

年近七旬的老胡是他的智囊,也是个智者,他说得有些轻描淡写,像是为他开脱。

很多年来他也用这个借口为自己开脱。现在看来这些开脱有点自欺欺人。

周五湖真的就给了钱茉莉三分之一的公司股份。尽管她不愿意见他，他还是每天都去。他会站在离戒毒所很远的地方看着她。她的肚子越来越大了，晴朗的秋日里，她会轻轻地抚摸着自己的腹部，在阳光里自言自语。她的腹部一天天大了，毒瘾却很难戒下来，医生说孩子生下来也会有毒瘾。他留下的钱足够她和孩子富足很多年。

他要回方顶子山了。他先到了方顶子山隶属的平城。他要在平城投资，在方顶子山投资。

很多年不回方顶子山，一切变得很陌生。市政府招商局的副局长马涛陪他回方顶子山，他是他早些年煤矿中专的同学。

他把电话打给他的时候，马涛惊讶地呼叫，天哪，朱四海，你是从地底下冒出来的吗？

周五湖说，别叫我朱四海，我是周五湖，我就要来平城市投资了。

高速公路横穿而过，两边的城镇建筑已经蔓延到了方顶子山脚下。满山翠绿，茂密的植被掩映着青砖红瓦的豪华别墅群，很恬静。一号矿那座山的向阳坡上是一望无际的公墓，马涛说这里每块标准墓地的地皮已经炒到上万了。这年头，前世今生都在为房子拼命。

方顶子山的主人是朱家。过去是朱墨斗，现在是朱大曼。马涛说，朱大曼花了两个亿租用了这条山脉，租期是六十年。现在朱大曼这片山已经增值了上百个亿。

周五湖不敢相信这个事实，但命运总是眷顾善良的人，朱大曼稳稳地坐在方顶子山上就赚了上百个亿。

朱大曼不见周五湖。他被一个满脸长着粉刺疙瘩的高个子保安挡在了四海公司门外。朱大曼的房地产开发公司叫"四海公司"。看着立在六层欧式建筑门前的"四海"两个字，周五湖低下了头。保安说，董事长说了，她只认识朱四海，根本不认识周五湖，让他赶紧从这里消失。高个子保安很凶，根本容不得他说话就把他推出了传达室。

马涛进去了，但很快就摇着头出来了。朱大曼根本不欢迎他。朱大曼只认朱四海，根本不认周五湖。

夜晚的方顶子山灯火辉煌。一条带路灯的大路直通方顶子山的山顶。山顶上盖着一座庙宇。这座山原来就有一座土地庙，很多年没有人管，神像缺胳膊少腿，房顶塌陷，残垣断壁。他父亲周老根被掩埋在山底下那几天，母亲于慧芳天天到这里来烧香拜神，不停祷告。可神没能救出周老根，直到他趴在通风处把自己等成一堆骨头，也没有人救他。

山上的庙金碧辉煌，庙里面住着母亲于慧芳。

马涛说，庙是四海公司修建的，投资八千万。周五湖有些感动，朱大曼花八千万给他的母亲找了一个寄托情感的地方。朱大曼对他的母亲很好，像对待自己的母亲。过去她常常对他说，她很小就没有母亲了，他的母亲就是她的亲娘。

马涛说，朱墨斗死了。就在周五湖回方顶子山的前几天，突发脑溢血，送到医院的时候瞳孔已经放大了。朱大曼把他安葬在方顶子山上。这老头儿临死前告诉女儿，他给方顶子山再捐两个亿。朱墨斗到死手里还攥着两个亿，他也不信任自己的女儿，临死的时候才把这个秘密告诉她。

朱墨斗说，大曼啊，你的心太善了，钱越多你受到的伤害会越多，你根本控制不了那么多的钱，更控制不了那个豺狼周五湖。

周五湖去找母亲于慧芳。母亲在方顶子山的庙宇里做尼姑。他把车停在了山脚下，一路磕着头上了山顶。大庙里烛光摇曳，母亲于慧芳双手合十，背对着他在念经。

周五湖说，妈，我来了。

于慧芳面无表情地说，施主，你认错人了，出家人尘缘已了，哪来的儿子。

周五湖跪在母亲面前，满脸泪水说，师父，我噩梦无边。

于慧芳用拂尘在他面前轻轻一挥，双手合十说，万事皆在因果，天神和佛祖也无法阻止因果。于慧芳说着，站起身来朝着大殿门外走去。

周五湖双膝在地上挪动着，很快抱住了她的腿。于慧芳一只脚在门外，一只脚在大殿里。

她轻轻推开周五湖说，苦海无边，回头是岸。

周五湖说，师父，很多事情，回头也是无边苦海啊。

于慧芳，善恶心自明，佛也无法普度你。

周五湖痛哭流涕地问，师父，我该如何是好？

于慧芳指着方顶子煤矿的方向说，你去对那座山说，对他们说。

母亲双手合十，嘴里叽里咕噜地念叨着经文，飘然而去。

周五湖站在山顶的庙门前望着母亲手指的大山浑身发冷，黑黢黢的大山陷落在很远的地方，这里越是金碧辉煌，漆黑的大山就越是诡秘莫测。

周五湖在方顶子山上跪了很久很久，浓稠的夜色开始褪去，淡淡的雾霭笼罩着墨绿的山峦，胭脂般的红润开始升起在浅灰色的天边。

天就要亮了。他望着山谷里一号矿的地方一夜没睡。记忆如奔涌的大潮一波一波地袭来，整个夜晚汹涌澎湃。此刻大潮退去了，他的心静如止水。他慢慢地站起身来，朝着茂密的丛林张开双臂大声呐喊：你们不要找我了，我来了。

谁是我的敌人

一

　　黑暗中那枚子弹闪着熠熠的亮光正面而来,夜视瞄准仪里,他看到了那个瞬间正在扣动扳机的对手。那是一张十分陌生的脸,迷彩油涂抹得不太均匀,上翘的嘴唇上悬挂着桀骜不驯的表情,阴冷的目光中透着杀气。对手先他开枪了,他知道这将意味着什么,狙击步枪子弹像猎狗鼻子般一下子就嗅到了潜伏在灌木丛林中的他,然后以迅猛的速度砰的一声击穿了他的钢盔。

　　飞旋的子弹嵌入他的大脑,他的思维永远停留在隐藏在茂密枝叶间的那张模糊的脸上。刹那间,他确认,那个人就是他在梦里日夜追逐的敌人。

　　土耳其丛林特种作战训练归来到国际反恐演习组队这段时间,这样的画面在特战队长戈睿上尉的睡梦里闪过 N 次了。

　　每次出现这种幻觉,脑袋里就像真的嵌入了那枚可怕的子弹,这不是一般的疼痛,一种被异物嵌入身体的沉重感顺着神经传递到了他周身的每一个角落,每当这个时候,他就像一条被挂在鱼钩上的鱼,被长长的线牵引着溜来溜去,恐惧、焦躁、挣扎,直到窒息而亡。

　　只有不停地奔跑,不停地寻找,把体力消耗殆尽,直挺挺地躺着不能动弹,他的内心才能安静下来。很多个深夜,他开始夜游。他会着魔般地携带上所有特战装具,在丛林中寻找那个冲他开枪的人。

梦魇毫无止境。

斑驳的月光、杂乱的叶子、奔跑的影子，光影交错。脚步无法停止，停下脚步就是令人恐惧的宁静，那枚可恶的子弹就会随时迎面飞过来，准确无误钻进他的脑袋。一定要找到他。这样的念头像他深藏心灵深处的地火，炽热沸腾。一颗心仿佛就要从胸膛里蹦出来，化作枪膛里的子弹，去弄花那张充满嘲弄、不可一世的脸。

夜色苍茫，变幻莫测的丛林仍然覆盖着太多的未知，随时随地都会被瞄准，或被雪亮的匕首直抵喉管。

很多时候这样的丛林也会变成城市。钢筋和水泥浇筑的城市更可怕。灯火辉煌的城市郊外，肆意蔓延的房地产生长出的阴森森、硬邦邦、冷冰冰的建筑群里隐蔽着更可怕的对手，每一扇窗户、每一扇门都会伸出窥视的枪口。

丛林是特种兵的天堂，更是特种兵的地狱。

这是他九年前第一次参加丛林突击训练时特战连连长周五湖上尉的一句经典话语。如今已是新任特战旅旅长的周五湖仍然把这句话挂在嘴边，他说这话的时候仍然是那副眯着眼睛、面带冷笑的魔鬼表情。九年的军旅生涯里，很长一段时间他瞄准的靶子都是周五湖的这张脸。每次训练，他都把这张面孔当作目标或渴望逾越的障碍。

现在可以肯定，梦魇丛林里冲他开枪的不是周五湖。周五湖的面孔在他的脑海里刀刻一样清晰。

这是另外一个人，比魔鬼周五湖更诡秘，更冷酷。

这个人是谁？他为什么瞄准他开枪？这些问题像陀螺一样在他脑海里旋转。那个人的形象在他意识里是模糊的：年轻冷酷、浑身植被一样的伪装服饰，他影子一样行踪不定，很快变成一棵树、一堆草或丛林里的一缕风。只有幽蓝的狙击步枪枪管和他那桀骜、冷酷、不可一世的表情存留在他的记忆里，闪烁着冰冷的光芒。

梦幻和现实这样相互交错，时而混乱时而清醒。他就在梦境和现实之间往返穿梭。没有人知道他内心深处这个秘密，同伴把他这样的行为看作是训练中的自我加压。

刚刚加入特战小队行列的两个新兵，总是鼻涕虫一样跟在他的屁股后面毫无节制地效仿。

这是两个新兵,一个叫罗宁,一个叫李墨,刚从军校特种作战系毕业归来,浑身嫩毛还没有褪尽。两个人把他当作心目中崇拜的神,但他自己心里清楚,找不到梦魇中魔鬼般的那个人,他什么都不是。

在他们两个人的身上他找到了多年前的自己。每一个人都有崇拜的偶像,当年他就是因为崇拜周五湖才从大学跑到军营里来的。两个新兵被选拔到特战小队后,他用经历告诉他们,这辈子你永远也别想成为谁,你只能成为你自己。

从当兵到现在,他一直很自信,从来没有遇到过这样糟糕的情况,一种前所未有的挫败感在内心深处不断漫延,让他有些茫然失措。

二

梦幻醒来,他以为他的黎明会在丛林小溪的尽头。

小溪的尽头是一片草木茂盛的开阔地,四周开满鲜花,成群的蝴蝶会在这里翩翩飞舞。黎明奔袭之后,罗宁、李墨他们疲惫得像中弹一样倒在草丛里,让浑身的汗水肆意流淌。然后瞪大眼睛望着广阔高远的蓝天,等待着旭日从连绵的山峦间喷薄而出。世界安静得连丛林里的鸟儿都不愿意喧闹。

这个时候,李墨会张开双臂大声呼叫:"看吧,这就是上苍为我们特种兵准备的墓地,天地间是这样美丽,身下绿草正在疯一样旺长,无边的黄花正在怒放,年轻的树,年轻的草,年轻的花蕊,漫山遍野翩翩飞舞在花丛间刚刚化羽的蝴蝶,瞧瞧,我们是多么幸运的特种兵,连墓地都这么漂亮。"

罗宁会像一个牧师一样站起来,用柳条蘸着溪水为他们祈祷:"安息吧,我的孩子,让胜利在你们的睡梦里盛开花朵,让鸽子的翅膀带你们的灵魂去飞翔,安息吧,我的孩子,我会用和平的名义为你们祈祷,阿门!"

阳光穿过丛林暖融融地照在他们身上,闭着眼睛躺在草地上的感觉真好,脑壳疼痛的那一刻他就想,如果有一天什么也不做,什么也不想,就这么平躺在草地上仰望着蓝天白云,静静地死去,也是人生幸福的巅峰。

可这样的机会太少了,少得可怜。无休止的训练演习、科目表演、比武竞赛，两条腿像上紧发条时钟的指针不停地奔跑。

这次醒来，他身下不是小溪尽头的绿草地。

他睁开眼睛，四周一片陌生，耳边没有了李墨和罗宁的聒噪，也没有了新鲜青草的气息和淡淡的花香。微弱的亮光从嵌着不锈钢管的窗口照射进来，落在一片洁白的空间里，有些反光。

天应该还没有完全亮。特种兵敏感的时间观念判断，此刻应该是凌晨五点钟左右。意念闪电一样在他的脑海里刷地闪过：这里是心理疾病控制中心十九楼的特别病房。

室内布置得还不错，淡淡的亮光里，两盆茂盛的铁树一片墨绿，窗口还挂着一盆吊兰，精巧的枝叶在淡淡曙色中低垂，看上去就像悬挂着的一幅优美水墨画。

他和尚般在床上打坐，努力使大脑复苏记忆。

模糊的意识里，这间房子是他自己主动走进来的。跟他一起进来的还有一个叫柯蓝的女军医。女军医年轻漂亮。她的肤色很白，短发，瓜子脸，一双眼睛很大，有点像他的前女友冯丹。

想到冯丹，他的心里像被刺了一下。冯丹是个职业模特，身材修长匀称，肌肤雪白，丰腴圆润，飘扬的长发总半掩着漂亮的脸庞和一双乌亮勾人的眼睛，她的漂亮和时尚让人心动，走在大街上，足以瞬间秒杀许多荷尔蒙旺盛的男人。

他不知道冯丹的夜晚是怎么度过的。是镁光闪烁的T台还是在乌烟瘴气的酒吧？城市漂亮的女人和他一样都是夜游者。她们游向城市深处的霓虹，他却游向了丛林深处的黑暗。

最后一次和冯丹在一起，应该是他去土耳其特种部队受训之前的事情了。

那个夜晚，两具扭曲的身体像两条不知疲倦的蛇，从黄昏一直纠缠到黎明。冯丹做过空姐和职业模特，身体像玲珑的玉器，光滑丰腴，每一个部位都恰到好处。天亮的时候，冯丹还像一只慵懒的猫蜷缩在他的怀里。

这是他跟冯丹最后一次亲密交融。感觉很好，时间却很短暂。

曙光在窗口升起的时候，他不得不走了。他的同伴吴东升正拿着机票在机场等他。吴东升跟他在特种作战部队一起待了九年，他心里清楚，吴东升的嘴巴向来不饶人，如果去得晚了，这小子准会说他乐不思蜀，见了女人腿就软。

他不想给吴东升留下嘲弄他的把柄。可曙光中冯丹蜷缩在他怀里的睡姿确实很令人留恋。修长光洁的小腿微微弯曲，润滑的脊背像覆盖着米色的缎子，睡梦中的冯丹像精美温润的瓷器让人心动。

在土耳其受训的日子，和冯丹在一起的那个夜晚一直是他孤独夜晚的精神滋养。

那时候，他唯一的愿望就是受训回来马上向冯丹求婚。他曾经在冯丹面前充满自信。冯丹爱他，无微不至的关爱有时候让他吃不消，她甚至连内裤都给他买。这是他最不喜欢的地方，有些像他的母亲。

他们在一起，冯丹的热情像越燃越烈的火焰。

那个夜晚，冯丹抱住他亲吻，撕咬着他的胸膛不停地呼喊："我爱你，小豹子，我爱你，我的小豹子。"冯丹比他大两岁，二十九岁的身体成熟迷人，像一汪水，要融化他健硕的肌肉和坚硬的骨头。

土耳其受训回来那天黄昏，他兴致勃勃地捧着鲜红的玫瑰去冯丹的住处找她。在冯丹居住的那个小区门口，他远远看到一个大腹便便的中年男人搂着冯丹修长柔软的腰肢钻进了奔驰跑车。

那一刻，他相信了吴东升在土耳其逆耳的忠告："美丽的花朵大多数都不愿开在纯洁的雪山顶上，更多时候她们喜欢寄生在营养丰富的牛粪里。"

少林寺武僧出身的吴东升像一个令人生厌的哲理诗人，他接着说："我断言你们的爱情马拉松会跑得很长，但最终不会有结果，原因只有一个，她不是雪莲，你永远做不了牛粪，回头吧，苦海无边，回头是岸。"

吴东升这张乌鸦嘴，果然言中了。冯丹找到了她的牛粪。

他追着奔驰跑车跑出了几百米，那辆奔跑的车一瞬间消失得无影无踪。

望着柏油马路上来来往往的车辆，他心情十分失落，再一次感受了身体被抽空的感觉，躯体像没有了灵魂的纸张，在夜风中摇摆。T台上的女人都是娇艳的花朵，可惜他没有充分的时间和足够的养分滋养。

望着他失魂落魄的样子，吴东升拍着他的肩膀劝告："苦海无边，回头是岸！"

可爱情这东西很多时候是很难回头的。此后，尽管冯丹无数次打电话解释或者干脆来部队约他，他都拒绝了。他忍着心里的刺痛对冯丹说，我们就这样吧，就这样分开吧，我们都去寻找自己的生活。

他删除了冯丹的照片，那是一张冯丹努着嘴把舌头伸得很长，搞怪成顽皮小女孩模样的头像，然而他却删除不了她的影子。记忆里，她总是不乏活泼和天真，焰火一样缤纷四射的激情身影随时可见。每次同伴吴东升看到他发愣的样子就会痛骂冯丹是红颜祸水，要生生绊倒他这个钢铁硬汉。可冯丹真的是一个男人见了就无法忘记的女人。

每个夜晚，在噩梦来临之前，冯丹美丽的身影总会光顾他的梦乡。那个夜晚的整个过程或某个片段始终在他的脑海里闪现。冯丹充满欲望的身体，在寂寞的夜晚总让他焦躁不安。

生活可以分开，记忆却永远如影随形。他无数次强迫自己把冯丹从心里驱赶出去，但是没用，他越是这样，越是思念她。他真的爱她，几年前他在大学校园读书的时候就爱，青春年少的他曾经被这样的爱情折磨得不能自拔。

然而，一切终将远去。

喧嚣时代的爱情，娇贵得像晶莹剔透的玻璃，根本经不起时光的打磨。

三

进入这个房间之前，那个跟冯丹长得很像的漂亮女军医为他做了心理咨询，做了身体检查，还亲自给他打了一针。女军医柯蓝绝对是打针的高手，针法轻盈，他几乎没有感觉到疼痛。

很快，他就入睡了。可药物还是阻挡不住梦的到来，只是这次他没有像往常一样在丛林中奔跑，而是躺在一片深蓝的海里，微微的浪在身下晃动着。他喜欢这样的感觉，灵魂从悬浮的身体出窍。他的肉体不再受它控制了，没有了撕裂般的疼痛，肉体如同平铺在海水上的一片水藻，随便被海水带到任何一个地方。

他第一次感觉到醒来后没有亢奋，没有想用尖刀刺穿一切的念头。

他很疲倦，原来没有奔跑也会这样疲倦，看来是女军医那一针的作用。他想，离开医院的时候一定多带几支这样的针剂，这样训练的时候就能减轻他的痛苦。他不能停止训练，一个优秀的特种兵就像一枚瞄准目标的子弹，在没有击中目标之前，一切努力都不会停止。战场是一个职业军人的职场，特种兵的对抗和竞争更直接，角逐一旦开始，就是你死我活。

很多时候，他像一个跨栏运动员，发令枪响后，他的脚下总有无数个障碍在等待着他超越，后面的人一路追来，虽然脚下羁绊重重，让他很焦虑，但他必须一往无前。

现在他有些不敢跑了，像奥运会上面对发令枪在众目睽睽中蹒跚退却的短跑健将刘翔。可是，他更害怕像刘翔那样在唏嘘中离去。战场不是赛场，赛场要去拼搏，战场要去拼命。

幻觉和梦游无法在病理上找到依据，他觉得自己是心理上出了问题。虽然他学过心理自我干预，但丝毫阻挡不了那枚高速射向他头颅的子弹和那张面孔的出现。

潜意识里嵌在大脑里的那枚子弹就像撒旦的魔咒，发作起来根本无法控制。不是疼痛，这是一种比疼痛更能折磨人的感觉，无法让人平静，两腿像一辆无人操纵的快车的轮子，身体随时都会飞出去，而且根本没有刹车。

他肯定地认为他的心理出现了问题。

土耳其受训期间，和他同屋居住的美国特战队员米斯特·布朗军士总是半夜缩在睡袋里哭泣。那时，他曾经在心底耻笑过他那个室友。身材健硕，体重一百多公斤的黑人特种兵哭泣的声音像个娘儿们。

布朗军士参加过伊拉克、阿富汗战争。他说在那个杀人如麻的地方，随时都有子弹爆头场景的真实再现。枪响之后热血飞溅，鲜血和脑浆混在一起，红白分明。

白天，布朗讲起参战杀人的经历神采飞扬，叽里呱啦话痨般讲个不停，夜晚他却总是不停地哭泣。他说，每天夜晚总有满脸是血的亡灵在他的睡梦里哀号。

布朗军士后来被诊断患有心理疾病离开了土耳其，离开的时候还送给戈睿一把锋利的瑞士军刀。

就在前几天的深夜里，他在自己的邮箱里收到了土耳其教练的一封邮件。教练说米斯特·布朗杀死他的妻子和五岁女儿之后在家中饮弹自杀，子弹从嘴里射进，从后脑门射出，惨不忍睹。那是个令他佩服的特战队员，专业、机敏，无依托射击枪法很准。他没想到，离开土耳其几个月后米斯特·布朗就死了。

想到米斯特·布朗的死，他就不寒而栗。原来心肠坚硬、杀人如麻的布朗也能杀死自己。

想到布朗的死，他就会掏出那把瑞士军刀放在手里揣摩老半天，他觉得他的心理也出现了问题。这把瑞士军刀就像潘多拉魔盒那样被打开，布朗的噩运正降临在他的头顶，想着就令人战栗。

从省城医院出来，他悄悄来到了这所心理疾控中心。他对这所医院有所了解，心理学博士柯蓝的心理咨询中心在军内很有名气。资料介绍，她毕业于军队医科大学心理系，在美国哈佛大学跟随美籍华人心理学博士朱晓琳教授专攻心理学专业，获得心理学博士学位，归国后就职于军队心理疾病控制中心。

他十分容易就找到了柯蓝博士的心理咨询中心。可他没有预约，咨询室的门是紧闭着的。门楣上LED屏幕滚动着红字：正在咨询中。

黄昏，门徐徐开了。走出来一位年近四十岁的知识女性，戴着一副深度的近视眼镜，出门的时候用眼镜片下深邃的目光斜视了一下坐在门前候诊椅子上的他。他迎上前去，不料那个中年女人匆匆地离开了。他把这个女人当成心理学博士了。

一位年轻漂亮的女医生探出头来，晃动着一头乌发问："还有哪位朋友想到这里来聊天？"

他猛然站起身，走上前去。看到他，她愣了愣，像是被他高大健硕的身材吓了一跳。他没有穿军装，威猛的样子有些吓人。

他急切地说："我不想聊天，我想请柯蓝博士为我做心理咨询。"

漂亮的女医生甩了一下掩在脑门前的短发，做了个邀请的动作说："请进。"

他的心动了一下，前女友冯丹也有这样的习惯性动作，飘扬的黑发飞扬的一瞬乌亮的眸子熠熠生辉。他突然感到一阵温暖。

他进了屋子。宽大的屋子摆满了各式各样的绿色植物，几盆类似芭蕉的植物叶片宽大，墨绿的叶片上还滚动着水珠，四处弥漫着水淋淋的味道。植物中间放着两张柔软的绿色旋转椅子。他的心情慢慢平静下来。

他对年轻的女医生说："我想请柯蓝博士为我咨询，请问柯蓝博士在哪儿？"

漂亮女医生莞尔一笑，露出白白的牙齿说："她就在你的面前。"

他也笑了，说："你怎么可能是柯蓝博士？"

女医生咯咯地笑出声来说："我怎么就不是柯蓝博士，说个理由。"

他也笑了："你说得对，我没有理由说你不是柯蓝博士。"

他把刚才那个架着高度近视镜、目光深邃的成熟女人当成了柯蓝。在此之前，他见过两个资深心理学博士，男性，一个头发花白，瘦弱的面孔如同根雕，一个大腹便便，头顶只有稀疏的几根毛发。他猜测，心理学博士阅尽人间沧桑，饱读人生哲理，最起码不是眼前这个一脸灿烂笑容、青春如花的女子。看来，想象和现实有着天壤之别。

他坐在那把绿色的旋转椅子上，目光打量着对面的女医生。

这个女医生如果穿上时装绝对比前女友冯丹漂亮。她身材挺拔，凹凸有致，关键是面部的微笑，女人的柔美温顺和亲和力都蕴含其中。这样的微笑冯丹没有。冯丹火辣，像团燃烧的火焰，笑起来前俯后仰，连喘气都不均匀。

有一次队友吴东升陪他看完冯丹的时装表演说，她不是个完美的女人，看女人不能只看身体和脸蛋，关键要看气质。吴东升的结论是冯丹长得虽然很漂亮，但气质欠佳。他嘲弄吴东升说吃不到葡萄说葡萄是酸的，气质欠佳的女人怎么可能当时装模特。吴东升很认真地说，冯丹缺乏内涵气质。陆军上尉吴东升是个美女鉴赏家，他的前任女友是航空公司的王牌空姐。

后来证明，吴东升说得没错，潮女冯丹虽然去专修过礼仪课，但她培养不出这样的内涵来。

可他还是十分迷恋冯丹诱人的身体和迷人的面容，或许，这个女人在他的精神世界里将永远挥之不去。

女医生微笑着对他说："请注意你潜意识里无法控制的欲望。"

他的心思被看穿了，脸红了一下，尴尬地笑着向她伸出手，礼貌地自我介绍："我叫戈睿，陆军上尉，柯蓝博士，你很漂亮。"

女医生没有握他的手，而是一本正经地说："你不必恭维，上尉。如果没有猜错的话，你来自一线作战部队或特种作战部队。没有转诊单，自己能有足够的勇气到这里来，说明你有很强的心理优势，但这不能证明你不脆弱。蛋壳也很坚硬，但最容易破碎。此刻，你不张扬的性格和张扬的欲望在普拉格尼潜在的人格防范中得到隐藏，从而证明了摩根心理主体结构的最高层次再现。"

她说话的语调和节奏舒缓，条理清楚，像一条潺潺流淌的河水，平静而流畅。可他没有听明白她到底讲了些什么，就有些迷惑地问："你能不能讲通俗一些？"

漂亮女医生说："完全可以，但你必须如实回答我的问题。"

他点了点头。

她接着问："几个月前，是不是有一次完美的性体验？"

他没想到她会问这样十分赤裸的问题，脸腾地就红了，十分尴尬地点了点头。

年轻的女医生也笑了，白皙的脸上露出了两个深深的酒窝。她接着柔柔地问："别不好意思，是不是最近很长一段时间再也没有过？"

他的大脑一下子就回到了前往土耳其受训的前夜，冯丹在他身上疯狂颠簸的情景。

他的脸有些发烧。他根本没有想到她会问这样的问题。女医生仍然面带微笑等待他回答，他只好说："是！"

女医生接着问："是不是梦境里常常会出现性爱中的某个画面、某些话语或者某个过程？"

她一下子击中了他的要害，他站起身来有些羞怒地问："你问这些有必要吗？"

女医生柔和地说："对不起，很有必要。虽然此刻你表面上很安静，但你的大脑皮层很兴奋，有可能的话，你的大脑里还会出现许多其他画面，譬如杀戮、暴力、乌黑的枪口顶着你的脑袋、一颗子弹洞穿你的脑门……"

他点了点头慢慢地坐下来。眼前漂亮如花的美女医生像个洞察心灵世界的女巫。

四

记忆像条逆流而上的大马哈鱼，无止境追寻河的源头，死不罢休。

他在寻求来到这里的理由，之所以下定决心独自跑到心理疾控中心来，很可能缘于那次夜间伞降突击行动。

夜色朦胧，夜空中直升机的信号灯闪烁诡异，这让他有些迷惑。他的意识处于半梦幻的状态。

那次，他们伞降的地域是那片熟悉的丛林，林子周围还有湖泊。纵身跳出机舱的一瞬间，他忘记开伞了，鬼使神差，一个王牌特种兵竟然在伞降的时候靠备用伞救命。或许是长期形成的规定模式，他下意识地拉开了备用伞，否则从28000米高空坠落，他的肉体会顷刻间化为齑粉。

那一刻他的大脑进入了混沌状态，眼前总是晃动着梦境里那个冲他开枪的混蛋。

他坠落在湖边的草地上之后根本不按任务行事，而是顺着那条溪流野狼一样号叫着狂奔，连树枝划破了胳膊，荆棘刺破了小腿也不顾。身后的罗宁和李墨不知道发生了什么事情，在他的后面紧追不舍。奔跑、跃进、卧倒、潜伏，两个小子把他的每一个战术动作、每一个作战习惯都当成效仿的典范。他们对他的信任程度到了可以把命运都交到他手上的程度。他不停地朝着灌木丛里开枪，打光了身上所有的子弹，最后他一路奔跑到了溪流的尽头，但那张脸再也没有出现。

他懊恼不已，吼叫着用锐利的枪刺凶狠地猛刺着那棵碗口粗的马尾松。树在黑暗中摇曳，枯萎的松叶针芒般落下来，乱蓬蓬地扎在他脸上。他的心缩成了一只恐惧的刺猬，敏感而脆弱。

很长一段时间，他害怕在黑夜里行动，更害怕在丛林中行走。黑暗的丛林蕴含着无数个未知，那张涂抹着迷彩的脸就隐藏在茂密的植被间，乌黑的枪口随时都能伸出来瞄准他的脑袋。而那一刻，他行走在丛林里就像梦游，分不清是虚幻梦境还是现实空间，这样的混沌让他无语。

罗宁和李墨也打光了所有的子弹，他们飞快地穿过丛林，沿着小溪奔跑，直到仰躺在地上大口地喘气。

耳麦里传来大队长周五湖歇斯底里的叫骂："第一组，你们这三头蠢猪，为什么不按照预定的方位前进。"

他在丛林里横冲直撞，但他最终也没有找到他要找的敌人。这样的懊恼让那枚嵌在脑袋里的子弹得意忘形，它不停地旋转着，老鼠一样在耳鼓上吱吱乱叫，那样的感觉让他生不如死。

他焦躁不安地从地上爬起来，朝着林子深处的那棵马尾松走过去。他用头抵着那棵树不停地撞着，一直撞到头破血流也没办法让自己平静下来。他拔出树上的匕首对准自己的脑袋，如果不是罗宁和李墨跑过来抱住了他，拼命夺下他手里的匕首，那把锐利的匕首就会刺入他的大脑，直抵那枚旋转的子弹，把它挖出来，撬出来，在阳光下暴晒，把它碎为齑粉。

可是，一切都是徒劳，他对自己这样的状态无可奈何。他沮丧地抱着头蹲下来，悲憾淤积在胸口，他忍不住想哭出声来，但哭声在他的喉咙里咕噜来咕噜去，他最终还是没有放声悲歌。

泪水像奔涌的泉水，狂流不止。

罗宁十分疑惑地望着他问："头儿，你怎么了，你到底怎么了？"

他也不知道自己到底怎么了，他想把那枚可恶的子弹撬出来。他在湖边的灌木丛里哭了好一会儿。直到晨曦染遍了山川湖水他才止住哭泣。他从来没有这样酣畅淋漓地哭过，漫长的九年军旅时光，他经历了太多刀光剑影，太多挫折障碍，但是他从来没有哭过，甚至没流过一滴眼泪。

男人流血不流泪。这是他步入军旅后铭刻在心的座右铭。

可是现在他哭了，哭得天昏地暗，内心流血。

李墨和罗宁被吓坏了。他们从来没遇到过这样的事情，在他们的眼里他是个刀枪不入、五毒不侵的硬汉。他们不知道什么事情能让他们心目中仰慕的英雄泪满衣襟。他们小心翼翼地陪伴在他身后，有些茫然失措。他们不知道用什么样的语言来安慰他。他们找不到他的伤口到底在哪里，给不了他任何抚慰，他们只有傻傻地站在哪儿，什么也不说，一直等到他慢慢平静下来。

阳光已经明晃晃地照耀在丛林和湖泊，伞降突击行动已经结束了。无线话筒里传来大队长周五湖十分冷漠的归队召唤。周五湖对这次伞降突击行动十分不满意，他们进入丛林就开始犯错，所犯的错误十分低级，简单的方位角行进让他给弄成了南辕北辙。

他的额头上还流着血，鲜血和泪水流淌到嘴边，腥涩的味道让他一下子清醒了。

他从失控的状态中回过神来，十分抱歉地恳求两个新队友说："对不起，兄弟，这件事情我不想让第四个人知道。"

两个新兵点点头，他们没有再问他为什么这样，到底出了什么事情。这是特种兵的规矩，特战队员在指挥员面前没有资格问"为什么"。

他知道他的举止令他们很吃惊,他曾经是他们的战神,他的一举一动都是他们的神话。可现在这个长跪在湖边放声悲歌的硬汉让他们感到很陌生。他们没想到他会哭得这么伤心,他们不知道是什么事情让他悲痛欲绝。两个人一脸茫然。他们怎么能知道究竟是为什么呢,连他自己都搞不清楚是怎么一回事。

五

那次演习,他们第一小队的表现十分糟糕。

事后,他到大队长的帐篷去道歉,这是他第一次向周五湖这个魔鬼般的家伙道歉。他像个做错事的孩子。他甚至还蹲在周五湖帐篷旁边的小溪边小声地哭泣。他的举止让周五湖愣住了,他没有再喋喋不休地责怪他。

他转身离开的时候听到周五湖自言自语说,夜间伞降靠备用伞也能安全着陆,伞降速度快了七分钟,这小子也真能创造奇迹。听着周五湖自言自语的赞赏,他的内心升起一股莫名的悲哀,这件事情只有他自己心里清楚。

那一刻,他的大脑进入了梦游状态,行为突然间不受控制了。他的脑海里突然间闪出一个可怕的念头,这次特种兵比武,他不准备参加了,他的状态真的很糟糕。他返回帐篷,想把这件事情对周五湖说清楚,话到嘴边,又咽回去了。

当兵到现在,周五湖在他身上倾注的心血不亚于对他自己的儿子,他常常在那帮陆军师长面前自诩,戈睿是我亲手锻造的一把钢刀。此刻,他如果说他锻造的钢刀已经折了,周五湖会疯掉的。

周五湖问他,还有什么事?

他说,我要请假。

周五湖头也没抬地回答他,不行,两个月后,跨国演习就正式开始了,时间很珍贵,每一秒钟都是金子,你状态很好,我很看好你,但这也不是你翘尾巴的理由。

那天,他第一次在周五湖面前强硬,他瞪着眼睛,像是在喉咙里怒吼,我必须请假半个月,必须!

那一刻，他说话的声音很大，像是喊出来的，有点歇斯底里。

周五湖吓了一跳，镇定下来怒斥他，喊什么，说个理由！

他接着喊，我要休息，要平静，要思考不行吗？

周五湖看了他一眼，翘着嘴角说，长本事了，还跟我喊？半个月不行，只给你三天。

铁腕上校周五湖第一次妥协了，但平息不了他的愤怒。

他接着吼道，我要请假，半个月，少一天都不行！

他愤怒地和周五湖对视好一会儿，然后就出了帐篷，出门时还一脚把帐篷外面的军用脸盆踢出几丈远。他没有理会周五湖跟出来怒吼般的叫骂，头也不回地大步离开了营地。

很长一段时间，周五湖对他看得很紧。周五湖不允许他再去找冯丹。他和冯丹分手后，周五湖曾经找他谈过，命令他必须狠下心来，不能藕断丝连、黏黏糊糊，否则会让女人成为一种障碍。让女人成为障碍是特种兵所不齿的。

对于女人，周五湖是坚硬的。这个年龄马上奔四的老男人曾经有三次失败的婚姻，除了第一任妻子给他留下了一个十三岁的儿子外，他一无所有，房子和存款都给了离他而去的女人。周五湖在婚姻生活里很强势，像狮群里唯我独尊的狮子王，女人都是因为受不了这样的强势才选择离开的。周五湖的三任老婆都说他是一块坚硬的石头。

周五湖说，要做特种兵的老婆必须具备滴水穿石的本领。

周五湖说，冯丹没有滴水穿石的耐性。

有几个女人能具备滴水穿石的耐性呢？

他渴望周五湖能够理解他，可一块坚硬的石头不可能怀揣一颗柔软的心。

他换上便装，一路奔跑着离开了伞降训练的野外营区，像一个偷偷逃出营房的新兵。走在起伏不平的山路上他的心忐忑不安，他不知道自己到底要去哪里。他觉得自己仿佛是一片漂流在茫茫水面的叶子，根本无法预想河水要把他带向何方。

他在柏油马路上拦住了一辆出租车。他对开出租车的中年男人大声说："走，快点带我走，去省城。"看到出租车司机有些胆怯地望着他，他拿出了自己的军官证晃了晃说："快点走，我要执行一个任务。"

他在霓虹闪烁、高高低低的建筑群里找到了冯丹住的那栋二十一层高楼。那儿曾经是他们的蜜巢，他们曾经度过了很多个甜蜜的夜晚。他在灯火辉煌的楼底下，仰望着九楼的那扇窗户站了很久。他渴望蜷缩在冯丹丰腴的胸膛前静静地哭泣。

　　此刻，他却找不到一个可以把脸深埋起来安静哭泣的地方。

　　他站在楼门前很久，最终还是没能按动楼道口安全门上的密码键。那个大腹便便的中年男人搂着冯丹腰肢，把肥胖的脸贴近冯丹脸颊亲吻的画面，再次浮现在他的脑海里，这样的画面再次把他击垮了。他缩回了伸向密码键的手，十分沮丧地离开了那栋高楼。

　　马路上鱼群一样的车辆在城市的河流里来来往往。几辆拉客的出租路过他的身边刻意减缓了车速，见他没有反应，便加快速度，一阵烟一样在他眼前消失了。

　　城市错杂的街道和纷杂的建筑像无边的丛林让他有些茫然，他奔跑其中，根本寻找不到自己的目标。

六

　　他去了酒吧。那家叫作"深度战栗"的酒吧是冯丹经常去的地方，他也曾经去过。冯丹的好朋友寇豆豆在那儿领舞。

　　酒吧的气氛很热烈，宣泄的DJ音乐声中舞台上男女拼命地摇摆。寇豆豆果然还在舞台上领舞，长发飞扬，扭动着腰肢像条起舞的眼镜蛇。他在吧台前的转椅上犹豫地坐下来，要了两瓶啤酒，可此刻一点儿都不想喝。

　　他来这里是为了寻找冯丹吗？他也不知道。但此刻他是在急切地盼望着她的出现，哪怕躲在幽暗的角落里看着她端着酒杯优雅地坐在那儿。他想象看见了她与众不同的衣服，她披在肩头或高高挽起的长发，还有从她身上传来的淡淡香水味。他尽可能地在记忆里搜索那种香水的品牌，似乎这样的香水味能衬托出她淡雅芬芳的体香。

　　他盯着冯丹过去坐过的地方看了很久，那儿真的就坐着一男一女。女人三十岁左右，高高的个子，脱掉了外套，里面的衣服很裸露，摇曳的灯光里，丰满的胸部春光乍泄。女人旁边的男人似乎看到他在这边盯着女人看,他提醒一下身边的女人,女人咯咯地笑着把外套穿上了。他的目光仍然停留在那地方,思绪仍然翩翩飞舞。

他感觉冯丹就坐在那个地方,垂着的黑发半掩着面孔,姿势优美地呷着酒。

那个四十几岁的男子很粗野,拎着酒瓶子走过来粗声粗气地说:"嘿,哥们儿,眼睛往哪儿瞅呢。"男人打断了他的想象,他摇摇头笑了,他觉得自己真的很奇怪,他竟然把那个长发女子看成了冯丹。

男人对他的笑有些懊恼,他把他的笑理解成了挑衅。男人抡起了酒瓶子朝着他的脑袋砸过来,哗的一声瓶子碎了。

舞厅的音乐戛然而止,所有人的目光一下子聚集了过来。洋酒的辛辣味道顺着味蕾蔓延开来,他摸了摸头,还好,没有任何损伤,他的脑袋开过无数次瓶子、鹅卵石和钢条,这样晶莹剔透的超薄玻璃根本不值一提。

他朝前走了一步,抹了一把脸上的酒,舔了舔干燥的嘴唇,轻蔑地看了男人一眼。男人似乎吓坏了,向后猛退了几步。他又摇摇头笑了笑,像是自言自语:"那地方真的什么也没有。"女人慌忙看了看自己的胸。她以为他在嘲笑她的胸部不够饱满。他解释说,那地方没有我要找的人。男人疑惑地看了一下他,嘴里小声嘟囔了一声"神经病",然后拉着女人跑出了酒吧。

他对围观的群众挥了挥手示意他们继续。音乐很快响起来,酒吧又恢复了狂欢。他在一片喧嚣声中接着喝自己的啤酒。

寇豆豆舞动着柔软的身体走过来,四周的人开始呼喊他,希望他能随着强烈的节奏和摇摆成蛇般的美女共舞。可他的大脑乱哄哄的,身体丝毫没有摇摆的欲望。

他站起身来朝着酒吧的门外走,寇豆豆飘着一头长发从后面奔跑着追过来冲他喊:"戈睿你站住。"他没有理会她接着朝前走。

寇豆豆拦住他说:"戈睿,你听我说,我刚刚给冯丹打电话了,她正在另外一个城市演出,她说让我一定留住你,她有话要说。"

他笑了笑,拨开寇豆豆挡住他的身体,一句话不说,大踏步朝前走了。

寇豆豆在他身后大声喊:"冯丹真的爱你,傻子,你怎么就听不进去解释呢?"

他听过冯丹的解释,冯丹曾经给过他一个理由。她说那个男人准备给她投资办一场属于她自己的服装秀。办一场奢华的服装秀是她的一个梦想。她在她们那个圈儿里已经有些名气了，但要成为顶尖的模特还有很长的路要走。可她已经不是青春美少女了，美丽太短暂了，稍纵即逝，她要把握住这个机会。他却给不了她这样的机会。

酒吧的门口霓虹闪烁，寇豆豆在他身后大声喊："你要去哪里？冯丹怎么联系你？别骗自己了傻子，你也爱冯丹，你爱她！"他没有回答，也没有再回头，只是一个人沿着街道朝前走。他的内心更加空旷，那个时候，街道上的一些路灯已经熄灭了。

深夜来了，只留下建筑群深处的霓虹在诡秘地闪烁。几只夜猫沿着墙角奔跑追逐，飞快地钻进了马路边的隔离带。一只猫站在水泥台子上，在昏暗的灯光下啼叫。他的心情极其灰暗，觉得自己就像那只被遗弃的猫，游荡在城市高高低低的建筑群里，茫然无措，孤独无奈。

七

窗口的曙光红绸缎般从不锈钢管间滑落进来，光润中吊兰嫩绿的叶子竟然挂着露珠。曙光里的露珠，晶莹剔透。没来这里之前他查过资料，这里是军队最好的一家医院，病房采取墙体环保设计，室内恒温恒湿，没有季节的区别。

心理学博士柯蓝把病房布置成了绿意盎然的春天。

床很舒适，这个夜晚破例没有梦游。没有梦游的感觉真好。他抱膝而坐，脑袋里被子弹嵌入的感觉消失了。记忆沿着时光的隧道溯流而上，能帮助他理清混乱的思绪。

从夏天到秋天，他累计梦游三十六次。虽然这是他第一次在演练中误事，但绝对是个不可忽视的问题。他悄悄跑去省城医科大学的脑外科、神经科进行检查，他的大小脑一切正常，无任何神经损伤和神经异常。奇怪的是，在发生梦游期间，他们这个特战小组取得了骄人的成绩，伞降机降、动力三角翼、潜水、武装泅渡、夜间射击、长途奔袭、特战对抗，他们小组位居三个小组之首。最近的一次小组对抗演练，他的小组把另外两个小组打得溃不成军。他最后甚至还表演了狙击步枪打枪刺刀尖的绝技，枪枪命中，弹无虚发。

特战二小队的成绩被他们远远地抛在了后面，连吴东升这个从不服输的家伙都一次次对他说，你这个混蛋这段时间是打了鸡血还是在玩命？你不能让我的兄弟们一路追你追得筋疲力尽还望你兴叹。

在特种作战旅，他的地位愈发不可动摇。他是特战旅的又一个英雄神话，在此之前周五湖是特战旅官兵的英雄传说，这样的传说曾经贯穿了他整个军旅生涯。

周五湖说起他总是意气风发，这个年近四十还长着满面粉刺痘疮的陆军上校，得意的时候鼻尖上的红痘痘油光发亮。他是周五湖千锤百炼调教出来的特战队员，周五湖总会让他在关键的时候出现在关键的地方。

大战在即，第一特战小组的训练状态让周五湖很兴奋，他对他们这次出国比武胜券在握。若有外宾或上层领导到访，周五湖就会让第一特战小队出现，这是特战旅的"招牌菜"。可是，军内外的观摩团越来越多，有时候一周就有两三拨，他开始厌恶这样的表演。

那天他第一次向周五湖发难，拒绝表演。他说，我们是特种兵，练兵是为了打仗，不是要把戏的猴子，上蹿下跳地去赢得那些官老爷的喝彩。

他第一次这么尖刻地批评周五湖好大喜功。

周五湖大手一挥打断他说，你懂个屁，要让别人知道你的存在就必须彰显你的实力，争取新装备、争取经费、建设训练场、练兵搞演练，哪个地方不需要花钱？

周五湖像个四处敛财的"土财主"。

周五湖的官当大了，很多举动却让他嗤之以鼻。周五湖像是早没了狮子王的血性。

过去，周五湖曾经是他最大的一个敌人，如今他这个敌人似乎已经不堪一击。看着身手矫健的周五湖已大腹便便，终日忙得不亦乐乎，他就有些失望。在他心里，周五湖这个特战精英曾是特种兵的传奇，是他心目中一颗结满果子的树。

那时候，这棵树上每一粒果子都有他跳着也达不到的高度。现在他几乎看不到这棵树开花了。

周五湖说，过去我是别人枪膛里的子弹，现在我是那个扣动扳机的人。小子，要摆正你的位置，一颗子弹根本不需要问我什么时候开枪，怎么样开枪，为什么要开枪，你只需要待在更优越的膛线里等我把你打得更远，击中我必须击中的目标。

周五湖曾经是他心中的神。

他对周五湖的膜拜丝毫不亚于现在李墨和罗宁对他的态度。

可最近他突然发现，他顶撞周五湖的次数越来越多了。跟自己的上级顶撞，这是特种作战部队的大忌。周五湖说得没错，一个优秀的特种兵就是指挥员枪膛里的一颗子弹，在扣动扳机的那一瞬间，必须毫无理由地击中他锁定的目标。

周五湖还说过，一颗不听话的子弹哪怕再金光灿灿也只是一颗臭子儿。

他不知道，在周五湖的心里，他是不是已经是一颗臭子儿了。

有一次，特种作战科目演示完毕，前来观摩的将军常戎拍着他的肩膀说，上尉，你的成长让我看到了中国陆军的希望。

他熟悉这个将军，将军也熟悉他。确切地说，将军是他步入军营的引路人。

上大学四年级的时候，他听过常戎将军做的某军事论坛的国防知识讲座。那时候他是一个铁杆军迷，心中的热血每天都在沸腾。

他曾经是他们那个论坛里最活跃的纸上谈兵者，他的军事知识渊博，能从古罗马的铁血战争谈到今天信息化战场的角逐。他的很多战略战术观点很受军迷们的推崇，常戎将军也十分喜欢他。很大程度上，他入伍和顺利进入特种作战部队都跟这位将军有关。那时候他不知道，战区副司令跟特种作战旅的旅长交代说，这是个有梦想的士兵，我喜欢这样心里装着未来战争的士兵，希望有一天在战场上，能实现他的梦想。

现在，常戎将军已经是战区分管作战训练的副司令了，在此之前他曾经担任过联合国的军事观察员，他曾目睹中东、北非地区的各种特种作战。他能给戈睿这样的赞誉，自然难得。

他知道将军这样的赞誉应该是发自内心，但他看着大队长周五湖因兴奋而变得红红的鼻子，他的脸还是很红，火辣辣地发烧。他听到周五湖在常戎将军身旁小声地说："如果这小子是匹千里马，首长您就是伯乐，千里马常有，伯乐也就只有首长您了。"

那一刻，他听到自己在鼻腔里鄙夷地哼了一声。以前的周五湖从来不会点头哈腰地拍马屁。在他的眼里，周五湖的腰杆笔直得像一根坚挺的钢筋。周五湖说："没有什么能让一个特种兵弯腰。"他为周五湖现在这样的表现感到羞耻。

他越来越不喜欢这样的表演，越来越不喜欢这样的赞誉之声。他不止一次在不同的场合发表过抗议，特种作战部队最首要的任务是要瞄准对手潜心打造一剑封喉的国之利刃，而不是终日忙碌于炫耀这把尖刀的寒光闪闪。他也曾经不止一次告诉身边的士兵，特种兵就是一把高悬于祖国利益之上的尖刀，这把尖刀是要杀人的，而不是用来炫耀的。他知道，世界上一流的特种作战部队，几乎每一个战术动作都是为对手设置的。特种作战每一个动作都跟杀人有关，跟动作好不好看、熟不熟练没任何关系。

他梦想做一个纯粹的特种兵。然而现在，他连射中他脑袋的对手都找不到，没有事情比这样更令人懊恼了。此刻，他唯一的目标就是找到那个冲他开枪并且一枪击中他脑袋的家伙，然后用锐利的牙齿咬碎他的喉管，喝尽他的鲜血。

仇恨让他无法平静内心的骚动，他时刻有一种伸出双手掐断一个人脖子的念头。

最初的几天，他每天都在睡觉。他有一种溺水般的感觉，憋闷、焦躁、彷徨。他像一条找不到河流的鱼，露着赤裸的脊梁，拼命寻找氧气呼吸。

隔壁阳台上趴着两只慵懒的猫，晒着太阳，睡得无比甜美。他觉得自己比那猫更懒，一天连着一天，吃饭，睡觉，打电脑游戏，看网友晒一些不痛不痒的糗事……

除了这些，他不知道自己还能做些什么。

这个正午，他做了一个梦，梦到在南国丛林中穿行。一群该死的敌人正在追逐着自己。树上、灌木丛里、岩石后面、地下工事里，一支支黑洞洞的枪伸出来，瞄准他一齐开火。枪枪都击中了他的脑袋，血和脑浆混杂在一起，红白相间地流了个干净，他晃着没有脑浆的脑袋在旷野上拼命奔跑，鲜血淋漓的面孔极其丑陋。

刹那间，他被自己死亡的模样给吓醒了，猛地一下坐起来，汗水淋漓，惊恐不已。

他坐在床上不住地喃喃自语说："不能这样过下去了，真的不能这样过下去了。"可他不知道自己该干些什么，年轻的上尉连睡觉的事情都进行不下去了。

这个夏天，憋屈至极。

梦境，令人恐惧的梦境，让他不敢再闭上眼睛。

他直愣愣地盯着天花板，透过蚊帐看着那只在宿舍墙角趴着的壁虎。壁虎也无所事事，它们也不知道自己该干些什么。他突然想，这时候来一场战争，哪怕把一梭子子弹倾灌进他的身体，一腔子血都流干净，他也是舒畅的。

寂静的日子让他狂躁不安。

八

皎洁的月光从窗口的玻璃窗户上投射进来，屋内朦胧一片。他静静地坐在病床上，淡淡的月光把他的影子打在洁白的墙壁上，墙上的影子也一动不动。他不知道自己是睡着了还是意识有些恍惚。那枚子弹镶嵌在他的大脑里像一条电脑搜索引擎程序，旋转、晃动，许多遗忘在记忆角落的事情像被过筛子一样很快搜索出来，幻觉般情景再现。

最初认识特种作战大队长周五湖是在军网上。那时候他是个不可救药的军迷。挂在网上的一幅高清晰插图中，从国际特种兵竞赛归来的周五湖帅气的神情瞬间秒杀了他。身材高大的特战一连连长周五湖上尉斜靠在一棵苍翠的大树上，怀抱着那把88式狙击步枪，一身专业狙击手的迷彩仿真伪装，戴着墨镜，满脸的迷彩油，丛林迷彩帽的阴影把面孔遮挡得有些模糊，一双眼睛露出极富杀伤力的寒气。他没想到中国也有这样霸气的特种兵，真酷。男人张扬的血性和钢铁般的硬度让正准备读研的大四学生戈睿心潮澎湃。

人生道路上有无数个拐点，遇到周五湖，他的人生发生了180度的偏转。如果这样的事情不是真实发生在他的身上，没有人相信一个文弱的数学天才会成为纵横丛林的铁血战士。

说到敌人，他真正遇到的敌人就是周五湖。周五湖像生长在他前面的一棵枝头开满奇花结满异果的树，色彩斑斓，魅力无穷。从某种意义上来说，他是因为渴望周五湖这样的生活才踏上艰难军旅的。周五湖是他崇拜的偶像，他渴望周五湖给他想要的生活。

很多年后，他一直这样认为，他是从网上看到周五湖照片的那一刻起，对男人高度开始重新丈量的。

于是，当同学们在为考研、出国备战的紧张时刻，他却以一个在校大学生的名义向总部分管特种作战的常戎将军写了一封强烈要求参军的信。他没想到他的信很快得到了回复，接下来是报名、体检、政审，他很快成为特种部队中的一员。

他刚刚从新兵连军训结束备选特战一连的时候，丛林伞降作战训练刚刚开始。作训股长把他带到周五湖面前说，这个兵叫戈睿，名牌大学数学系在校生，他能到咱们特种作战部队来当兵纯粹是出于对你的仰慕。

周五湖斜着眼睛打量了他一下，很快眯起了眼睛，怀抱着狙击步枪躺在吊床上晃荡。周五湖丝毫没有理会作训股长说什么，一张涂满迷彩的脸就是这样一副表情。他眯着眼睛冷笑一声，长满红色痘痘的鼻子向上抽了抽，鼻尖上那个油亮的痘痘更加显眼了。很多时候证明，这样的青春痘只有在周五湖得意的时候才会这么油光闪亮。

他没有正眼看他，嘟囔了一句，豆芽菜，你来这里能干吗？

这样轻蔑的表情一下子就激起了他的斗志。

他也在鼻子里哼了一声说，我来这里，就是要战胜你！

周五湖听了猛地坐起身来，盯着他看了好一会儿，哈哈大笑继而阴冷地说，你这样的回答我喜欢，可要想战胜我，你得死上一百次。

周五湖说完，一翻身在吊床上打起了轻轻的鼾。面对这个骄横的特战精英，作训股长冲他摊开手，耸耸肩，无可奈何。

周五湖是这个近千人特种作战部队的高度，很多人看他都要用仰视的目光。

在这个优胜劣汰十分明显的部队里，站在顶尖的人物往往高不可及。

周五湖带领的特战一连是特战旅唯一可以在全大队海选特战队员的连队。这个连队云集了全大队的特战精英，所有队员的特战素质是最全面的，潜水、机降、伞降、三角翼等几大共同专业考核成绩全部达到优秀才能进入备选范围。

身材魁梧高大的周五湖最初根本不看好他。

周五湖说，一个优秀的特种兵必须是强健的体魄支撑着一个睿智的脑袋。

那时候，他不具备健硕的体魄。十九岁的他生得瘦高，白白净净，细皮嫩肉，周五湖说他像个娘们。以后的日子，周五湖总是用手指拧着他粉嫩的脸嘲弄他，瞧瞧这白嫩的皮肤，这肤色，真像个娘们。

他天生不具备特种兵古铜色的肤色。他的皮肤在烈日下暴晒脱了皮都晒不黑，漫长的夏季外训归来，队友们黝黑的肌肉和闪闪发亮的肤色无处不彰显着男性健壮的美。在这些雄性激素四溢的男人们中间，他十分羞涩，他的肌肤除了裸露在外面的部分泛红之外，浑身上下更加粉白。他不敢跟那帮黑炭一样的野兽们一块洗澡，面对他的裸体，那些目光是淫秽的，他们色眯眯的，像在看一个女人的裸体。他的肌肤比女人都白，他们都戏谑地叫他"奶油巧克力"。

有一段时间，他十分厌恶自己的身体，没人的时候他总是在自己身上擦橄榄油，一遍遍地擦，夏日的正午，他会赤裸着身体在烈日下暴晒，他只有一个简单的想法，要想融入这个集体，首先要融入这片色彩。然而，半年多的时间过去了，他还是对自己的肤色自卑不已，他真的无法融入那片黝黑健美的肤色。

但是他的聪慧和坚韧很快覆盖了这种自卑，他对武器、器材的运用和对时间、角度的计算远远超过同批进入特战部队的那群兵。在特战系列枪族里，无论是机枪、步枪、手枪、匕首枪、狙击步枪、榴弹发射器、单兵导弹……他的射击成绩总是最好的。侦察器材、传输装备、全球定位、信息平台……几乎所有的特战器材，他从接手到熟练操作都是所用时间最短，使用方式最恰当，获取数据最准确。

特种兵这个群体看起来更像兽性十足的狼群。他很小的时候就喜欢看动物世界。在动物世界里他最喜欢龇着牙齿快速奔跑的森林狼。他要用行动证明，在庞大的狼群中他这只狼不是一只羸弱不堪的狼崽，而是一只奔跑速度最快、嗅觉最灵敏、反应最灵活、牙齿最锋利的头狼。像一道数学难题的论证一样，他在用无数个数据来证明自己在这个集体里的位置。他要证明自己比任何一个同期入选特战连队的士兵都优秀，尽管脚下荆棘重重，他必须脚步不停地奔跑，尽管这样的证明过程像陈景润的哥德巴赫猜想，每一步都特别艰难。

狼行天下，一切从磨难开始。

九

那个深秋的黄昏，周五湖怀抱着88式狙击步枪倚靠在一辆迷彩猎豹车门前，半眯着眼睛望着苍茫的群山和茂密的丛林，对他们二十五个列兵开始了他的开场白："一名优秀的特种兵一睁眼看到的就会是敌人的枪口，要想不被瞄准镜锁定就必须首先锁定你的对手。你们前面无边的丛林就是你们的地狱，我就是你们的敌人，也就是说，我这把狙击步枪留下来的人将成为特战一连的士兵，其余的人都会是死人，特战一连从来不留死人。你们听明白了，所有队员都不准带口粮，不准带任何饮用水，徒步行军40公里，沿途穿越丛林，冲破围追堵截，运用携带单兵北斗系统完成向蓝军指挥所输送红军炮兵、导弹阵地和重装部队部署的正确方位，以文字方式向指挥所请求火力支援，引导航空兵、远程炮火进行摧毁。你们可以三人一个作战小组自由组合，当然，你想当孤胆英雄也可以，这就要看你的造化了；现在我宣布，代号为魔兽的实战考核从此刻开始，后天晚上这个时间结束，我们的代号是魔，你们的代号是兽。什么是兽，我可以告诉你们，进入这片丛林千万别把自己当人，在荒无人烟的丛林里人是最懦弱的动物，这里是强者的天堂，在这里你们即便是狼、虎、豹也要被扒掉一层皮。现在开始对表，请记住你们只有四十八小时，祝你们好运！"

说实在的，他不喜欢周五湖这样的开场白，强势的人对弱小者惯用的藐视让他很不舒服。很多年前，他被这样藐视惯了。从那一刻起他就已经开始不崇拜周五湖了。

眼前这个高高在上的人应该是他的敌人，是他的障碍，那一刻留给他的只有一个信念——超越他。

二十五名新人迅速散开，群狼嗷嗷吼叫着冲进了丛林。夜幕开始降临，未来的四十八小时，这片丛林将是他们的噩梦。荷枪实弹的特战老兵们早已在无边的丛林潜伏多时了。每一个山坳、土丘、灌木丛、树上、岩洞都暗藏着杀机，稍不留意就会被各类枪支锁定。作训参谋开着越野车沿途收容那些被枪击中或忍受不了饥渴疲劳的倒霉蛋，淘汰考核开始不到两个小时，一半以上的新兵就被收容了。

他没有选择小组行动，他选择了独自作战。

命运真的没有眷顾他，进入山坳，他就陷入了三名特战队员的包围，一挺班用轻机枪在他头顶进行着火力试探，两名步兵实施左右夹击。完全干掉他们根本不可能，他没有1:3的战斗潜质，这样的情况只有选择逃离或者放弃。三名特战队员似乎已经发现了他，像是在玩虐鼠的游戏，他们不断地缩小着搜索的范围，把他逼向那条狭长的山谷。

戈睿的头脑是清醒的，如果按照既定的方位走，前面会是断崖，崖下是方圆几十公里的淡水湖。那是一条绝路。他们是想把他逼上绝路。他在心底冷笑了一声，一个滚进向机枪手射出了一梭子子弹，开始向相反方向奔跑。各种枪支上的照明灯在雾霭沉沉的丛林夜色中晃来晃去，他们没想到他这只温顺的老鼠会突然反扑。他事先是有准备的，身上装有好几个发烟罐，他把这些发烟罐进行了改装，点燃时跟自己中弹时候的烟柱十分相似。他点燃了一个发烟罐，果然，三个特战队员以为他已经中弹了。

中间位置的士兵用耳麦对左右两翼的队友说，伙计们，他挂了。

左翼的士兵笑着说，这是一个冒失鬼，一个菜鸟，死不足惜。

那个兵的话还没说完，他的枪就响了，强亮的光柱里，那个手持96式步枪的特战队员中弹了，一股烟雾从他背上升腾起来。

右翼的小队指挥员哈哈大笑着说，你也是个冒失鬼，被一个菜鸟给搞挂了，更是死不足惜。

小队指挥员说着，朝队友中弹的地方打了一枪，刺眼的曳光弹照亮了丛林。明亮的曳光中，围剿者射来一阵激烈的乱枪。他不得不佩服这个小队指挥员的战术素养，曳光弹就在他的头顶坠落，他只能像一条蛇一样匍匐在丛林里一动也不敢动，这样一趴就是几个小时，直到左右两翼的两个特战队员从他身边踏过去，他才慢慢地抬起头来。

这个时候，他才发现他置身于一条臭水沟的边缘。全球定位系统告诉他，这是考核通过的必经之路，也是丛林魔鬼周五湖的领地。仪表里的G3号地区成了他们这帮新特战队员的生死场。他眼睁睁地看着几个同伴倒在了这里。G3号地区地形复杂，处在山坳里，植被茂密，三面都是高地，一面是一条狭长的臭水沟。沟里的水不太深，布满了枯死的树枝和常年堆积的树叶，一堆一堆地高出水面，树叶长期在水中浸泡，沟里的水呈浅黑色。他顺着茂密的枯草匍匐到了沟边，他朝着四周仔细观察了一下，顺着一个个射击的弹着点,计算出了周五湖在这里部署的兵力。凭借往日他统计周五湖射击方式出现的数据规律,他还判断出了周五湖所处的大概射击位置。

各个方位的狙击枪手隐没在高处的丛林里,枪管上的瞄准仪背后,都隐藏着一双双鹰隼一样的眼睛。三辆步战车也隐蔽在土包的背面,车载机枪透过瞄准仪的方框实现了火力交叉,此刻,即便是进入到G3号地区的一只鸟也逃不出这张由各种枪支编织出来的火力网。

一组组新兵飞蛾扑火。明知不可为而为之,是他们这帮年轻特种兵的特点。年轻的心更喜欢尝试,喜欢刺激,喜欢过把瘾就死,不管死的时候样子有多难看还是硬往钉子上碰。他在心里暗自好笑,这些新人太老实了,老实得只懂得一加一等于二,根本不愿意想二以外的事情。

又有三组新兵神情沮丧地走出G3号地区。

他没有轻举妄动,而是悄悄爬进了臭水沟。水沟里腐烂的树叶掩护了他,但水很冷,刺骨的冷很快渗透到骨头,腐朽霉烂的味道令人作呕。他像一只筑巢的水獭把身体深埋在堆积的枯枝树叶间,头顶着一大堆枯叶,只露出鼻孔和两只眼观察着岸边的一切。

两岸的丛林中人影晃动,他的大脑在飞速旋转,他在计算狙击手的射击角度,重火力的射击位置,他要等待,要搞明白从哪个方位突破才能闯过这张天罗地网。他的望远镜不停地在这一地域搜索,这里的每一个要素都是他计算的数据。

半山坡的一片开阔地上,被淘汰的九个人显然是累坏了,饥渴难耐,体力严重透支,三个人一堆背靠着背坐在草地上喘粗气。作训参谋把两个军用水壶扔到草地上,第二组喝完,连把水壶扔给第三组的力气都没有了。作训参谋只好把两个水壶递给第三组。

正午的时候,又有一组参赛者在G3号地区止步。

三个兵浑身湿淋淋地走出了丛林。初冬的天气已经很冷,三个兵冻得直打哆嗦。其中一个拖着一段枯朽的木头,磕磕巴巴地向作训参谋请求说,上尉同志,能否借一些汽油。作训参谋从油箱里给他放了一些汽油。三个人就围着火堆烤衣服。他用望远镜看了看这三个小子,他们也选择了泗渡,这是个好办法,可他们就是心太急了点。

时机需要等待,等待需要忍耐,挨不住就没有机会。

他望了一眼黑褐色的水沟,在心里盘算着,这里或许真的是一条最佳通道，但更冒险，进了水沟一旦被发现就像条翻肚儿的鱼那样好打。但他喜欢冒险，根据数据判断，周五湖肯定就在水沟尽头的某一个射击点上静静潜伏。他在等待与最强者对决。他看了看表，时间已经过去了三分之一。岸边作训参谋用无线麦克对一个人通话说，魔鬼一号，看来魔兽考核要提前结束了，现在活着的人不超过五分之一。

参选的新兵只剩下最后几个人了，难道真应了周五湖的话，所有的特战新兵都要倒在他枪口之下？丛林里没有了枪声，寂静一直延续到黑夜再次来临。

漫长的一天过去了，仅存的几个晋级者进入了难挨的黑夜。臭水沟上，一辆步战车的大灯把水面照得如同白昼。周五湖用单兵系统通知监视水沟的士兵，要看好这条臭水沟，就不信这几个小子能在臭水沟里潜伏三十个小时。然而，整个夜晚臭水沟是平静的，不见任何蛛丝马迹。黎明时分，兵们十分困乏，他们开始在臭水沟里打枪，筛子一样的子弹在水沟里自上而下梳理了一遍。

冷。刺骨的冷透过肌肉和骨骼一直渗透到骨髓深处，他伸出柔软的舌头，阻止自己的牙齿上下打架。锋利的牙齿已经嵌进了舌头，血腥的味道顺着舌根蔓延开来，舌头已经被咬破了。

时间在分秒前行，黑暗越发浓稠。

或许是周五湖开始怀疑自己的判断了，此刻外面的气温是五度，水沟里肯定低于这个温度，这帮新兵们不可能潜伏那么长的时间，除非他们变成水中的一条鱼。

或许是周五湖开始觉得自己被直觉愚弄了，他命令守护水沟的重兵参与丛林中的围剿。

臭水沟里，一团树叶开始朝前移动，另一团树叶也开始移动。

他惊奇地发现就在离他不远的地方，吴东升友好地看着他。吴东升是他们这批新人里周五湖最看重的一个。他毕业于陆军特战系，体型匀称，肌肉发达，传说入伍之前在少林寺待过，练得一手好拳脚。他没有立即回应吴东升的友好。这个人他不喜欢，平时跟周五湖走得很近，像周五湖的一只牧羊犬。

但这个时候，他们应该同属于一个狼群，要面对更强大的敌人，他们只有联手。周五湖说得没错，在这片丛林里没有人，只有野兽，他们彼此都是龇着牙齿对攻撕咬的野兽。

生存的本能让他和吴东升成为朋友，在共同利益面前根本没有喜欢和厌恶。

两堆树叶缓缓地向水沟的岔道口漂移。岸边的两个特战一连的老兵刚刚发现端倪，他和吴东升海豚一样跃起，准确地扑倒了两岸的士兵。这两个被扑倒的特战队员搞不明白，两个新兵在冰冷的臭水沟里到底待了多长时间。

当冰冷颤抖的双手抟住他们脖子的时候，一个特战队员睁大眼睛惊恐地问，你们是不是人哪？

他们在冰冷的臭水沟里待了将近三十个小时，这样的耐力超乎常人的想象。

他就在那一天和吴东升成了朋友。他最初认为他们根本不可能成为朋友。他一直戏谑地说吴东升不配做过和尚，如果连和尚都学会了阿谀奉承、左右逢源，佛法将万劫不复，世间将无清净之人。但他能一脚迈进特战一连的大门，吴东升是他最好的搭档。此后漫长的九年当中，他这个搭档必不可缺。大他一岁的吴东升有着最刻薄的语言和最宽阔的胸膛，总能在最关键的时候给他最好的建议和最善意的提醒。

跃出臭水沟那一刻，他们就遭遇了狙击。

周五湖和他的枪手们魅影般出现在茂密的丛林里。前方、左侧、右翼，红外线光柱纵横交错。吴东升冲他做了特战手势，他们一个向左，一个向右，冲进了丛林。

黎明时分，深秋的雾霭帮了他们的大忙。浓浓的雾升腾起来，弥漫在林子里，几乎都看不到人影。他们等到了机会。他们趁着黎明前的黑暗和浓浓的雾霭闯出了丛林。

他和吴东升站在十字路口的独立树前，浑身湿淋淋地在寒风中颤抖的时候，周五湖正抱着那把狙击步枪倚靠在越野车旁斜视着他们。这是游戏的终点。

这次游戏，只有他和吴东升坚持到了终点。

周五湖动了动身子，离开越野车走过来用拳头擂了擂吴东升的肩膀，笑着说，和尚，有点意思。

接着周五湖走到了他的面前，他以为周五湖要对他说些什么，但周五湖围着他转了半圈，哼了一声仍旧做出不屑一顾的姿态。他昂了昂头，笔直地站在周五湖的对面，算是一次最响亮的回击。

周五湖冷笑着说，我说过我会让你死上一百次，这次我一枪都没有放。

后来，他才知道，这次选人考核周五湖一枪没发。他们这些新人根本没有资格和周五湖对决。

最初两年，周五湖根本不喜欢他。

他这个高等院校数学系的高才生在周五湖眼里只是鸡肋。那时候他就下定决心，他要用实力向周五湖证明他的存在。

几年后，周五湖对他说，那次特战一连选人，吴东升入选在意料之中，他入选纯属意外。但从那天起，周五湖改变了对他的认识。

周五湖喜欢制造意外的人，他就是一个很会制造意外的人。

或许，从那一天起，周五湖就把他和吴东升作为砥砺的对象。

或许，从那一天起，他死一百次的日子才刚刚开始。

周五湖从来不折磨没有希望的特种兵。周五湖一直认为，优秀的特种兵有取之不竭、用之不尽的潜能，只有不断挖掘潜能才能绝处逢生。所以，愚钝的士兵根本进入不了他的视野。

十

女医生按了一下隐藏在植被后面的电脑按钮，整个房间一片苍翠。LED材料做成的墙壁上出现了一棵棵绿色的大树。房间的视野无限拓展，绿色蔓延成广袤的原野，无边的森林。流水的声音从阔叶植物间传出来，还伴着几声蛙叫鸟鸣。一张绿色的躺椅出现在苍翠的大树之下，床椅徐徐展开，很快跟周围的绿色融为一体。

女医生轻柔地说，躺到椅子上去，我要测试一下你的心理状况。

戈睿躺在了柔软的躺椅上，就像梦游奔跑筋疲力尽之后躺在小溪尽头松软的草地上。

女医生把两个耳塞塞进他的耳朵，用仪器导线贴住他的脉搏，然后轻轻地说，慢慢闭上眼睛，静静聆听音乐，听我说话。

他慢慢地闭上了眼睛，滴滴答答的雨水声清新柔和。女医生柔柔的声音如微风般轻轻抚慰着耳鼓：小雨飘落在静静的湖面，荡起细细涟漪，你躺在湖面的小舟上，柔柔的雨点沐浴着你的身体，船在自由自在地漂，你的身子很轻、很轻，像漂浮在水面上的一根羽毛，让轻风慢慢地带着你去远方……

他被催眠了。梦幻又一次开始。无边的丛林遮天蔽日，子弹像群狼的鼻子，嗅着年轻士兵的血腥气味拼命地追逐。敌人如嗜血的野兽，瞬间乌黑的枪口就探出了茂密的枝叶。

戈睿发现了那张涂抹着黑色和墨绿色橄榄油的脸，冲他开枪的人又出现了。这次他没有开枪，站在距离他不远的地方，狙击步枪枪口朝着地面跟身体成 45 度角，这是北约特种兵最良好的一种作战素养。土耳其受训期间，戈睿也养成了这样的持枪习惯，这是个优良的习惯，发现目标，举枪到锁定目标瞬间可以完成。

两人都没有开枪，那个特种兵对着他笑了笑，戈睿也冲他笑了笑。

为什么不冲我开枪？戈睿问站在他对面的家伙。

那副桀骜不驯的表情又挂在了戈睿的唇角，这是戈睿特有的表情。

我从来不向一个死人开枪，对我而言，你不过是一具行尸走肉，那枚子弹已经洞穿了你的脑袋，镶嵌在你的脑袋里，你不是特战之王吗，算是我给你的加冕吧，伙计。

他有些羞怒地问，你是谁？可恶的家伙！

对面那个人哈哈一笑后说，我是你的敌人，你的朋友，你的影子，你怎么认为都行，但有一点你要记住，我是你的终结者，你完了。你嘲弄的表情挂在嘴角总是那么不可一世，仿佛根本没你的对手，可很遗憾，这世界或许已经没有了永远不败的英雄，战争不可复制，英雄更不可能重生。遭遇了我，往日的荣誉会成为你昨天的回忆。想想那枚子弹吧，它在奔跑，在飞翔，在寻找年轻男人的血肉，那味道真的很迷人。它穿过无数个枝叶的间隙，金光闪闪、熠熠生辉地飞翔。然后，它钻进你的迷彩钢盔，砰的一声在你的头顶上幽灵般升腾。它找到了，它完成了使命，带着你的灵魂上天堂，呵呵。

他暴怒，瞬间抬起了枪口。

那个人也抬起了枪口说，不要试图用枪说话，对于特种兵来说，在这片丛林里我们的机会均等，只不过看谁先开枪，看看你那副模样，你举枪的手已经痉挛了，你的身体也在抽搐，你就是一堆名副其实的烂肉。

他的脑袋又开始疼了，被子弹嵌入的感觉使他的身体开始抽搐，他根本无法控制自己的肢体。那个人露出最后一丝冷笑，消失在莽莽丛林中……

醒来后，四周墙壁上 LED 显示的茂密丛林像刚刚遭受过秋风的洗劫，每棵树上翠绿的树叶全部坠落，只剩下光秃秃的枝丫。他的心咯噔沉了一下，四周的图像连接着他的脉搏，苍翠欲滴的丛林哪儿去了。残酷绞杀后的内心世界是如此荒凉和寂寞。

他像是自言自语地叩问："这就是我的内心世界吗？"

"是的。"漂亮女医生表情沉重地为他卸掉脉搏上的贴片说，"这就是你杀伐不断的内心世界，纠结、焦虑、烦躁、骚动，接着你会有暴力倾向，尽管你在拼命抵御这种冲动，用大量的运动来消减这种冲动，可你的内心更痛苦。"

"怎么办？柯蓝博士，怎么办？"他焦急地抓住女医生的手问。

"你必须住院。目前你还能控制自己的意识，你必须做出这个决定。如果你不好意思张口，你们单位的工作我来做。"女医生的语气很坚定。

"对不起，我不能住院。你可能不知道我的身份，我是特战旅特战第一小队的队长，两个月后，我和我的小队要踏上国际反恐演习的赛场。我告诉你，我的这个小队是三个代表队中成绩最好的一队，从某种意义上来说，我们代表着军队的荣誉、国家的荣誉。"

他说着站起来就想朝门外走。

女医生用身体拦住了他，说："如果你不想损害军队的荣誉、国家的荣誉，如果你不想在国际同行面前一败涂地，你就留下，你觉得你这种状态能走出国门，能代表军队、代表国家吗？"

女医生一连串质问让他犹豫了，是的，如果是这样的状态他不能。挫败感一下子击碎了他的自信心。

继而，女军医闪动着一双大眼睛，用请求的语气柔和地说："住院吧，我们好好聊聊，你就只当是给心灵放个风，或者给你的大脑打开一扇窗户，让那些困扰和纠结都化作破茧的蝴蝶飞出去，或许，我们真的能行。"

他疑惑地问："我真的病了吗？"

女军医认真地对他说："记住，你住进了医院，但你不是病人。"

他更不解了，大脑混沌了很久，然后他仰脸看了看天花板的一角说："那好吧,我只有十天,不过我有个条件。"

女军医皱了一下眉头,反问说:"你还有条件?"

他说:"这十天是我的假期,不准告诉我们单位,我在肩负着一项十分重要的使命,虽然我现在不知道自己能不能撑到最后,但我不想放弃,这样的使命关系着军队的荣誉、国家的荣誉,放弃不是特种兵的品质。"

女军医想了一会儿,甩了一下头发说:"作为一名军人,我为你能有这样的品质而骄傲,我答应你,十天之内我不会向你们单位通报你的情况。不过,我也有一个条件,十天之后,如果你的状况不太好,我要介入你的生活,因为我要知道你的这种情况是为什么,以后应该怎么办。这也是一名医生应该具备的品质。"

他叹了口气,无奈地说:"看来也只能这样,你说的,我就是住进了医院,我也不是病人。"

女军医笑着说:"我说的,你住进了医院,但你不是病人。"

十一

他笔挺地坐在漂亮女心理医生的对面,像九年前当新兵时那样听话。

柯蓝医生的背后有一面很大的镜子,他正好能看到镜子里的自己。镜子里茶壶盖样式的"特战头"显得他很帅气。很多时候他喜欢从镜子里看自己,不是过度自恋,他真的很帅。虽然他的头顶上有两块凸起的肉包,上面的头发有些稀少,额头上也有几道不太明显的疤痕,但丝毫掩盖不了他英俊的五官和眉宇间透出来的帅气。

他越来越喜欢照镜子,如果他脸上再涂上几道特种兵的丛林迷彩就会更霸气。短短的几天,他就开始怀念他的那盒特种兵丛林迷彩橄榄油了。执行任务前他都会全身伪装,然后站在镜子面前静静地涂抹迷彩。脸上、脖子上、所有裸露的肌肤他都会涂抹一遍,他把手也涂成了迷彩色。他把右手手套的大拇指和食指剪短到了关节处,这将有助于他完成精确的动作,如校正瞄准具、装填弹药、灵敏地扣动扳机等。他是个十分细心的人,作战前的准备工作一丝不苟。

周五湖教导他,细节是特种兵的命脉,忽视细节等于自杀。这是他进入丛林角色的象征，就像一场戏剧开场的前奏，上了妆就进入角色了，锣鼓敲响他就不是自己了，他会是另外一个人或一头嗜血的猛兽。他脑海里充满无数个具有创造性的战术动作和射击姿态。他是丛林中的主角，主宰着每场战争游戏的发生和结果。

他的内心深处时常出现模拟战争给他带来的幸福感。他太喜欢当主角的感觉了，他不知疲倦地追逐这样的幸福感，想时刻把它牢牢地抓在手里。很多时候，他的内心狂躁不已，杀人的感觉随时会冒出来，这样的感觉越来越强烈。

女军医暖暖地打量着他脑门上的伤疤，问："这是什么伤？"

他露出牙齿笑了笑说："这不是伤，这是练硬气功练的。"

他笑得有些腼腆拘谨，内心却充满自豪感。加入特战部队的九年时间里，他的头顶碎过很多啤酒瓶子、砖块、水泥板、鹅卵石，他甚至还为外宾表演过头撞石碑。他身上大大小小的伤疤有十几处，但每次受伤皮肉的再生能力都很快，丝毫影响不了高强度的训练。伤疤是特种兵的勋章，特种兵把每一个伤疤当作辉煌的经历。

她曾怀疑是他的大脑神经出了问题，但脑CT和多普勒显示，他的大脑无任何问题。他静静地坐在那儿，用乌黑明亮的眼睛看着她，表面上很淡定，内心却很复杂。心理治疗的本质，其实就是个自律的工具。很多人一旦意识到心理治疗要面对痛苦，就会规避、退缩、逃跑，但他能主动到这里来，这说明他已经鼓足勇气举起自律的武器来挑战自己。

他没有遗传病史，没有脑部受伤，这些年他还创造了很多特战纪录，立了很多功，在同行中他无疑是佼佼者，除经历了一次失恋也没有太大的情感挫折，仅凭这些就能够造成他的精神分裂？她看着病历摇了摇头。

他的情况让她有些困惑，这些困惑吸引了她。一个特种兵的心灵历程充满了玄幻和诱惑，这一切都在鼓舞她深入探寻。虽然她不知道他得病的诱因，他的心理疾病到了何种程度。但他已经开始信任她了，这是个好的兆头。

她开始给他讲自己的过去及自己的梦想。

她是医科大学的国防生，硕博连读的时候，她选择了军事心理学，报选这个专业的时候，家里人是持反对意见的。母亲是一所医学院的外科教授，按照母亲的意愿，她应该做一名杰出的外科医生，用一把手术刀来拯救病人的生命。然而她认为，手术刀能拯救肉体的病痛，但不能拯救一个人的心灵。

她产生这样的念头缘于一个人。

这个人就是她的导师，她母亲的同学，美籍华人朱晓琳教授。朱教授致力于战争心理学研究。惨烈战争对心理的影响是巨大的，很多伤痕在战后若干年，乃至参战者的一生中都难以抚平。很大程度上，心理的损伤要比肢体的伤残疼痛得多。

现代战争随着时间空间的缩短、武器装备的不断升级，其场面更为惨烈，对参战者的心理冲击会更残酷。她的博士毕业论文是《战斗与冲突前的心理作用》，论文答辩时，很多专家对眼前这个纤秀柔美的小女子赞赏不已。

她在论文里对战斗和冲突的知觉、战斗与冲突的行为模式、攻击行为、攻击起源、敌人、勇气、纪律、应对潜能评估进行了论述。答辩的时间被专家们无限拖长，但语言犀利，时时语惊四座，掌声不断。论文答辩一结束，很多部队领导亲自打电话询问这个黄毛丫头的毕业去处。她把目光瞄准了特种兵。她认为，特战队员是战争最残酷的前沿争夺者，她应该伴随着士兵接受战火和硝烟的洗礼。

于是，她就来到了这家陆军医院的心理疾控中心。这所医院是解放军唯一一所心理专科医院，这里的研究所国内一流。医院研究所所长于涛是她的师兄。这是个刻板教条的男人，确切地说是她的追求者，这些年他们之间一直保持着似是而非的恋人关系。在她看来，追求者和恋人是有本质区别的。她还没有在内心深处完全接受他，只能把他归为追求者的一类。她的容貌算得上出众，周围不乏痴迷的追求者。这其中，师兄于涛是最固执、最顽强的一类。

她没有告诉于涛，她收下了这个病人。她曾经和于涛发生过激烈的争吵，没有单位开具的证明信或者送诊单，按照规定她是不能收下他的。可她觉得这是个机会。乏味的理论研究让她几乎对她曾经钟爱的事业丧失兴趣。

医学研究如果不作用于临床，一切都等于零。她不想再在假设和虚构的空间里研究探索作战心理问题了。没有战争和剧烈的军事对抗，这样的研究就缺少了理论研究的前提。此刻，眼前这个历经无数次特种作战训练磨砺的年轻军官出现了，他的经历是那样充满诱惑，她觉得这样的机会错过了是个遗憾。

于涛分析了两种可能,其中一种可能是他根本就没病。这些荷尔蒙激素旺盛的家伙常年见不到女人,总喜欢在医院里泡一泡病号。与其说是泡病号,不如说是给泡女人找一个合适的借口。这些年,特战旅的那些军官和士官把陆军医院长得好看一些的医生和护士泡去了不少。

她打断了于涛的讲话。他不可能,英武帅气的他有足够吸引美女的条件。他的帅气让所有见过他的年轻女性心动。她相信他的到来绝对不是为了单纯地寻找女性来慰藉饥渴的心灵,他也许没有病,但心理肯定有问题。她说,她遇到了一个机会,一个和王牌特种兵近距离探讨的机会。于涛无奈地在收诊报告上签了字。他皱着眉头对她说,什么时候你变得这么固执,像一块坚硬的石头?

于涛说,收下这个特种兵无异于怀揣一颗随时可能会引爆的烈性炸弹。她明白,身怀绝技的特战精英在情绪失控的情况下会产生什么样的后果。于涛给她看了大量的战后心理学的资料,那些参战后的特战队员虐待、杀戮、病态发泄已成为一种习惯,特种兵杀一个人如掐死一只蚂蚁。杀戮就是他们的工作,他们每天训练的最终目的就是怎样杀死对手,实现自己的作战目标。

她没有理会于涛的聒噪,这个男人说话有些唠叨,她不喜欢唠叨的男人。

眼前这个年轻帅气的特种兵丝毫没有于涛所说的那样可怕。他虽然有些忧郁,但很可爱。很多人把特种兵描述成荷尔蒙激素旺盛的动物。可他很平静,甚至有些儒雅。

"这样吧,我们随便聊聊,在这里我只是你的听众,让心灵穿越时光,看看这颗心走过的历程。说说吧,说说你的亲人、朋友、战友、同事,你甚至可以说说你的对手或你的敌人。"她开始她的疏导。

他叹了口气,坐得笔直的腰板很快塌陷下来。

他说:"我遇到了真正的敌人,他在丛林深处,一枪就击中了我的脑袋。"他说这话的时候低下头来,用手指着自己的脑袋说,"就在这里,一枚88式狙击步枪子弹,旋转着嵌进了这里。那个混蛋,他还说是给我这个特战之王的加冕。子弹在我的脑袋里不断地旋转,像是时刻都要爆炸,这里很痛,这样的疼痛让我生不如死。有好几次,我都想对着镜子用军刺或匕首把它撬出来，可是我找不到它准确的位置，它在我的大脑里不停地旋转，不停地运动，整个脑子乃至整个身体都被它控制……"

她用爱怜的目光看了一眼把脑袋低垂到两膝之间无助的他，轻柔地说："上尉，别担心那枚虚幻的子弹了，经过精心治疗它会自己跑出来的。好了，我们不说不愉快的事情，我们说说胜利，说说那些曾经被你战胜的敌人。"

他慢慢地把头抬起来，恢复了那种双手抱膝的坐姿，眼睛盯着咨询室内深邃的碧绿叹了口气。他闭上了眼睛。

她知道，另一个他已经飞离了他的身体，在浩渺无边的记忆里奔跑。

他的记忆像汹涌的潮水。大潮退却，很多人、很多事情就像精美的贝壳、漂亮的石子那样光彩熠熠地遗留在沙滩上。

一瞬间，很多事情清晰浮现。

她需要这样的浮现。她知道，眼前这个男人就像一本神秘的书，要走进他的内心，不是那么容易的事。出于职业习惯，她认为她这次遇到了挑战。此刻，她看起来面带微笑，内心掩盖不住兴奋和喜悦。眼前这个经历过硝烟和炮火洗礼的血性男人吸引了她。

十二

他娓娓道来。记忆是清晰的，像一条淙淙的河流。

时间过得真快，一转眼就又是黄昏了，他觉得这样的叙述真的能使自己平静下来。他很奇怪，自己突然间变得爱说话起来，他过去一直是个沉默的人，跟他人的交流很短暂。

他觉得他的内心像纷杂的语言，像蓄积在一起不断膨胀的气体，只有通过叙述的方式才能慢慢地把它放出来。只有不停地倾诉，他大脑里的那颗子弹才像是进入了睡眠状态，让他全身的器官都变得安静起来。

"现在，一颗子弹打碎了我的一切，我不知道能不能创造新生活！"

"不要那么悲观，上尉。事实上，这个世界上几乎所有正常的人都有不正常心理活动的过程，只不过某些问题凸显在生活层面，比如过度自卑、盲目自信、洁癖、偷窥，这些问题都可以在生活中理智地去控制。相信我，上尉，我们会想办法帮你走出那片丛林的。"

柯蓝博士在为他做着心理笔记，厚厚的一本，像本大书。写完最后一字她把记录本合上，抬起手腕看了看表，抱歉地对他说："很抱歉，今天只能到这里了，我家里还有个病人，哦，也就是我的父亲，他这会儿该来这里接我了，明天我们接着再聊好吗？"

他有很多话淤积在喉咙里等待着倾泻。原本他不是个善于言谈的人，现在他竟然无法控制自己说话的嘴。大脑把所有的记忆全都转化成了语言，这一刻，他倾诉的愿望十分强烈。他站起身来，身体前倾，急切地恳求说："柯蓝博士，再聊一会儿，我们再聊一会儿。"

柯蓝笑了，洁白的牙齿很整齐。

她用手抚了抚额头上的碎发说："你不妨试试跟自己聊天。"

"跟自己聊天？"他疑惑地望着女军医。

柯蓝用一双乌亮的眼睛盯着他认真地说："对，跟自己聊聊，没准你和你自己会成为好朋友。"

他更疑惑了，自言自语说："自己和自己成为好朋友，怎么可能？"

"弗洛伊德说，有本我的地方就有自我，这是自他心理学的范畴，本我的心理驱力和自我非内驱力动机结合在一起，对调节心理平衡十分有益。通俗地讲，就是让自己和自己结束战争，面对面坐下来畅谈和平。"

他懵懂地问："能否讲通俗一些？"

柯蓝莞尔一笑说："通俗地讲，就是自己和自己说说话。"她说着，抱起厚厚的书籍和记录本走出了咨询室。

他也走出了心理咨询室，跟在柯蓝后面穿过长长的走廊回病房。长廊上迎面走过来一群年轻的女病人。他惊奇地发现，这群女孩子穿着干净整洁的病号服装，走路时的脚步轻盈，一个个安静得像教堂里的修女。一个走在最后面的漂亮女孩子和他擦肩而过，微笑着冲他打招呼："嘿，帅哥！"女孩一甩乌黑的长发，咯咯笑着跟在队伍后面走开了。他愕愕地站在那儿，一直望着女孩的背影消失在走廊的尽头。

他摇着头自言自语："这群女孩都很年轻，都有着姣好的面容，怎么会……"

柯蓝退回几步对他说："千万不要感到奇怪，来这里的女孩子，一半以上都是美女，有时女人优越感太强也不见得是好事。当然，这条定律男人同样适用。优越感往往是产生强烈欲望的先决条件，欲望有多大，伤害就会有多深。我们走吧，上尉。"

这个女人真是睿智，每句话都是那么富有哲理。心理学专家都是一流的哲学家，戈睿由衷地佩服。直到柯蓝冲他挥挥手，抱着厚厚的一沓资料走向电梯口，他才悻悻地回到自己的房间。一股来苏水味道蔓延开来，他这时才清楚地意识到，自己住进了医院。

他的耳边突然间响起她的一句话：你住进了医院，但你不是病人。

十三

阳光真好，明晃晃的光柱从窗户照进来，把一根根不锈钢护栏映射在他墨绿房间的地板上。

走廊上传来一串轻微的脚步声，是心理学博士柯蓝。

他越来越渴望柯蓝的到来，她仿佛是他很多年前就认识的亲密朋友，他有很多的话要对她说。

他跟冯丹在一起的时候从来没有谈过他自己的过去。有很多次，他粗糙指尖滑过冯丹光洁的脊背的时候他就想向她倾诉，可每次都欲言又止。在女友冯丹的眼里他是阳光的，他永远是她心里那个长不大的小男孩，她说她爱他的单纯与可爱。

柯蓝仍然没有出现，他心里有许多要说的话，说他的家庭、他的童年、他的父母、他的军旅以及他的那些钢筋铁骨般的战友。

他一遍遍理顺着自己走过的道路、战胜的敌人、翻越的障碍。事实上一路走来他一直像个刺猬，见谁扎谁，父亲、母亲、周五湖、那些强大的对手都在他的缠斗中退却了。他一天天长大，一天天变得强大坚硬起来。他以为他追逐的脚步可以慢下来，可他没想到他遭遇了更强大的敌人。要命的是，这样的敌人像个影子一样不可捉摸。

柯蓝就坐在病房监控录像前看着他，温柔的目光中充满爱恋。她夹着厚厚的一本心灵笔记。她以为他是个难缠的主儿，没想到那么快就获得他的信任。

师兄于涛告诉她，这绝对不是什么好事情，戈睿的内心世界被打开的同时，恶魔也会被放出来。他会对你产生依赖，甚至依恋，快一点收手吧，如果他把你当成他的女友冯丹，你就麻烦了。

望着一脸焦急的师兄，柯蓝笑了。于涛的提醒很善意也充满醋意。他们所在的陆军医院就有一个例子，一个抗美援朝下来的营长，一直把一名年轻的护士当成他的未婚妻，整天只跟这个护士在一起，一分钟都不能离开。这样，就苦了那个护士，她一生未婚，一生都陪伴着他，直到那个纠缠她的病人善终。柯蓝见过那个护士，也跟她进行过交流。那位护士说，她一点儿也不后悔，最初，她只是怜惜他，久而久之也产生了依赖，她把那个营长当成了生命中最重要的一部分。医学理论上讲，于涛的提醒是对的。这样的心理依赖对医生和医务工作者来说是危险的，因为她清楚心理依赖是会彼此传染的。

这段日子，除了夜晚，她一直陪着他。他们之间的交流开始天马行空。他开始谈部队的训练、部队的演习、他入伍前的梦想。他最大的梦想是把他的网络游戏变成现实。他讲起作战来俨然一个指挥千军万马的将军。他说，一个潜入敌人纵深能够存活下来的特种兵往往是一场战争的关键，那时候，这个特种兵就会是整个战役的最高指挥官，他可以调动战场所有的资源来对敌人实施致命的一击。

谈起未来作战，他情绪激动，兴奋得手舞足蹈。从远程火力精确打击、复杂电磁环境一直谈到太空领域的争夺，他流畅的语言很有感染力，白皙的脸庞因激动而变得粉红。她不知道经历了那么多风吹日晒，他的皮肤竟然还如此白。

柯蓝很快被他的梦想吸引了，眼前这个钢筋铁骨的斗士改变了她印象中特种兵头脑简单、四肢发达的概念，这是一个白皙儒雅的年轻军官，一个怀揣着未来战争梦想的斗士。他满腹的才华横溢而出，这让她从心里更加怜惜他。

尽管医学理论在告诫她，她跟他的交往仅仅局限于医生和患者之间，但她还是越来越喜欢跟他聊天。他看起来似乎没有什么不正常，大脑清晰，思维敏捷，谈吐不俗，偶尔还喜欢一些小幽默。她甚至有些喜欢跟他在一起了，一切都是新鲜的，他的谈吐开辟了一个崭新的天地。那些心理学专业书本里，根本没有他这样的临床案例。他不像她的病人，更像一个很久以前相识却失去联络的朋友。或许，他真的不是病了，只是想给自己的心灵放放风。

那天，整整一个上午，他都焦躁不安。他不知道柯蓝怎么没有找他聊天。他静静地坐在那儿等待。他没有等来柯蓝，却等来了旅长周五湖。

刚刚荣升特种作战旅旅长的周五湖见到他没有表现出神采飞扬的得意，相反却有些神色黯然。这样的表情他从来没有看到过。这个男人看什么都不屑一顾，嘴角上总挂着一份说不出的傲慢。

见到周五湖，他心里有些紧张。不知不觉中，他已经在这所医院里消磨掉了他的整个假期。周五湖肯定是看到他迟迟不归队才来找他的。他如果不归队，很快就要超假了。

尽管不愿意，他还是站起来向他敬了个军礼。周五湖礼貌地向他还了个军礼。望着他一脸安静的样子，周五湖难以置信地摇着头。他根本不相信他几乎倾尽所有心血打造的特战尖刀还没有真正出鞘就已经卷刃了。周五湖声音喑喑地说："我没想到，你请假来了这里。"

他心里有些憋屈，一肚子的怒火憋闷在心里：我为什么不能来这里？就因为我是特种兵吗？谁规定特种兵的心就是钻石做的？可他不想跟周五湖说话。

周五湖似乎看明白了他的愤怒，他摆了摆手，语气变得很温和，说："再休息几天赶紧归队，国际反恐演习就要开始了，很多事情我得找你商量。"

他在心里笑了，过去周五湖在他面前从来没有商量这两个字。看到他不说话，周五湖沉默地在他身边站了一会儿，把一只手掌按在他的肩膀上说："小子，我相信你，你能行。"

这是周五湖在他面前唯一说过的一句肯定的话。他等这句话等了九年。他以为他会感动或者兴奋，可他没有，他的情感很麻木。这些年他被周五湖骂得有些麻木了。周五湖曾经说过，千万别从我的嘴里听到表扬，有一天我要是表扬你，说明你要倒霉了。

临走时，周五湖微笑着警告他说："我相信你来这里就是休整一下情绪，我相信你是在跟我赌气，你千万别没完没了，我在演习场上等着你。"

他点了点头。

周五湖故作轻松地走了，他知道他心里一点儿都不轻松。这些日子，周五湖的压力更大了，从乌泱乌泱几千人的特种兵里挑选出三五十个可造之才很容易，可要找一个能一眼看懂他眼神的执行者太难了。

周五湖走后，柯蓝走进来对他说，周五湖看起来并没有他说的那么不堪,他身材高大、臂膀腰圆,除了肚子有些向前凸,尚看不出他说的那种臃肿。说着周五湖,她呵呵地笑了。

他问她为什么笑。柯蓝笑着说,满脸粉刺的周五湖真长着一个红得发亮的鼻子,像个马戏团的小丑。这次,他没觉得周五湖可笑,他心里清楚,周五湖心急如焚。

这段日子,他觉得跟柯蓝在一起神清气爽,以至于忘记了跨国军事演习的事情。这次,从周五湖的眼神里他能感觉到周五湖内心的压力。这次跨国军事演习,遭遇的将是世界上一流的特种兵。能不能打仗,能不能打胜仗,是骡子是马拉出来一遍就能看得清清楚楚。周五湖是个从来没有输过的人,可此刻,周五湖心里没底。就在刚才,望着周五湖失落的背影消失在走廊尽头,他心里有一种十分舒畅的报复感,他知道他在周五湖心里的不可或缺的位置。他在心里幸灾乐祸地说,一个人终于要为自己的傲慢付出代价了。

自从担任连长以后,周五湖越来越喜欢依靠他,不停地挖掘他的潜能。城市作战试点、沙漠反恐演习、高原突击、海岛争夺,他几乎每年都在奔跑、射击、对抗。他戏谑地称周五湖就是一台榨油机,他和吴东升会一天天被他榨干的。

他对她说,再住一周的医院,我就必须离开了。

她摇了摇头。

她说,我们要再聊半个月。

他说,我想我把一辈子的话都说完了。

她莞尔一笑,露出白白的牙齿笑着说,这不公平,你的话说完了,我还没开始说呢。

他奇怪地望着她,有些懵懂。

他说,我是你的病人。

她说,我从来没有说过你是病人,我也好像病了。

他们相互望了一眼,嘿嘿地笑了,彼此笑得都很灿烂。

十四

头疼的次数越来越少了。那个人几乎很少光顾他的夜晚了。没有被折磨的夜晚他竟然觉得自己很孤独。

周六的午后，罗宁和李墨来了，两个小子缠了周五湖整整一个上午才获准一天假期。他很高兴两个新兵来看他。这两个兵是他亲自从地方招来的，很像当年的他和吴东升。吴东升不知道他在住院，要是知道了肯定少不了一番聒噪。

罗宁告诉他，旅长的脾气怪极了，见谁批谁，像是这个世界上再也没有一个对的人。从这里回去后把自己关进野战帐篷里两天没有出来。

李墨一脸奇怪地望着他说，没看到你有任何的不正常。

两个新兵一直在劝他回去，他们说，没有他，他们两个就像树梢上的叶子，风一吹就不知道飞到哪儿去了。

李墨说，这次城市巷战对抗演练，吴东升他们那个小组太混蛋了，把我们逼迫到一个恶臭的下水道里，我们找了三天也没有找到出口。

望着眼巴巴期待着他回去的两个新兵，他摆了摆手说，不要指望别人把你们带出来，很多路需要你们自己走出来。

他把这些话说给两个新兵的时候，心里突然一震，或许这话就是说给他自己的。两个新兵问他什么时候能回去。他摇了摇头，他真的不知道自己到底还能不能回去。

两个新兵要走的时候，柯蓝来了。她出现在他们的面前，她没有穿军装，一身款式新颖的裙子，白皙的脖子，像一只雪白的天鹅，惊世骇俗地美艳。他被她的美丽惊呆了，两个新兵不好意思地多看了几眼，诡异地笑着离开了。他猜想这两个小子误解了他。可此刻他愿意他们这样误解他。她带来了两张电影票，说要陪他去看电影。他高兴地答应了，把她推出病房的门开始换衣服。他换上那条石磨蓝的牛仔裤和质地绵软的格子衬衣。换完衣服，他仍然没忘记到那块镜子面前照照，这是他的习惯。便装很时尚，跟冯丹在一起，培养了他穿衣服的时尚。

走在大街上，他说跟她在一起他突然觉得很快乐。她说她也是。他们走在熙熙攘攘的人群中，她还挽住了他的胳膊。他的皮肤接触到了她的胳膊，她的皮肤很光滑，还有些凉。

很多双目光朝他们投过来，有男的，也有女的。她悄悄在他耳边说，瞧瞧，我们的回头率很高，他们肯定把我们当成很般配的一对。他没有回答，脸红了，腼腆羞涩地笑着。他心情愉悦，像是要开始崭新的生活，友谊、前途、爱情、辉煌的人生。

她也很快乐，松开他的手，天真烂漫地在他的前面走，不时回头跟他说着话。

你相信爱情吗？他问她。

相信。她说。

她反问他，你也相信吗？

他没有回答，表情有些僵硬，带着讽刺和怀疑。她不说话了，她知道她触及了他残破外壳之下的柔弱。那天，电影演的什么他根本没有记住，坐在她的身边，嗅着她那种迷人而熟悉的香水味道，他的记忆如同闸门一样再次被拉开。

他十七岁考上大学那天，他的父母离婚了。他的母亲冯默玲通过关系也调到了他读书那所大学，身份由原先大学的资深教授变成了这所大学的图书管理员。冯默玲过于自信地认为她的爱能主宰他的一切，吃饭、穿衣、生活、学习。

母亲冯默玲几乎占满了他所有的空间。他开始讨厌她烦人絮叨的理论说教，蛮不讲理的生活控制，影子一样的四处跟随。他每天出门的时候，冯默玲仍然会叫住他，为他整理好衣服，然后把冰凉的嘴唇紧贴在他的额头上吻一下。母亲这样的习惯让他很不自在。很多次他想摆脱，可他怕伤害了为他牺牲很多的母亲。

他是大学教授冯默玲亲手培育的骄傲。他十七岁就是这所重点大学数学系的大一新生了。英俊帅气还带着毛茸茸稚气的他曾是这所大学里的传说。周围的同学会十分羡慕地议论他：这个小子是个天才。

考大学是十分疲惫的，这无疑是一道很难迈过的门槛，而一旦跻身其间，所有的考生都发现要中庸地混到毕业实在游刃有余。他发现这个情况后很快如鱼得水，因为凭着他的聪慧和精力，应付考试无疑是一场场毛毛雨。他疯得像一匹脱缰的野马，踢足球，玩网络游戏，飙车，还谈上了恋爱。

他就是那个时候认识前女友冯丹的。大学的隔壁就是职业学校的艺术系，服装表演班的女生永远是校园门前一道亮丽的风景，她们引领着大学城的时尚。每天总有三三两两的漂亮女生勾肩搭背从他们大学门前经过，歌声笑声银铃般放飞，引得他们这些男生顾盼左右，心猿意马。数学系的女生奇丑无比，也比他大很多，即便这样，她们在本系也很抢手。他是个被女性忽视的人，尽管他长到了一米八几，这帮男女还是喜欢叫他小毛头。

认识冯丹缘于一场与职业学校的足球赛。职业学校的足球队在大学城里横冲直撞，但到了他们这里却折戟沉沙。那场球，处在前锋位置上的他像把尖刀，两次洞开对方的大门。艺术系那帮啦啦队里的女生一下子就记住了他这个长得像韩国帅哥的数学系男生。那时候他很自恋，十七岁的他真的很帅。

那个春雨淅淅沥沥的傍晚，他走在大学城一侧的小吃街上，冯丹和一个女孩子在他后面喊，嘿，帅哥。他猛回头，冯丹甩了一下柔顺的长发，白皙美丽的面孔一下子刻进了他的脑海。那一天，他请两位女生吃了顿肯德基，冯丹留下了他的电话，接下来他们就开始交往了。交往伊始，他没有向冯丹说他才十七岁，整个过程他也一直占着主导地位。他的卡上有钱，戈向东每个月都会为他在卡上存三位数的钱。看演出，逛公园，请冯丹那帮姐妹们吃饭，他总是买好门票，订好饭店后等待她的到来。冯丹走台演出，他叫来一群同学在台下鼓掌捧场，还不时送上鲜花和贺卡。

他无处不显示着一个成年人的老到与成熟。他表面上像个绅士，可说句实话，那时候他心里很虚，他就害怕别人叫他小屁孩。他渴望自己成熟起来，常常因为自己的稚嫩而自卑。

他和母亲的战争爆发于一天深夜。

那一夜他和冯丹看了四个小时的电影。在电影院黑暗的角落里，他们接吻了。冯丹张开柔软的双臂吊住他的脖子，湿润中带着芬芳的两片唇灵巧自如。他紧张地绷紧了身体，浑身的鲜血一下子沸腾起来。这是他第一次和女性这样接吻，身体的每一个部位都像是在着火。这样的感觉在冯丹的热情呼应下，烈火般燎原起来。原来接吻是这样好，冯丹的舌尖火焰般掠过，他全身战栗。荧幕上的光影已经不重要了，那个影片播放第二遍的时候，他们才停住彼此唇齿和舌头的接触。

走出电影院的大门，夜已经深了，尚且料峭的寒风中，母亲冯默玲正一脸冰霜地站在路灯下。冯丹怯怯地叫了一声阿姨。冯默玲在鼻子里哼了一下没理会她，尔后用几乎怒吼般的声音对他说，快点回家。这件事情让他的稚嫩在冯丹面前暴露无遗，他跟着母亲上了车，只留下冯丹孤零零地站在电影院门口。

那天晚上，母亲冯默玲絮絮叨叨地不停责骂。为什么关机？为什么跟这样一个女孩子待到凌晨还不回家？她是艺术系的女孩子你不知道吗，艺术系门前那些名车，她们坐上去就像坐自家坐便器那样随便。傻孩子，跟这样的女孩子谈情说爱会有什么样的结果？你竟然学会了撒谎、逃课，你这么小的年龄就开始跟这样的女孩子胡混，你到底想干什么？你要知道，你跟别的孩子不一样，你是数学领域里的天才，你将来要出国，要到世界上最著名的大学去读书，跟更优秀的人才去竞争，你怎么去实现这样的理想？你太让我失望了。我把你当成我生命中唯一的支柱，把所有一切都抛弃掉，心里只装着你一个人，你就用这样的生活态度来回报我？我告诉你，必须和这个女孩子尽快断掉，你看看她那个妖精模样，你这样下去跟你父亲那个混蛋有什么两样？你说，到底为什么？这样的话像复读机里的英语单词，一遍遍在小笼子一样的家里反复出现，他的脑袋就像爆炸了一样。

无法忍受了，真的是无法忍受了，他大吼一声对母亲说，不为什么，我想过我想要的生活！说完，他跑出了家门。他再去寻找冯丹的时候，空荡荡的大街上已无一人。

此后，冯丹再也没有理会他。要命的是，母亲还找到了冯丹和服装表演班的班主任，指责冯丹骗了他这个小孩子的钱。就这样，他的初恋夭折了。

那个黄昏，他拦住了跟几个女孩走在大街上的冯丹。冯丹娇艳如花的脸一下子冰冷得像块乳白色的石膏，她指着他的鼻子嘲弄地说，滚一边去，没有断奶的小屁孩，狗尾巴草还充大尾巴狼，回家找你妈妈要奶吃去吧。那群女孩子一个个笑得花枝乱颤，一起冲他喊，回家要奶吃去吧。

他羞得恨不能找个地缝钻进去。那一刻，他开始憎恨他的母亲冯默玲。以后的很多日子，他每一次去找冯丹得到的只有一句话，有一天，你长成一个真正的男人，再来找我。冯丹鄙夷的表情在告诉他，或许他根本不能成长为真正的男人。冯丹的那句话每一个字都像钉子一样钉在了他心里，常常在寂寞的夜晚在他的耳朵边老鼠一样吱吱乱叫。

他发誓，他要做个男人，硬汉般的男人。

第二天，他和母亲冯默玲的战争正式打响了。

那天清晨，冯默玲再次想吻他额头的时候被他挥手推了个趔趄。从那一天起，他的额头再也没有让母亲冰冷的嘴唇接触过。他对她这样的举止像吃了苍蝇般厌恶。那天他从母亲两居室的宿舍里搬到了集体宿舍，开始拒绝冯默玲为他做的所有一切。他甚至不愿意看到母亲那副怨妇般愁苦的面孔，不愿意听到她那张嘴巴里发出的任何声音。虽然偶尔他会心疼孤单无助的母亲，但他发誓要让自己的心坚硬起来，坚硬如铁。

后来再次跟冯丹在一起，他从来不提过去的那些事情。可是现在，一切像是电脑里丢失的文档一样被打开了。

十五

电影还在咿咿呀呀地上映着，像是一个时尚的爱情片。身边女性的馨香和迷人的香水味道一遍遍地袭扰着他。他不知道，这一场电影是柯蓝的一次预谋。她背着他做了很多功课。她询问了他的母亲、他的父亲和他的女友冯丹。冯丹接到她的电话后，第二天就从外地赶到了这里。再次联络，冯丹已经在医院附近的咖啡馆等她了。冯丹说，接到她的电话，她的心都要碎掉了。从话语里能够听得出，冯丹还爱着他。

那个夏日的黄昏，她跟冯丹约定在咖啡馆见面。

尽管他曾经在他的描述里把他女友冯丹说得很美丽，见到冯丹的时候柯蓝还是很吃惊。冯丹确实是个美人，高贵、时尚。职业习惯，她瘦得看起来吓人。

冯丹说，她很爱戈睿，可她不知道应该怎么去爱他。他看起来很强大，是个响当当的硬汉子，可内心敏感而脆弱。大学分手后，他们很长一段时间没再联系过。

冯丹说，大学时代的散漫和无知曾经给他的自尊心带来了伤害，所以，后来在这座城市邂逅后就加倍地爱惜他。

冯丹说，他是个看一眼就让年轻女性爱惜的男人，皮肤白皙却不乏英武，帅气的脸上带着一种淡淡的忧郁。再次见面，她就被他吸引了，后来就成为男女朋友的关系。很长一段时间，在两个人的关系中，冯丹一直处于主导地位，他处处显得有些矜持。能找到这样一个男朋友曾经是她的骄傲。特种兵身份，有点儿韩版明星气质的他，瞬间秒杀了模特圈里的帅哥们。再次交往，她就决定嫁给他了。他们在一起的日子虽然很短暂但很快乐。在恋爱的日子里，虽然能感觉到他的强悍，但他那种男人的忧郁很迷人很独特。

冯丹说，望着他，就像在黑暗中望着摇曳晃动、不停跳跃的蓝色火焰，安静中孕育着炽热。可是她最终还是伤害了他，他从土耳其受训回来后就再也没有来找过她。

冯丹说，她不应该欺骗他，她还有别的男人。冯丹并不忌讳地告诉她，她们这一行，脚下的舞台就像植物生长的土壤。没有土壤、阳光、雨露，花朵很快就会枯萎。每个人的成功都有自己的门路，只是她太贪心了，她想让男人帮助她成就一番事业，还贪恋风花雪月般浪漫的爱情。

冯丹说，她也不想失去他，曾经做过很多努力，她每次到部队去找他，向他解释，向他保证，可都没有得到他的原谅。他说，让一切都过去吧，他再也不愿意见到她。他说单位的领导不让他们谈恋爱。那一次，他的这句话再一次惹恼了冯丹。冯丹斥骂他说，你还是小孩子吗？再一次因为这个让我们两个分手？他摇了摇头说，这一次不是。有一次她到部队找他，得到消息，他出去执行任务了。他的领导把他派去海南带兵训练潜水。那一次，她听说他下潜的时候被别人下的渔网缠住了身体，差一点没有浮上来。

冯丹说，那个身材魁梧的上校接见了她，他根本就没有听她把话说完，就粗鲁冷漠地告诉她，不要再来找他了，做一个优秀特种兵的妻子必须甘于忍受寂寞。冯丹对上校那么干涉部属的私生活十分不满。可那个彪悍的上校看上去很像他的父亲。

柯蓝告诉冯丹，那个上校叫周五湖，在戈睿的生命里，这个男人或许比他的父亲更重要。冯丹急切恳求她，她希望能见他一面。她不能确认冯丹是不是诱发他心理问题的诱因，所以，她只能告诉她，暂时不能。冯丹失望地走了。冯丹飘逸优雅的身影消失在昏黄的日光里，她想，他们曾经是多么令人羡慕的一对，特种兵、时装模特，绝配的时尚情侣。

电影仍然在演，可能是第二部影片了。他没有记住名字。他嗅着那股熟悉的淡淡的清香，有些羞涩地望着暗淡光影中她光洁美丽的面庞。他的内心升起了一股想亲吻她的冲动。这样的冲动一次又一次地撞击着他的心灵。她似乎觉察到了他的躁动，奇怪的是，她一点儿都不感到那种深陷虎口的恐惧。师兄于涛不止一次地警告她，不要玩火自焚，没准你会爱上他的。她在心里笑了，她的计谋就要得逞了。她要试探一下他的问题是不是来自于他在女性面前的受挫。她伸出手，握住了他伸过来的手，把它放在自己的腰肢上。那一刻，她竟然发现他的手在不停地发抖。可是，突然间，他抽回了他的手，挺了挺靠在座位上的身体，很快恢复了他的矜持。

她温柔地问他，你怎么了？

他说，没什么，对不起。

她问他，什么对不起。

他坦率地回答，你身上的香味诱惑了我。

她一下子愕然了。眼前这个年轻的男人，高度的自律和心理防范让她万分吃惊。她不知道这一刻他心里是否还在想念他的前女友冯丹。但有一条可以肯定，他的问题似乎跟情感无关。她有些疑惑了，到底是什么问题在困扰着他？敌人、对手、障碍，还是残酷的训练，她不得而知。

从电影院出来，他像是长长舒了一口气。她一脸天真地说她有些饿了。他说他也想光顾一下这座城市有名的小吃街。他们去了小吃街。坐在灯火辉煌、人声嘈杂的地摊前，他突然对她说，我想喝点儿酒，可以吗。她点了点头。他很兴奋地说，这次住院我遇到了一个最好的朋友，真的应该谢谢你。

那天，她破例让他喝了很多啤酒，他有些不胜酒力，红着脸说了许多话，大部分都是在说他们特种兵训练的事。他说他的第一次射击、掷弹、潜水、跳伞、机降、攀爬，直到小吃街的人都快散尽了，他们才决定离开。很多次，她把话题转移到冯丹那里。他没有恼怒，也没有接话茬。他说他不想再谈起他的这段情感，或许他已经从心里原谅了冯丹。他说，人生活在这个世界上，爱情不是全部，人还有梦想。

她想起了他说的梦想，一个军人的梦想就是在战场上能主宰自己的命运。

回到医院的时候，已经很晚了，他们看到病房门前的灯下站着一个人。他曾听到过护士私语时说，一脸儒雅的于所长在追求自己的师妹柯蓝。这样的夜晚，他和她晚归，对于涛来说的确是个尴尬的事实。他向她告别，晃晃悠悠地回到自己的病房。倒在床上的那一刻，朦胧的意识里，他仿佛回到了当初从土耳其回来的那个夜晚，冯丹正在另外一个男人的怀抱里呢喃细语。

他说，坏了，我给她惹祸了。

十六

第二天上午，他决定离开那所医院。他该归队了。尽管这段日子很惬意，但他很清楚自己无法躲避那场即将到来的跨国演习。躲避不是他的性格，很多时候他身处绝境，他选择的不是沉溺或逃避，他会选择面对和坚守。办理出院手续的时候，他跟几个年轻的护士告别。他说了些感谢的话，这段时间他很愉快。一名年轻的护士悄悄告诉他，柯蓝医生去了于涛办公室，让他等等她。

他在她散发着香味的办公室里等了很久，迟迟不见她回来。他想离开，可他还是有点儿担心她。他害怕昨晚的事情会给她带来麻烦。他不知道，他等待的那段时间里，一场激烈的讨论正在她跟她师兄之间进行，她做出了一个令人咋舌的决定，她想跟着他到特种部队生活一段时间，她把他作为她的研究重点了。于涛说她疯了，在漫长的心理疏导过程中，她把自己给绕进去了。于涛对她的固执无可奈何，他懊恼地拍打着桌子说，病人的病好了，你这个医生却犯病了，而且病得不轻。于涛的醋意让她觉得有些好笑。或许，于涛认为她已经爱上了他。这些日子，他们亲密无间的交谈让深爱着她的于涛备受煎熬。

她没有过多地跟于涛解释。或许于涛根本就不听她的解释，他认为她的那些解释掩盖不了她痴迷爱上另外一个男人的内心。于涛絮絮叨叨的指责让她有些不耐烦，她觉得在这件事情上，心理学博士于涛的心理最不正常。于涛说，或许他跟其他那些没事跑医院泡女孩子的士兵没什么两样，他失恋了来这里寻找一下心灵的慰藉。她摇了摇头，不知道什么原因，她对她这个师兄越来越失望了。她喜欢像戈睿那样单纯的人，更喜欢一个军人的职业操守。

年轻护士跑过来告诉他，柯蓝医生跟于涛所长吵起来了。他匆忙地跟着女护士去了于涛的办公室，场面有些剑拔弩张。他们之间的争吵似乎超越了上下级之间的工作范畴。他看到她一身野战迷彩，像是整装待发要出远门。这样的三人对峙绝对是尴尬的，于涛的冷漠足以说明这一切。于涛看他到来从鼻子里哼出一句话来，他说，你终于得逞了。这句话令他莫名其妙。他问她为什么吵架。她说，你别管，他这个人有病。他猜测是因为昨天晚上的事情。他向他解释，如果因为自己而让两个人分手了绝对是个遗憾。他喜欢她不假，但那仅仅是异性的吸引或者是因为他们这段时间聊得很愉快。或许真的会有一种依恋，但他肯定这绝对不是男女之间的那种关系。

他决定快一点儿离开，在这里多待一分钟或许就会造成更多的不愉快。他对她说，我走了。说完就拎着自己的行李出了医院的大门。十点钟的阳光很好，前面的路被照得明晃晃的。他在路边拦了一辆出租车，一只脚刚要跨上去的时候，她气喘吁吁地追过来。

她说，我让你等我，你怎么不听我的话呢。

他歉意地笑了笑说，我以为你们的争吵还要再持续一会儿。

她也笑了，对他说，往里面坐一坐。

她告诉他要跟他到特战旅巡诊的时候，他有些吃惊。

她嗔怪地说，干吗瞪这么大眼睛看着我，不欢迎我？

他问她，为什么？

她说，不为什么，我觉得我们有很多话还没有说完。

他笑了。这些日子他们除了吃饭睡觉就是在一起说话了，他觉得像是把一辈子的话都说完了。

周五湖高兴地接待了他们，确切地说是接待她。他觉得，他们之间像是有什么默契，周五湖像是一点儿都不奇怪她的到来，彼此之间也像是很熟悉。饭后，周五湖要他陪着她转一下营区，熟悉一下情况。她表现出了少有的兴奋，问了许多训练和演习的事情。他给她讲了很多，她认真地听着，听完后对他说，我说过，我们之间还有很多话没说完。

他又回到了自己曾经熟悉的生活中。第一个夜晚，躺在自己的宿舍里，他没想到会睡得那么踏实。最初，他以为是住院时候用药的原因。回到特战旅，她让他把药完全停了。

李墨和罗宁自然很兴奋。罗宁骄傲地对吴东升说，我们的头儿回来了，下一次把你们队打得屁滚尿流。吴东升从训练场回来就直奔他而来，九年里在一起斗惯了，他的猛然离开让他很不适应。吴东升拍着他的肩膀说，在特战旅，特战之王的王座谁坐上去就离崩溃不远了，好在你回来了，我接着让给你。一阵寒暄过后，吴东升打发走了罗宁和李墨，凑到他耳边悄悄问他，我听说你弄了个女博士回来，你小子可真行。他没有解释，因为他们之间太熟悉，对吴东升这样的调侃早已经习惯了。吴东升说周五湖眼下最发愁的是跨国反恐演习，直到现在还没有眉目。

他的训练又开始了。一天，他在前面奔跑，远远地看着后面跟上来一个人，从奔跑的姿势看，这个人不是李墨也不是罗宁，这个人显然不善于奔跑，姿势也不优美，奔跑的速度出奇地慢。他怀里抱着枪，坐在山岗上等着那个人的到来。人影越来越近，他惊愕地发现，跟在身后向他奔跑来的人竟然是她。她气喘吁吁地奔跑，钢盔歪了，枪也背斜了，一张粉白的脸变得通红，汗水顺着脸颊往下流，几缕头发贴在脸上也顾不上整理。她用双手紧紧地摁住腹部跳跃的水壶，步履艰难地朝前跑，样子像一只狼狈的母鸭。她捂住腹部，跟跟跄跄地跑到他身边，上气不接下气地说，你跑得真快，我实在是跟不上你。他不解地望着她，她不是特种兵，完全没有必要这样玩命地奔跑。即便是想体验一下生理极限运动，也完全没有必要那么认真。

特种兵神秘的生活常常吸引一些怀揣梦想的人去尝试，可理想的气泡很快就被残酷的现实给刺破了。他以为她也是这样的人，可很快，他发现自己错了。

她比任何人都执着。她开始学习射击，玩命地奔跑，练习通过雷区、沼泽地。他更没有想到，旅长周五湖竟然亲自手把手地教给她特战技能。她在特种训练障碍场上冲刺、跨越、攀爬、下滑、奔跑，失败重来，倒下爬起。突然，她从十米高的墙上坠落下来，虽然有保险绳拉着，她还是像一片叶子在空中不停地飘荡。她的身子撞在了墙上，额头碰上了墙体，血顺着脸颊留下来，很快模糊了眼睛。她打开急救包，给自己消毒、包扎，疼痛让她美丽的五官开始扭曲。

他站在终点，望着她一身黄色泥水，满脸污垢地拼命向前爬。他说，你何必自讨苦吃。她露出白白的小虎牙笑着说，我想跟在你身后。他有些感动，一下子明白了她跟着他来到特战旅的真实原因。他的嘴唇动了动，他想说一声谢谢却被她阻止了。她灿烂地笑着告诉他，这一切对于我来说十分有意义。

十七

　　城市反恐演练在夏日绵绵的雨季中拉开了序幕。这是出国前最后一次演练，一个午后，他和吴东升被周五湖叫去了。他没想到，固执得像石头一样的周五湖突然对他说，你不是说，你的梦想总是实现不了吗？今天我成全你，你可以按照你自己的方案打。周五湖给他下达命令的时候漫不经心往自己的脸上涂抹着迷彩油。他像是要亲自出马了。在他的记忆里，周五湖从来不屑于自己参与对抗演练。周五湖说过，在特战旅，敢跟他叫板的那个人还没有出现。他想推辞，想推荐吴东升做这次行动的指挥官。周五湖再度板起脸的样子让他欲言又止。周五湖涂抹完迷彩对着镜子做了个枪击的动作说，躲不开的事情就必须迎面冲上去。他不明白周五湖到底是什么意思。

　　出门时，吴东升很高兴地对他说，现在好了，我终于可以重新坐到老二的位子上去了，做老二可真是爽极了，命令一到，子弹一样冲出去，根本不用想跟自己无关的事情。吴东升说得没错，这些年来，和尚吴东升活得无忧无虑、洒脱无羁。

　　演练地点设在一座美丽的滨海城市，吴东升带着他的小队从海上潜水渗透到码头。他带领着另一队乘坐直升机夜间在郊区机降。夜晚，部队出发前，所有特战队员列队完毕整理自己的装备。这时，他发现她全副武装出现在队列里。她要求跟着他的小队参与行动。她说她有特战旅长周五湖的命令。如果这事情放在以前，他会暴跳如雷地反对，可此刻，望着她一脸的哀求，他又有些于心不忍。

　　夜幕降临时，他们潜伏进了城市。城市空荡荡的。没有熙攘的人群、流水般的车辆，城市就像一片钢筋水泥生长起来的死寂般的原始森林。没有电的城市会更可怕，阴森森的。高楼和苍翠欲滴的树木根本没法比，树木有生命而它们没有。

　　天上的水在哗哗地流淌，脚下的水在哗哗地流淌，没完没了的雨下个不停。士兵们穿行在水雾腾腾的城市里像一个个幽灵。她跟在他带领的小队后面，去狙击一群突入这座城市的恐怖分子。这是一场完全未知的演练预案。他不知道这些恐怖分子是谁，有多少人，手里掌握着多少装备。

走进港口附近的那座废旧工厂，面对高高低低的建筑物，几乎每一座高楼、每一扇窗户都隐藏着瞄准的枪口。

真正的猎杀开始了。

他敏感地感受到这次对抗强度远比他想象的要残酷得多。他选准了自己的突击重点，命令李墨和罗宁控制水塔和楼顶的制高点。他为她选择了一个很隐蔽的狙击地点，视线很开阔，能够对付高处楼房的窗户，又能俯瞰平房的房顶。

他对她说，枪响的时候不要乱跑，要像钉子一样钉在这里，只有这样才能躲过来自周围的阴森杀机。

她说，我想跟在你身后。

他果断地对她说，跟在我后面，你会更危险。

她问他，你会在哪里？

他神秘一笑说，我在这一大片交战区的每一个地方，随时都会出现在你的周围。

吴东升带领另外一个小队从另一个方向突进，接近一座建筑的时候就遭遇到了强劲的对手。一张张被迷彩掩盖着的冰冷面孔射出一道道冷箭一样的目光。单兵系统里传来吴东升焦灼的声音，他们陷入重围，对手远不是原来说的小股敌人，而是数倍于他们，并且更强悍。

收到吴东升的信息，他的目光在码头废旧工厂扫视了一遍，向他的小队发出了作战指令。红外线夜视器材里，一队队黑衣打扮的恐怖武装分子相互交替掩护着冲向吴东升他们，在他的视野里一览无余。他的枪率先响了，开始他弹无虚发的狙杀。

十几个冲上码头的武装分子被隐蔽在建筑群里的狙击手狙杀，剩下的掉头朝着他们占据的建筑群跑来。黑暗中，一个熟悉的身影出现在了他们对面的一栋楼房。那个人开始开枪射击，隐藏在楼顶狙杀得正高兴的罗宁被击中了。

很快，那个身影又转向了最高处的水塔顶层。这是个十分狡猾的对手，很快就发现了他在交战区域制高点上安置的狙击手。几乎在短短的几分钟时间内，塔顶上的李墨也遭遇了狙击。

那个身影像幽灵一样出现在建筑群里，携带着狙击步枪如入无人之境。

他不停地奔跑，追踪着那个黑影。射人先射马，擒贼先擒王。这个人一定是那帮恐怖分子中的王。

他内心一阵狂喜，他像是终于找到了他梦境里的那个人。

一定要追上他，彻彻底底把他从自己的大脑里扫除出去。黑暗的隧道像是找不到尽头。他一路射击，一路追逐奔跑在黑暗的地下隧道里。隐隐约约，他觉得自己的身后也有人在追逐着。前面的黑衣人不停地回头冲他射击，曳光弹划过黑暗时明亮而炫目。

明亮过后，世界一片黑暗。

隧道的拐弯处，那个黑影突然间消失了。隧道连接了码头的地下仓库，杂乱的货物堆积如山。他们之间开始了心理较量。一连串回音急促的脚步传来，更多的人从后面追来。尽管那个人嘲笑的面孔不停地在他眼前晃动，他还是不停地告诫自己，一定要沉住气，用狙击步枪锁定他，干掉他。急促的脚步距离他越来越近，直觉告诉他，向他走来的肯定不是敌人。狡猾的对手肯定躲藏在一个安静的地方注视着这一切。黑暗中，他发现一个乌黑的枪口正瞄准脚步声音传来的方向，他的枪口锁定那个黑衣人。他扣动扳机的一刹那，夜视瞄准镜里他发现那个黑衣人皱了一下眉头。

他的枪响了，黑衣人取下了自己的钢盔和面罩，那是他熟悉的一张面孔。

被他击中的竟然是周五湖。

他有些失望地望着黑色的身影消失在地下货仓的狭窄通道里，怅然若失地站在那儿，大脑一片空白。他突然跪在地上对着无边的黑暗大声地哭。撕心裂肺的号啕如同独狼一样凄厉。

这时嘈杂的脚步和纷乱的吆喝声传来，一群人正追着一个娇小的身影跑来。他发现来人竟然是心理学博士柯蓝。她伸出双臂把他的脑袋紧紧地抱在了自己的胸口，任滚烫的泪水打湿她的前胸。这个坚强得像岩石一样的年轻男人，这个意志如铁、行为果断、不计任何后果的年轻男人，内心承载了太多常人所不能承载的东西。他需要发泄，痛痛快快地哭一场对他来说或许不是一件坏事。她像母亲一样抱着他的头，轻轻抚摸着他孩子一样颤抖的肩膀。没有人能理解这样一个男人，但她理解，在高强度、高拟真的实兵演习过程中，她走进了一个铁血军人的内心世界。

黑暗中她乌黑的眸子闪耀着母性的光芒。她拍了拍他的肩膀，像是在劝慰一个迷失的孩子。她说，不要这样，上尉，或许是他在你的身上找到了他想要的，就像我从你身上找到了我想要的那样，永远燃烧的青春，永远燃烧的梦想，每一天都是辉煌的。

　　他突然间疲惫得近乎瘫软，她搀扶着他走向远方的一丝亮光。他们艰难地走着，光线越来越亮，隧道的尽头豁然开朗，天地间是这么好，辉煌一片。

　　那片辉煌得刺眼的光芒里，周五湖高大的背影在前面越走越远……

（原载《人民文学》2014年第8期）

如歌的军旅

一、号手的故事

朝阳把杉树林子照得亮堂堂的时候,号手已经把那把铜号吹得嘹亮无比。

林子里的鸟早早飞去了,失去了鸟的鸣啾,空荡荡的林子就留下号手的号音在阳光中蹿来蹿去。

号手姓李,名叫子木,人如其名,很少说话。似乎话都被那把金亮亮的号给吹掉了。号手一天要练八小时的号,痴痴地吹。

当然,李子木也有喜欢讲话的时候。

李子木讲话的对象是同宿舍的下士马炳。马炳是宣传队说相声的,嘴皮子很油。两人同居一床,生得肥肥大大的李子木睡在上铺,精瘦如猴的马炳住下铺洋洋自得地说,李子木,你是上级,我是下级,咱俩是上下级关系。

李子木深知马炳能把天理说成地理,也不与其计较,两人相处倒也不错。

马炳是演出队的台柱子,相声说得好,又拉得一手好二胡,舞蹈队的女兵们都叫他阿炳或瞎子,私下里还叫他炳哥炳弟什么的。女兵们喜欢这样呼来唤去。马炳很高兴,只要女兵们叫他,他就高兴得骨头要散。阿炳很幸福,日子顺畅得要命。

当然，马炳也有倒霉的时候。有一回他对着电话筒给总机班上的女兵说相声，被队长张扬抓了个正着。男女混编单位最忌讳眉来眼去。马炳于是被骂了个狗血喷头，一连几天情绪低落，把二胡拉得如泣如诉。舞蹈队的女兵们听得泪落纷纷，于是便喊，阿炳你要坚强，阿炳你要挺住。马炳倍感温馨。

李子木便说，马炳你早晚要出问题。

李子木不喜欢同女孩子交往。李子木骂她们是疯子或狐狸精。

李子木从来不喊阿炳或瞎子。

李子木喜欢喊马炳新兵蛋子。其实两人是同年兵。马炳不反感，自我解嘲说，咱们是上下级关系。

李子木喜欢同马炳在一起。

马炳也真的喜欢李子木。

当然也有不喜欢的时候。马炳不喜欢李子木的原因是李子木有秘密。

李子木的秘密来自女兵杨彤彤。其实杨彤彤是个十分不起眼的小姑娘。最初是舞蹈队里的，后来不知因为什么原因身体就开始发胖，舞跳不成了就跟着搬搬道具、做做舞美什么的。杨彤彤喜欢日出日落时刻在树林子里拉小提琴。

秋天来的时候，一片一片叶子落下来，一个年轻的女兵在落日的余晖中，在瑟瑟的秋风中拉琴，无疑是一幅美丽的风景。

李子木说，其实杨彤彤很漂亮。

马炳惊异地望着他说，你是不是看上她了？

李子木说，胡说，没有。

马炳说，你不敢承认？我替你保密。

李子木说，真没有。

两人就不说话了……

马炳心里对李子木的秘密很感兴趣。

没有人对秘密不感兴趣。

李子木对保守秘密很感兴趣。

守住的秘密也正是马炳的兴趣所在。

阳光很好的秋日里，满树的黄叶金灿灿地落了一地，很好看。李子木在树林子里吹号，杨彤彤在树林子里拉琴，偶尔还相视一笑，闲余还说说话。

夕阳把他们的影子拉得很长，也很近。

两人肯定会有故事，马炳想。

于是，马炳便调动了激情想寻找李子木的秘密。

"听说杨彤彤入伍前有过男朋友。"

"无聊，说这些干吗？"

"听说她男朋友还是个警察。"

"不知道。"

"你说杨彤彤这么早找男朋友干啥？"

"不知道。"

李子木便不再理会马炳，独自拎了号到树林子里练去，一把铜号将整个林子搅得哇哇响。

到底是吹号的，嘴皮子真紧。马炳感到日子像缺了根弦，寡淡无味。李子木过得很充实，依旧练号，跟杨彤彤谈天说地，而且，李子木还学会了写日记。

李子木喜欢在夜里写日记，写完了就锁起来。

马炳想：李子木的日记里一定有杨彤彤的秘密。马炳很想看那日记。可李子木的抽屉被一把明晃晃的小锁封闭着。

李子木的锁锁不住马炳翩翩飞舞的想象。

老林子的黄叶快落尽的时候，老兵就要退伍了。杨彤彤在林子里拉琴，拉的是一首《梁祝》，优美却很凄婉。一枚霜叶落下来，落在她的肩上，景象很美。

远远地，李子木望着她，不吹号，也不说话。

此时无声胜有声。马炳心里暗暗地说。

即将宣布老兵退伍前的一天，马炳拉上李子木去喝酒，没喝几杯，马炳又提起杨彤彤的事。

李子木不肯说。

马炳说，李子木，你家是农村的，我知道你想留在部队提干。我今年退伍，不会传出去的。不瞒你说，我家里有钱，工作也找好了。

"杨彤彤的男朋友几个月前因公牺牲了，我起初是想安慰她，后来就……"

"我没猜错嘛！"

"你千万不要说出去，杨彤彤也想在部队干。"

那一天晚上，李子木没再写日记，倒头便睡。

那一天晚上，马炳想象的蝴蝶再也没有翩翩起舞。

老兵退伍命令宣读下来，李子木、杨彤彤都在其中，而马炳却被作为提干对象留了下来。

分手的时候，马炳去送李子木。面对面谁也不说话，心里都空荡荡的。欲雪的天空很低，灰蒙蒙的世界也是空荡荡的。李子木把那把号送到马炳手上说："马炳练练小号吧。"

于是宣传队又多了一名号手。

二、情感歌谣

敏少尉骑着她那辆猩红色的自行车路过营门的时候又朝收发室多望了几眼。小小的窗口探出一张年轻得几乎有点稚嫩的脸。新兵的面孔很陌生，但那兵冲她眨一眨眼睛又让她感觉有点面熟。许多人对敏都熟。这与敏的职业有关。在偌大一个甲种师里，只要敏的报幕词一讲，兵们没有谁不认识她敏的。

敏长得漂亮，眉似远黛，肤如凝脂，五官玲珑，眼若秋水。靓丽的身材、飘逸的秀发常常引来许多羡慕的目光。漂亮的女子在男人的王国里总要面对许多双眼睛。敏常常这样想。

有我的信吗？敏少尉问。

对不起，没有。新兵说，有了我给你送去。

新兵又痴痴地望了她一眼。敏觉得好像有什么东西被窥视一样，心里竟然有一种虚虚的感觉。敏少尉在等信，确切地讲是在等方的来信。方中尉回他那散发着粪臭味儿的乡村探亲去了。敏少尉后悔没有请假跟方一块去看看豫南山乡的风景。据方中尉讲，他的家乡此刻正弥漫在苹果、雪梨的果香里。秋天的叶子红了，满山树林就像燃烧的火。方讲起他的家乡就一往情深。

河南人就是恋家，尤其是河南农村出来的男人。敏常说这样的男人没出息。好男儿志在四方，四海为家。敏把这话讲给方听。方说，如果不是军人的职业，他宁可待在山村里享受大自然恩赐的生活。

敏跟方的感情若隐若现，就像一首歌还处在抒情阶段。

方是搞音乐的。方有副很酷的男人面孔和高大匀称的身材。加上方的歌唱得很好，喜欢方的女孩儿自然不会只有她敏一个。

方打乱了敏平静的生活。敏的父母反对敏跟方结合。他们说方骨子里有股乡下人的倔气，会不适应都市生活的。敏的父母都是设计师，喜欢给敏设计生活。上艺术学校，当兵，成家立业都是完备的程序。

父母喜欢一个叫璜的男人。据说这人是本市一家著名公司的业务经理，有钱且英俊。

叫璜的男人对敏一见倾心，这些天常常开着车到营门外等她，而且每次都捧一束鲜艳的红玫瑰。敏想，这或许是都市的浪漫生活吧。

敏想把这一切都告诉远在乡村探亲的方。可方的家乡却没有电话。敏没法跟方联系。

敏出了门，远远地看见那个手持鲜花的男人正冲她打招呼。敏心里矛盾极了，心事重重地骑着自行车在前面走着，绅士一样浪漫的男人开着车紧紧地跟着。

方从来没有这样待过她，她从来没有收到过方的鲜花。敏想着，心里竟升起莫名的委屈。

敏少尉在第六次询问新兵有没有她的信的那个下午，接受了璜的鲜花。璜自然是欣喜若狂。敏却很茫然。她不知道自己是接受了鲜花还是一份感情。如果是感情，那方中尉呢？敏不知道如何回答自己。璜成了敏家庭中每日不可缺少的座上客，这一点敏没法拒绝。

方中尉风尘仆仆探亲归来，脸上挂满了乡村人憨厚的笑容。敏突然觉得方的笑容有些陌生了。她想，她该找方好好谈谈了。可谈些什么呢。敏心里又没有底。敏心里酸酸的。

方给她带来了许多家乡的特产。当然少不了苹果和雪梨。敏觉得方固执得有点傻。水果市场有的是好水果，干吗千里迢迢从家乡带几箱苹果和梨子呢。方说，这是纯绿色食品，浇果树的水没被污染，植物呼吸的空气新鲜，没打农药，没上化肥。他专门挑几箱这样的水果来孝敬敏的父母。敏想说的话到了嘴边又咽了回去，头低低的，不敢正眼看方。敏没把方带来的纯天然水果带回家，她把它们分给演出队的女孩子们了，当然，这事儿方中尉不知道。归队后的方参加上级的文艺调演去了，需要两个月才能回来。

敏少尉照例骑着她那辆红色自行车从门口的收发室经过。门口的新兵再也没有听到敏悦耳动听的声音询问她的信了。敏甚至没再朝那鸽窝一样的小窗户多看上一眼。

敏少尉接受了璜越来越多的鲜花，最后终于接受了他的24K金的订婚戒指。

但是敏心里仍然忘不掉棱角分明、身材高大的方中尉。方回来的时候，该怎么对他说呢。敏时常这样想。既然已接受了璜，就不能再欺骗方了。敏对自己说。

她等待着方回来骂她。她知道按方的性格骂她几句可能是小事，他会找璜拼命的。方是爱她的，只不过表达的方式不同罢了。这时候，她又觉得方很男人，很军人性格。

方从京城载誉归来。他作词作曲演唱的歌曲荣获了一等奖。一时间方很荣光。庆贺的人群散去之后，敏走进了方的房间。队里的同志对敏很反感，看她的眼神里明显地露出了鄙夷。舞蹈队的颖少尉更是不平。当初颖也喜欢方，后来是急流勇退把他让给敏的，没想到这么好的人到了敏的手里就不值钱了，说甩就甩了。敏跟颖原本是好朋友，现在敏感觉到颖跟她简直有点反目了。

敏很小心地等待着方如雷般的暴跳。可方却很冷静。方的冷静让敏感觉到了心灵上的压抑。方的目光冷冷地盯着敏手上的24K金戒指一语不发。

敏说，如果这几个月里你能给我打个电话或者写一封信，或许结果会是另一种情况。

方说，谢谢你给我机会，是我没把握好。或许咱们根本不合适，我只是一个乡巴佬。你走吧，让我一个人静一静。

敏是流着泪走出方的房间的。敏开始后悔自己的意志薄弱了。但她心里明白，无论如何方是不会原谅她了。那么，她自己会原谅自己吗？

璜仍然靠在车上等着她，玫瑰鲜红得像血，敏没理会璜，骑着单车一路上想了许多许多。

敏订婚仪式那天，方送给她一件礼物。金丝绒的盒子，里面装的却是一枚猩红猩红的枫叶。敏记得方曾对她说过，他们家乡那地方漫山遍野都是枫树，秋天一到红得火一样燃烧。敏的心像被扎了一下，捂着脸哭着跑开了。

订婚仪式不欢而散。

敏退了璜的戒指，玫瑰样浪漫的爱情就这样结束了。

半年以后，方结婚了。

新娘是家乡一家果园主人的女儿，肤色黑黑的，但人长得挺俊俏，黑黑的眉儿弯如月，红红的唇儿艳若桃，身材高挑修长，素面朝天清清爽爽的。结婚照上，方笑得很幸福。方的婚礼很热闹，政委亲自主持了婚礼，并命令般地叫方唱了那首叫《红叶》的歌。

玫瑰的红是因为娇艳名贵，枫叶是因为经历了浓霜才红。敏少尉手捧枫叶在灯下凝思了很久，她想，是不是方的家乡每片枫叶都是红的呢？如果是，她收下的是方的一颗心。

三、红色舞鞋

雅认识丹是个初冬的上午，豫南的天空灰蒙蒙的，潮冷潮冷。雅和丹从头到脚都穿着散着樟脑味的新军装。丹的身材瘦高瘦高，肥大的军装呼呼地飘。

雅很漂亮，但肤色略黑，在丹的面前自觉有点暗淡。傻傻的新兵像一群群迷途的鸭子排成长长的队伍逶迤前行。小县城女兵很少，雅和丹夹在新兵队伍里格外招人眼。男兵们的目光直直地盯着她俩，似乎充满着疑问和渴望：漂亮的小老乡，你们要分到哪里去呢？雅和丹被分到了荒荒的大山沟里。

新兵连长是搞医的。女人拿刀拿惯了，心就狠了。这是雅长期总结的至理名言。

雅的母亲是外科医生。雅亲眼看到母亲拿锯子把一位小姑娘的腿活生生地给锯下来。母亲面不改色，出了手术室照样哼着那首自己喜爱的歌，与护士们谈笑风生。雅不喜欢医生。雅把这种体会告诉丹，丹竟然笑得很灿烂。

丹说，我看连长挺温柔的，不像冷面杀手。

丹入伍前毕业于舞蹈学院。她不明白，为什么学舞蹈的她竟然被莫名其妙地分到了省城的一家银行。十八岁的丹爱舞蹈，爱舞台，然而天天面对的却是花花绿绿的钞票。丹讨厌数钱，讨厌被当经理的父亲称作世界上最美妙动听声音的点钞声。

雅说，我也喜欢舞蹈，可是我不会。

丹说，等分到演出队我教你。

没多久，女军医连长打碎了雅去演出队的美梦。

女连长说，师医院缺一名麻醉师，雅你出生于医学世家，要发挥特长，去医院吧。

于是雅的一头黑发就被剪成了齐刷刷的两把小刷子。雅抱着自己的头发趴在丹的肩头痛痛快快地哭了一大场。

丹依然留着长长的披肩发，模样更加美丽动人。

雅说，丹，我没说错吧，搞医的没有一个不是心狠手辣的。演出队我去不成了。

丹又笑，丹笑起来的样子更妩媚。

雅向丹道过别，就被"大东风"一溜烟地拉走了。

丹果然被分到了演出队，而且很快演出了自编的独舞《火鸟》。红的衣服，红的裙裾，红的舞鞋，风一样旋起来宛如一团火焰在燃烧。舞台上的丹充满了自信，把一只飞翔燃烧的鸟表现得栩栩如生。

兵们爱看丹的《火鸟》，每逢看到这个节目，火一样的热情便被点燃，于是没命地喊好，没命地拍巴掌。

每逢演出，雅总是巴掌拍得最响的一个。雅服气丹，服气得要命。雅想，只有丹这样才是美的展现，只有丹这样青春才有价值。雅越来越感觉到自己不如丹。丹毕竟干了自己想干的事，而自己偏偏干着自己不愿干的事，把活生生的人弄得昏迷不醒，然后送到手术台上，供执刀的女军医去切割、解剖。她觉得自己是在破坏完美。

雅把自己的想法告诉丹。

丹说，革命战士是块砖，哪儿需要哪儿搬嘛。

雅便捶她说，丹你真坏，不信咱们换着干。

丹说，弄晕人我是学不会，舞蹈嘛，我可以教你。

演出队离医院不太远，沿着一条法国梧桐树掩映的小路往前走，穿过一片绿草茵茵的大操场，就到了医院白色的小楼。

丹喜欢在晚饭后散着步去找雅。

夕阳把天边的云彩烧得很红，两个人坐在大操场上谈天说地。说说家里，再说说部队，说说离家时那种感受。

丹说，部队真好，真想干一辈子。

雅说，你当然好啦，不用剪头发，不用被管得死死的。生活中还有掌声和鲜花，日子美好顺畅。

雅说，我真想家。

丹知道雅心里不顺畅，雅想当文艺兵，又没当上。绿草茵茵的操场上，丹教雅跳舞，雅的身材也挺苗条。

丹说，你不跳舞是种资源浪费。

又是冬天的时候，雅请假探家了。她想问一问丹要不要带点什么东西。可丹下部队演出去了。雅很失望地拎着包去了火车站。来的时候是两个人，回家的时候却只有她一个。雅便有一种孤零零的感觉。

雅很想买一双丹那样的舞蹈鞋。红红的，软软的，漂亮又精致。可跑遍了整个县城都找不到一双舞蹈鞋。雅很沮丧，心里便骂破县城、破商店。骂完了又觉得是白骂。

小城里除了丹还有谁热衷于跳舞，舞鞋卖给谁呢？

十几天假期没过一半，雅便想部队了。当然更想丹。想丹红色的裙裾，红色的舞蹈鞋。晚上睡觉，她几乎天天能梦到丹美丽如火焰般的身影。

县城里的几个朋友来玩儿，谈的都是些衣服呀、赚钱呀、上学的事情。谈不上三句，雅便没了心情。雅收拾了东西决定提前回部队。妈妈装了大包小包吃的穿的东西。

上车前，被她称作冷面杀手的妈妈流泪了。

妈妈说，雅你服役期满就复员，妈不能没有你。

雅说，看看吧。部队要是不放，也没办法。

雅没料到在医院里碰到了丹。白的房间，白的墙，丹紧闭着眼睛，靠着被子躺着。雅心里紧了一下。丹瘦了，往日白皙的脸现在更白了。一缕阳光掠进来，照在她脸上，弯弯的睫毛颤颤地动。

丹，我是雅。雅把唇凑近丹的耳边吻了她一下说。

丹很高兴，伸出两只细长的胳膊吊住她的脖子一阵疯闹。然后丹停住了，清泉一样的眼泪汪汪地流出来。

丹，你怎么了？

丹哇的一声哭了，丹说，我的腿不能跳舞了，走路都疼。

丹说，那是为很偏远的一个连队演出。连队的兵十几年都没有看过演出了。兵们很热情，看到演员就热泪盈眶。雅，你没有看过那种场面，见到了也会感动的。演出的前几天，我的小腿就开始疼了，开始我还以为是扭了，也没在意。可到了舞台上我跳着跳着就倒下了。雅，我觉得我对不住那些常年没看过演出的兵。雅，如果我的腿好了，就去那里，专门为他们跳个舞。雅，你说我的腿能好吗？

丹的腿能好吗？雅也不停地问自己。

丹的左腿已开始全面红肿了，她看不到那只修长美妙的能飞旋起来的腿了。雅参加了由院长主持的手术前会议。女外科医生拿出清晰的CT片分析丹的病情。雅的心被紧紧地压缩到了最小限度，丹要动手术了。女军医的结论有如晴天霹雳般在雅耳边炸响。

小腿骨坏死，膝下部位要全部截除，否则将有生命危险。主刀的军区专家明天就到。目前，首先要稳住病人的情绪。

雅的心彻底崩溃了。她一把抓住女军医的手，近乎歇斯底里地呼叫，不要截她的腿，你们不能截她的腿。这不是真的，不是真的。

我也不愿相信这是真的。这么好的孩子，毁了。

雅看到女军医的脸上一行热泪滚了下来。

雅从女军医的眼泪里看到了绝望。雅眼前浮现出了丹红色舞裙旋起的火焰。雅的心要碎了。

夜很漫长。雅坐在丹的床上。

雅，我的腿什么时候能好呢？

会好的，会好的。雅不敢正视丹的眼睛，喃喃地说着。雅抚着丹白得透明的脸，把嘴唇咬出了血，勉强挤出了一点微笑。

明天就手术了，很快就会好的。

雅又说，声音轻得像蚊子。

天怎么还不亮呢。丹说。

还早呢，丹，咱们说点啥吧。雅说。

说点啥呢？丹说。

雅就把回家乡的见闻说了，说到县城里竟然找不到一双红舞鞋的时候，丹笑了。

丹说，你怎么不问问我鞋在哪儿买的呢。

雅说，谁能料到破县城里竟找不到一双鞋呢。

丹说，对呀，谁能料到呢。

天终于亮了。当清晨第一缕曙光照进屋里的时候，丹已经睡着了。点滴瓶里的麻醉剂正通过她的血管一滴一滴地注入身体。

丹的父母抚摸着女儿那双粗肿的腿，低声的呜咽让雅心碎。

丹被手术车推走了。

雅无力地坐在手术室外的长椅上，恍惚间雅看到丹火红的身体又旋转起来了。那双红色的舞鞋随着乐点不停地跳跃……

雅想，丹，你还要到连队去给兵们跳舞呢。

图书在版编目（CIP）数据

红葵/刘克中著.—济南：山东文艺出版社，2016.5
（文学鲁军新锐文丛）
ISBN 978-7-5329-5216-8

Ⅰ.①红… Ⅱ.①刘… Ⅲ.①中篇小说—小说集—中国—当代 Ⅳ.① I247.5

中国版本图书馆 CIP 数据核字 (2016) 第 050540 号

红葵
刘克中卷

山东省作家协会 编

主管部门	山东出版传媒股份有限公司
出版发行	山东文艺出版社
社　　址	山东省济南市英雄山路 189 号
邮　　编	250002
网　　址	www.sdwypress.com
读者服务	0531-82098776（总编室）
	0531-82098775（市场营销部）
电子邮箱	sdwy@sdpress.com.cn
印　　刷	山东临沂新华印刷物流集团
开　　本	680 毫米 ×1000 毫米　16 开
印　　张	16　插页 /2
字　　数	250 千
版　　次	2016 年 5 月第 1 版
印　　次	2016 年 5 月第 1 次印刷
书　　号	ISBN 978-7-5329-5216-8
定　　价	36.00 元

版权专有，侵权必究。如有图书质量问题，请与出版社联系调换。